# 古典文學研究輯刊

十一編

曾永義 主編

## 第13冊

近代文學與學術史觀（上）

左鵬軍 著

國家圖書館出版品預行編目資料

近代文學與學術史觀（上）／左鵬軍 著 -- 初版 -- 新北市：花
木蘭文化出版社，2015〔民104〕
序 4+ 目 2+160 面；19×26 公分
（古典文學研究輯刊 十一編；第 13 冊）
ISBN 978-986-404-119-0（精裝）
1. 中國文學史 2. 近代文學 3. 文學評論
820.8                                                    103027548

古典文學研究輯刊
十一編　第十三冊　　　　　　ISBN：978-986-404-119-0

### 近代文學與學術史觀（上）

作　　者　左鵬軍
主　　編　曾永義
總 編 輯　杜潔祥
副總編輯　楊嘉樂
編　　輯　許郁翎
出　　版　花木蘭文化出版社
社　　長　高小娟
聯絡地址　235 新北市中和區中安街七二號十三樓
　　　　　電話：02-2923-1455／傳真：02-2923-1452
網　　址　http://www.huamulan.tw 信箱 hml 810518@gmail.com
印　　刷　普羅文化出版廣告事業
初　　版　2015 年 3 月
定　　價　十一編 29 冊（精裝）台幣 52,000 元

# 近代文學與學術史觀（上）

左鵬軍　著

## 作者簡介

左鵬軍，1962 年生，吉林梅河口市人。1999 年畢業於中山大學，獲文學博士學位，2002 年復旦大學博士後出站。廣東省高等學校珠江學者特聘教授，華南師範大學教授、國際文化學院院長、嶺南文化研究中心主任。主要學術領域爲中國近代文學、中國戲曲史、嶺南文學與文化。已出版《近代傳奇雜劇史論》（2001）、《近代傳奇雜劇研究》（2001，2011）、《黃遵憲與嶺南近代文學叢論》（2007）、《晚清民國傳奇雜劇史稿》（2009）、《近代曲家與曲史考論》（2013）等專著，發表論文多篇。《晚清民國傳奇雜劇文獻與史實研究》入選《國家哲學社會科學成果文庫》。曾獲廣東省哲學社會科學優秀成果獎及其他獎勵。

## 提　　要

　　本書爲作者二十五六年來有關中國近代文學及嶺南近代文學研究、中國近代文學學術史回顧與反思、文學史觀念與研究方法等領域部分論文的結集，兼及人文學術研究的其他方面，反映了作者對於中國近代文學及其學術史經驗、人文學術觀念及研究方法與觀念的探尋思考和基本認識。

　　本書分爲觀念與方法、文學與文體、考證與商榷三輯。上輯《觀念與方法》從思維方式、研究方法與學術觀念、學理探究的意義上認識、反思和評價既往和當下中國近代文學及相關學術領域的重要現象、主導趨勢及存在的問題，以期引發更加深入的思考。中輯《文學與文體》從文學史與文體學角度論述近代文學的若干重要問題，考察處於中西古今嬗變交替之際的中國近代文學發生的深刻變革，認識其文學史和文體史價值。下輯《考證與商榷》從文獻學理論與實踐、文學史事實和學術史事實出發，對一些著作、文章的觀點和結論進行學術商榷，彌補其不足，修正和完善相關問題的研究，並根據充分的學術事實對個別著作中存在的學術不端問題提出批評，以期起到澄清事實真相、端正學風的作用。

　　本書內容豐富，特色鮮明，比較充分地反映了作者在中國近代文學與學術史及相關領域作出的探索和努力，也反映了中國近代文學研究及相關人文學術領域研究進展的某些重要側面，具有突出的學術意義和參考價值。

# 序

管　林

　　《近代文學與學術史觀》將付梓，作者要我作序，我欣然應允。原因有三：其一，作者左鵬軍是我的學生；其二，1991 年 7 月以後他又長期是我的同事；其三，我也曾從事中國近代文學的研究和教學工作，對該書的內容有所瞭解。

　　本書作者左鵬軍，1984 年 7 月畢業於四平師範學院中文系，獲文學學士學位，1991 年 7 月畢業於華南師範大學中文系，獲文學碩士學位，1999 年 12 月畢業於中山大學，獲文學博士學位，2002 年 7 月復旦大學博士後出站。曾爲廣東省高等學校「千百十工程」第四批省級培養對象（2006～2010）。現爲廣東省高等學校珠江學者特聘教授，廣東省普通高校人文社會科學重點研究基地華南師範大學嶺南文化研究中心主任，華南師範大學文學院副院長、教授、博士研究生導師。

　　他在教學工作之餘，專心勤奮，從事學術研究，主要學術領域爲中國近代文學、中國戲曲史、嶺南文學與文化，成果豐碩。已出版專著《文化轉型中的中國近代戲劇》（海口：南方出版社，1999）、《近代傳奇雜劇史論》（臺北：臺灣學生書局，2001）、《近代傳奇雜劇研究》（廣州：廣東高等教育出版社，2001，2011 修訂版）、《晚清民國傳奇雜劇考索》（北京：人民文學出版社，2005）、《黃遵憲與嶺南近代文學叢論》（廣州：中山大學出版社，2007）、《伏敔堂詩錄》（校點，上海：上海古籍出版社，2008）、《晚清民國傳奇雜劇史稿》（廣東優秀哲學社會科學著作出版基金資助項目，廣州：廣東人民出版社，2009）、《晚清小說大家：吳趼人》（廣州：廣東人民出版社，2009）、《晚清民國傳奇雜劇文獻與史實研究》（國家哲學社會科學成果文庫，北京：

人民文學出版社，2011）、《中山文化與近代中國》（廣州：廣東經濟出版社，2012）、《詹安泰全集》（第四卷詩詞集，點校，上海：上海古籍出版社，2011）、《近代曲家與曲史考論》（臺北：國家出版社，2013）等。

他曾主編《嶺南學叢書》（已出版第一輯，廣州：中山大學出版社，2007）、學術集刊《嶺南學》（廣州：中山大學出版社，2007 起，已出版五輯）；並參加了《廣東近代文學史》（廣州：廣東人民出版社，1996）、《嶺南晚清文學研究》（廣州：廣東人民出版社，2003）、《嶺南學術百家》（廣州：廣東人民出版社，2004）、《中國近代文學史》（北京：中華書局，2013）等著作的編寫。

他還在《文學遺產》、《文史》、《近代史研究》、《文獻》、《學術月刊》、《復旦學報》、《中山大學學報》、《清末小說》（日本）、《中國文學學報》（香港）、《光明日報》、《中國社會科學報》等國（境）內外報刊發表論文多篇，在中國近代文學研究界有較大影響。

他主持過國家社會科學基金一般項目、教育部人文社會科學規劃一般項目、中國博士後科學基金資助項目、教育部人文社會科學重點研究基地重大項目、全國高校古籍整理研究工作委員會直接資助項目、廣東省哲學社會科學規劃項目、廣東省普通高校人文社會科學「十一五」規劃研究項目（基地重大項目）等。

他的專著《晚清民國傳奇雜劇史稿》入選廣東優秀哲學社會科學著作出版基金資助項目，並獲廣東省 2008～2009 年度哲學社會科學優秀成果獎（著作類三等獎）；該書修訂後改名《近代傳奇雜劇簡史》，入選「廣東優秀社科成果翻譯出版工程」（廣東省首批外譯學術著作項目）；國家社會科學基金項目結項「優秀」成果、專著《晚清民國傳奇雜劇文獻與史實研究》入選 2010 年《國家哲學社會科學成果文庫》並受到全國哲學社會科學規劃領導小組表彰，獲廣東省 2010～2011 年度哲學社會科學優秀成果獎（著作類二等獎）。

本書是鵬軍二十五六年來有關中國近代文學及嶺南近代文學研究、中國近代文學學術史回顧與反思、文學史觀念與研究方法等領域部分論文的結集，大體反映了他對於中國近代文學及其學術史經驗、人文學術觀念及研究方法的探尋思考和基本認識。本書內容分爲觀念與方法、文學與文體、考證與商榷三輯。

上輯《觀念與方法》：從人文科學研究方法論角度探討學術觀念與研究方

法問題，涉及二十世紀九十年代以來「學術史熱」現象的文化解讀、文學史的負值研究及其方法論意義、「張力」概念的運用與文學史研究觀念的更新、中國近代文學學科建設與教材建設中的突出問題與學理性思考、「二十世紀中國文學」研究中存在的普遍性缺失、中國近代文學研究中盛行的新文學立場的反思與內省、阿英的近代文學研究及其對於近代文學研究建設與發展的奠基性意義、錢鍾書論述黃遵憲與近代文學及相關問題所表現的學術思想及其方法論意義等問題，主要從思維方式、研究方法和學術觀念、學理探究的意義上認識和評價既往與當下中國近代文學及相關學術領域的重要現象、主導趨勢以及其間存在的問題，可以引起有關研究者的注意並引發更加深入的思考。

中輯《文學與文體》：從文學史和文體學角度論述近代文學的若干重要問題，包括龔自珍「尊情」三個層面的思想內涵及其文學史意義的分析解讀、江湜詩歌創作與道光咸豐時期詩風的關係及其文學史意義、維新派文學家在政治與文學之間的艱難選擇及其理論建樹和文學史經驗、康有爲詩歌文體特徵在詩題、詩序及詩注方面的具體表現、梁啓超小說戲曲中出現的粵語現象及其所反映的文學觀念與文體意義、丘逢甲至死不渝的臺灣情結和深刻誠摯的廣東認同及其轉換關係、陳融《讀嶺南人詩絕句》所表現的文獻價值、批評史意義和文體史意義、詹安泰的詩學觀念與創作趣味及其與近現代詩壇創作風氣的關係、黃詠雩詩中的興亡感慨與家國情懷及其時代意義、詩人陳寅恪詩歌創作中反映的處境心態、超拔人格與時代文化特徵，主要從近代文學與嶺南文學兩個維度上考察中西古今嬗變交替之際中國文學發生的深刻變革，認識其文學史與文體史價值，有助於中國文學史和文體史的研究。

下輯《考證與商榷》：從文獻學理論與實踐、文學史事實和學術史事實出發，對一些頗有影響的著作和文章中提出的關於太平天國文學主張及文化政策的評價、近代中期大爲興盛的譴責小說的評價標準與基本認識及其文學史意義、中國近代文學史上存在一個「經世文派」的觀點是否可以成立等問題進行重新思考，對這些觀點和結論提出商榷，根據比較豐富的文獻資料和文學史事實提出不同見解，以期推動和深化相關研究；根據新見文獻資料和相關研究領域的進展情況，從文學史事實的角度運用以往未爲學界所知的文獻資料並揭示相關文學史實，根據新見文獻資料匡正和補充近年出版的幾種重要的近代小說、戲曲研究著作中存在的文獻問題，彌補了其中存在的不足，

修正和完善了相關問題的研究；根據充分的學術事實對個別著作中存在的學術不端問題提出學術批評，澄清了事實真相，有利於端正學風。

　　本書的出版，反映了作者在中國近代文學與學術史及相關領域作出的探索和努力，將促進中國近代文學研究和相關人文學科的研究工作進展，具有突出的學術價值。是爲序。

2014 年 3 月 13 日

# 目

# 次

## 下　冊

上　輯
觀念與方法

.

# 二十世紀九十年代
# 「學術史熱」的人文學意義

　　較之二十世紀八十年代，九十年代初以來中國大陸的哲學人文社會科學研究，發生了不少新的變化，呈現出許多新的趨向，因而兩個十年的哲學社會科學研究景觀可能大不相同。這種情形的出現，其實十分正常，甚至可以說是必然的。這一方面是由於世界和我國的政治、經濟、文化等各個領域在不斷地變化發展，外在大環境的變化，勢必給我們的哲學社會科學研究以間接的然而是明顯的影響，另一方面也由於國外與國內的哲學社會科學研究在持續穩定地進展深化，學術前沿在不斷向新的學術領域延伸，學術課題、研究興奮點的變化，直接促使不同時期的學術研究呈現不同的特色。中國學術史研究迅速蓬勃興起，勢頭正猛，以至於形成了一種以學術史研究為核心的學術文化思潮，形成了一道引起學術界矚目的人文景觀，就可以說是我國哲學人文社會科學二十世紀九十年代區別於二十世紀八十年代的重要特點之一。

　　像以往的許多情況一樣，九十年代初興起的「中國學術史研究熱」，首先出現於北京、上海兩個學術文化中心，其影響隨後迅速擴大到全國的許多省份和地區。學術史研究的積極參加者，主要包括從事文學、語言學、哲學、歷史學、文化學研究的老、中、青哲學社會科學學者，也有一些經濟學、政治學、法學學者以及自然科學學者。直到目前，這一思潮尚在持續發展之中，而且愈來愈充分地顯示出其生機與活力。

　　中國學術史研究熱潮從興起到現在，不過八九年的時間，但已經取得了

影響空前的成績，這一切都將以其良好的開端和深厚的學術底蘊成為進一步發展的基礎。就筆者的聞見所及，近年中國學術史研究的興盛，突出表現在如下諸方面：（1）創辦了一批重在學術史研究的刊物，出版了一批學術史著作，其中影響較大的有王元化主編的《學術集林》叢刊，《學術集林叢書》（均上海遠東出版社），陳平原主編的《學術史研究叢書》、《文學史》（均北京大學出版社），袁行霈主編的大型學術叢刊《國學研究》（北京大學出版社）；（2）一些重要的學術刊物相繼開闢了學術史研究專欄，表現出對學術史研究的空前重視，如京、港、臺三地同時出版的《中國文化》、《中國社會科學》、《讀書》等，還新創辦了專門以學術史研究為內容的學術刊物，如遼寧大學出版社的《學術思想評論》、江蘇文藝出版社的《學人》、中國廣播電視出版社的《原學》等；（3）一批近現代以來重要的學術典籍重新出版發行，如上海書店出版社的浩大文化工程《民國叢書》，東方出版社的《民國學術經典》、河北教育出版社的《現代學術經典》、遼寧教育出版社的《新世紀萬有文庫》等，為學術史研究提供了寶貴的文獻資料；（4）一批新的學術史著作已經出版或正在撰寫中，已出版者如黃修己《中國新文學史編纂史》、郭英德等《中國古典文學研究史》、張豈之等《中國近代史研究學術史》、劉增傑《雲起雲飛——20世紀中國文學思潮研究透視》等，李學勤主編的多卷本《中國學術史》、朱傑勤的《中國學術思想史》、中國社會科學院文學研究所的《二十世紀中國文學研究史》等都正在進行之中；（5）長期以來由於各種非學術原因被有意無意忽略了的或沒有受到應有重視的近現代學術史上的某些重要人物，逐漸有了愈來愈多的研究和評價，他們的著作也在陸續整理出版，其中較有代表性的如沈曾植、羅振玉、王國維、劉師培、辜鴻銘、梁漱溟、胡適、熊十力、陳寅恪、吳宓、顧準、杜亞泉、呂思勉等。

凡此種種都表明，進入二十世紀九十年代短短的八九年時間內，在學術史研究領域就取得了如此豐厚的成果，不能不說，我們的學術史研究在經過了長時期的沉寂、停頓之後，走向了一個嶄新的繁榮時期，這種繁榮既是對二十世紀學術歷程的反思和總結，又是對新世紀學術發展的企盼，學術史的坐標始終是指向未來的。

任何文化現象的出現都不是偶然的，都必定有著深厚的社會經濟基礎，都昭示著某種歷史的必然。中國學術史研究在二十世紀九十年代的蓬勃興起，表面上看，是以世紀末的到來為直接契機，但是「學術史熱」能夠在哲

學社會科學研究領域發生著愈來愈廣泛的影響，一批學人執著地探索追求著學術史研究的意義和價值，形成了一種學術文化思潮，這決非某些學人一時的心血來潮，也並不是曇花一現、流星一閃，很難用純粹的時間變換來說明它。其中蘊含著深刻的歷史文化傳統因素，也有著緊迫的現實學術文化原因。

因此，從文化學角度對這一思潮的人文意義和學術底蘊進行挖掘、思考，從而估價和認識它的意義和價值，並對之進行必要的理論引導，就顯得十分必要。但是，這方面的學術論文尚未見到，因而筆者不揣譾陋，權拋引玉之磚，對近年學術史研究興盛的歷史淵源和現實背景做一分析評價，目的在於使方興未艾的學術史研究思潮向著更深刻、更廣泛、更正確的方向發展，以進一步繁榮我們的哲學社會科學研究，用最豐盛的學術成果迎接正在走來的新世紀。

以世界和中國政治、經濟、文化的發展變遷爲大背景，來審視、反思二十世紀九十年代初以來興起的中國學術史研究熱潮，探討和認識這一文化現象背後蘊含的人文內涵，至少以下諸方面的意義是值得重視並令人欣慰的。

第一，它是對長久以來中國傳統學術、尤其是對近現代以來中國學術道路、學術建樹的全面總結，是對鴉片戰爭以來、尤其是新文化運動以來中國文化命運、學術走勢的冷靜反省，它實際上蘊含著在世紀末對新世紀的新學術景觀、新學術高峰的企盼與期待。

中國學術史的傳統幾乎跟歷史學的傳統一樣長久。《禮記》之《學記》、《儒行》、《檀弓》，《史記》之《儒林傳》、《孔子世家》、《仲尼弟子列傳》，《漢書·儒林傳》，《宋史·道學傳》，均可謂學術思想史的嚆矢。其後，宋朱熹《伊洛淵源錄》、明周汝登《聖學宗傳》、孫奇逢《理學宗傳》，已具學術思想史之雛形。至黃宗羲《明儒學案》，這已經是我國第一部學術思想史專著。今人楊向奎尚有《清儒學案新編》之作，更說明「學案」的生命力。但是，眞正具有現代意義的學術史著作的出現，還是二十世紀上半葉的事情，梁啓超 1920 年所著《清代學術概論》、1923 至 1925 年所著《中國近三百年學術史》，堪稱中國現代學術史的奠基之作。其後，錢穆又於 1937 年著《中國近三百年學術史》。此後，或由於戰亂不斷，大部分學人難以潛心學術研究，或因爲主體文化導向愈來愈趨於現實化、政治化，很多學人逐漸走上了以激進、極端爲特徵的學術道路，學術史研究非但沒有進展，反而停頓下來，甚至出現了倒退。

　　二十世紀五十年代以後，中國大陸的所有學者立即接受了馬克思主義理論，作爲從事學術研究的指導思想，迅速投入了如火如荼的社會主義新文化、新學術的建設運動之中，學術研究出現了空前意識形態化的局面。在這種政治文化背景之下，學者們最大的熱情集中於創造社會主義的革命的新學術，爲奔向共產主義偉大理想作貢獻，他們已無閒暇、無必要從事中國學術史的研究。沒過多久，又開始了無休止的政治運動，直至「文化大革命」的暴發，這時期裏，幾乎所有的學術文化建設都遭到了慘重的破壞，學術史研究當然也不能幸免於難。因此，學術史領域的滯後、冷落狀況在建國後的長時期內並未得到改觀。

　　直到二十世紀八十年代初以後，中國大陸終於擺脫了多年來極左思潮、階級分析、路線鬥爭思維的束縛，開始健步走上了改革開放的康莊大道。在這種日益發展、逐漸健康正常起來的文化生態環境下，人文學術界也迎來了科學的春天。在其後十年左右的時間裏，所有的學術文化領域都在殘破的廢墟上重新建設，力爭把耽誤的時間搶回來，盡快彌補這巨大的文化損失。

　　總的說來，這一時期的學術活動也主要集中於向前突進，開展新一輪的學術基本建設。在 1966 年至 1976 年的十年浩劫之後，我國學術界面臨的任務實在太繁重，要立即進行並盡快完成的學術課題實在太多，所以在二十世紀七十年代末到整個八十年代，對以往學術歷程的回顧反思，對學術道路經驗教訓的總結，還無法真正提上議事日程，嚴格意義上的學術史研究仍然未能展開。

　　學術史研究決不可能是空中樓閣，不可能在政治混亂、經濟蕭條、文化凋敝的情況下發展，也無法在學術本身停滯不前、毫無生機的環境裏興盛。只有到了二十世紀九十年代，在天下承平、海宴河清的政治背景下，在人們經濟文化水平達到了前所未有的新高度的時候，我國學術研究經過幾代學者的不懈努力，孜孜以求，達到了空前的水平，尤其是經過新時期以來的學術文化建設，我們的學術研究在許多領域足以和世界學術對話、競爭的時候，學術史的研究迅速興盛，乃是時代的需求，歷史的必然。

　　這次學術史研究熱潮的興起，已遠遠不只是對中國傳統學術思想的回顧總結。它實際上是一次著重於深刻反思近代西學東漸以來、尤其是五四新文化運動以來我國學術歷程、學術地位與命運的文化思潮，其中當然包括對改革開放以來學術經歷的再認識。而且，在世紀之交興起的學術史研究思潮，

不僅僅是對以往學術思想的總結，對過去學術成就與缺憾的觀照。回顧過去是爲了走向未來。它更是充滿了對新世紀新的學術成就的期盼，充滿著在不斷走近的二十一世紀裏，中國學術界再次攀登學術新高峰、不斷創造新的學術輝煌的堅定信心。

第二，它透露出中國人文知識分子在幾十年的風風雨雨中走過了曲曲折折的學術道路之後，對自己社會角色、社會地位的重新確認，對他們所從事的學術工作的再次估價，對學術本身的地位、價值，對學術本質的進一步思考和確認，表明一種可貴的學術自覺。

中國古代的「士」有著悠久的愛國愛民、經邦濟世的傳統，「修身、齊家、治國、平天下」成爲他們的人生理想，「立德、立功、立言」三不朽的追求成爲他們主要的人格特徵。雖然傳統的「士」並不就是現代意義上的知識分子（Intellectual），但是無疑地，傳統士人的人生理想、人格特徵深深地影響著後來的以讀書、著述、作學問爲主要生存方式的人們。

中國現代知識分子的出現，是在本世紀初，是中國文化傳統與西方近代文化觀念相結合的結果。由於自鴉片戰爭以來的特殊的政治環境，由古代「士」演變而來的中國知識分子，再一次表現出與傳統士人極爲相似的人生理想和人格特徵。他們一代一代，用學術作爲救國救世的武器，學術活動帶有強烈的政治色彩和現實功利目的。他們和他們的學術爲國家、爲民族付出得太多。那些典型的處於時代前沿的知識分子，在必要時甚至不惜獻出寶貴的生命。一直到二十世紀四十年代末，絕大多數知識分子均是如此。

從二十世紀五十年代初到七十年代末，除較短的時間外，在「階級鬥爭」、「文化革命」的政治環境下，很多時候知識分子被加上了強烈的階級色彩，他們作爲獨立階層的地位喪失殆盡，而被劃分爲兩個階級，其中一個迅速無產階級化、革命化，另一個被愈來愈深刻徹底地批判，直至被消滅。與此相應，學術活動也帶上了強烈的政治色彩和階級鬥爭意味，學術高度地意識形態化了。在這種情況下，以學術本身爲目的和價值的學術史研究當然失去了賴以生存的空間。

二十世紀九十年代興盛起來的學術史研究思潮，雖然以學術歷程的回顧反思爲主要內容，但是其中透露出當代中國知識分子對傳統「士」人格特徵、人生道路的再思考，尤其重要的是對近百年來知識分子政治命運、社會角色、學術地位的重新審視。這種思考和審視是在二十世紀五十年代以後中國大陸

經歷了近半個世紀的風風雨雨之後出現，是在知識分子也與這個國度一起走過了同甘苦、共患難的道路，而且付出得比其他任何階層的人們都要多的情況下出現，就具有非同尋常的分量。在經過了八十年代的學術發展之後，一部分人文知識分子轉向學術史研究，以疏理傳統學術、近現代學術爲主要目的，淡化長期以來擔當的過於沉重的政治角色，由原來的文化中心、文化主導走向文化邊緣，更多地回到書齋中去，學術的價值和地位被確立、被提高，與以往的知識分子相比，他們的潛心於學術，對中心意識形態而言，是一種疏離。這種疏離意義十分深遠，回到學術本身，是中國多少代知識分子追求了多少年的目標！

也就是說，這部分知識分子的人生追求、學術理想，實際上是在愈來愈接近現代意義上的以理性態度和學術自覺爲首要特徵的知識分子——智者（Intellectual），也表明中國知識分子作爲一個社會階層，正在走向成熟，他們的社會地位逐步得到確認。這無論是對中國學術來說，還是對中國社會發展來說，都無疑地是一個佳音，是一種可喜的進步。知識分子作爲一個在政治、經濟等方面都具有一定獨立性的社會階層，應該甚至是必須擁有其他階層無法替代的價值和地位。他們對任何階層、任何權威來說，都既應該是可靠的合作者，又是有力的批判者。對主導意識形態而言，他們也應該既是忠心的擁護者，又是冷靜的旁觀者。也就是說，他們的社會角色應當是諍友，是良心，是高瞻遠矚的戰略家。不難看出，當前學術史研究的方興未艾，愈來愈明顯地展現出這一可喜的趨勢。

從二十世紀八十年代以來的「文化熱」，以及隨後的「國學熱」，到九十年代的「學術史熱」，這是中國人文知識分子走過的一條很有意味的學術和心靈之路，這就是：從寬泛的現實關懷到實在的學術追求，從熱情的文化啓蒙到冷靜的理性思索，從文化傳統的批判反思到清理學術傳統、建設現代學術。這表明中國人文知識分子在歷盡滄桑之後，終於出現了走向成熟、走向學術的徵兆。

第三，它反映出在整個世界學術走向一體化，中國學術與世界學術的交流日趨瀕繁的歷史背景下，中國人文學者建立起完備系統的學術規範，迅速走上學術規範化、正常化之路的要求，表現出中國學者對中國學術盡快與世界學術潮流全方位接觸，確立中國學術在世界學術中的應有地位，與世界學術進展接軌、促進世界學術發展的迫切願望和文化自信。

　　隨著「地球村」的形成，信息時代的到來，世界變得愈來愈小，人類的關係日趨緊密。世界學術發展的總體趨勢也是如此。現在，工業化時代正在迅速地被信息化時代所取代，世界各國的學術發展日益成為全人類共同的精神財富。生逢世紀之交的中國當代人文知識分子面臨的任務是雙重的：一方面要瞭解把握世界學術進展態勢，學習借鑒世界各國新的學術成果，以促進我們相關領域的學術進步。文化學術的交流走向與物質交流的走勢相似，總是以較先進的一方流向較落後的一方為主要表現形式。一個明顯的事實是，歐美發達國家的工業化程度大大高於我國，它們在文化學術上似乎也存在一種優越感，以至於形成了衡量世界文化歷史發展時的「歐洲中心主義」。這當然不能為中國以及多數東方國家所接受。但同樣明顯的是，我們必須吸收西方學術中某些先進的合理的成果，以為我所用。這是我國學者必須面臨也必須做好的工作之一。

　　不論是就發展中國學術還是發展世界學術來說，中國學者都有責任、有義務發揚光大自己的學術傳統，向世界展示中國學術的博大精深，為世界學術發展作出應有的貢獻。隨著中國政治經濟的進步，中國文化學術的價值已經為愈來愈多的世界人民所認識，已有不少西方學者較深切地領會到中國學術對於世界學術的意義。可以說，如果缺少了中國的文化學術，那麼世界的文化學術將是殘缺不全的。也是因為如此，美國近年才有引人注目的「中國中心主義」的興起。在這樣的世界文化背景下，中國學者必須加倍努力，積極向世界展示中國學術的精華，為世界學術在新世紀的新發展做出貢獻。

　　從另一個角度來看，要完成如此艱巨繁重的學術任務，就必須盡快建立起與世界學術相一致的學術規範，如學科分類、知識體系、學術話語、表述方式、操作技巧、成果形態等，這是中國學術走向世界、與世界學術接軌的技術性前提。在過去的長時期裏，由於各種各樣的原因，東西方學術各自按照自己的習慣發展，二者之間形成了顯著的差異。就中國學術發展而論，我們的學者在學術規範方面注意得太少，無論是學術論文還是學術專著，都帶有太多的隨意性，從其內在學術本質到外在表現形態均如此。這種情況不僅大大有礙於與世界學術界的交流切磋，就是國內學者之間的交流與合作也大受影響。這對中國學術界來說，損失是雙重的，既不利於中國學術走向世界，也不利於世界學術走向中國。要迅速而有力地解決因為應有學術規範的不健全而阻礙學術發展的狀況，最可行的出路就是我們主動按照目前世界學術界

遵循的一般學術規範原則，根據我國學術界的實際，在盡可能短的時間內建立起應有的學術規範，學者們積極地身體力行，逐漸使遵守學術規範成爲一種學術習慣和職業技能，眞正促進學術事業的發展，與世界學術接軌。

二十世紀九十年代興起的學術史研究思潮，就包含著這樣的雙重意義：使中國學術走向世界，讓世界學術走向中國；其前提就是建立起保障學術正常發展的應有的學術規範。中國學術界還是第一次懷有如此遠大的目標，還從未有過如此遼遠的視野。這實際上體現出在走過了幾十年的學術道路，尤其是經過近十幾年的學術飛躍之後，中國學術界對自己的文化自信，對世界學術的信心。只有充滿信心的學者，才可能表現出這樣的雄心和氣魄。

第四，它體現出人文科學某些相關學科發展的綜合化趨勢，以避免學科分類過細過專，流於瑣碎的局限；在方法論上，要吸收和運用古今中外的一切行之有效的研究方法、現代靈活多樣的研究手段，深入開展中國學術的研究，使中國學術史的研究從研究方法、學科劃分，到操作技術、科研成果，都達到一個嶄新的水平。

世界科學的發展主要呈兩種趨勢：一是學科的分門別類愈來愈細緻，愈來愈專門；一是某些相關學科的聯姻、交叉，科際整合，走向學科綜合化。按照中國傳統的學術理路和學術目標，中國的學科門類與西方學科門類存在巨大的差異。中國人文學術領域的主要特點表現爲學科分類的不明確，走的是一條學科綜合化、一體化的道路，如傳統經學、小學、史學等，都是帶有極強綜合性質的學問。與西方學術培養出來的「專家」型學者不同，中國學術的最高理想不是造就「專家」，而是「通人」。我國古代長期存在的所謂「文史哲不分家」的現象，就相當典型地體現出中國傳統學術的中國特色與民族性格。

但是自從近代西學東漸成爲一種潮流以來，情況發生了明顯的變化。在這一艱難而複雜的文化交流過程中，一代又一代的學人介紹引進先進的西學，西方近代的學科劃分方法、各種學科都被輸入到中國，不少學者用西方的學科理論重新考察、規範中國的傳統學問，綜合性極強的中國傳統學術變得分科日益細緻，西方的學術理論統攝了我們的傳統學術，西方的理論體系和學術範疇在很多時候被生搬硬套地強加於中國的人文學術研究之上。

二十世紀五十年代的十年間，中國大陸處處以「蘇聯老大哥」爲榜樣，人文社會科學領域當然不能例外。我們的學科分得更加細緻，本來密切相關

的各個學科之間，出現了日趨明顯的背離現象，甚至彼此隔絕，難通音信。因此我們也就有了自己的按照西方學科標準劃分出來的哲學、史學、文學、語言學、經濟學、法學，甚至有了政治學、社會學、人類學、新聞學等等。其結果，一方面當然是促進了各學科學術向縱深發展，另一方面，一個不可忽視的事實是，學科門類的過於細緻甚至是瑣碎，限制了學術的進展。這種局限隨著學術研究的深入，愈到後來愈表現得清楚明白。因此改變這種不良狀況就成了當務之急。而從中國學術自身的特點出發，對學術歷程進行回顧與總結的學術史研究，正是重新認識估價中國學術綜合性特點的可行方式之一，可以從學術結構內部糾正過去的某些偏向，彌補已經出現的學術損失。

從二十世紀九十年代初以來的學術史研究情況來看，除了在學科分類上具有重新認同中國學術傳統的特徵以外，在學術史研究方法上，卻更加注重在繼承傳統之基礎上，積極吸收、運用西方的於我有用的研究方法，表現出學術史研究在方法論上的繼承與創新相結合、以切合中國學術史實際為宗旨的原則。這對中國學術研究的進展和學術史著作的撰寫來說，無疑都是可喜的發展趨勢。中國傳統學術史研究，大抵以考源溯流、分門別派、承師授徒為主要方法，以義理、考據、辭章的結合為基本的評判尺度。這些傳統方法近年得到了較好的揚棄繼承，仍不失為學術史研究中行之有效的方法。

另一方面，許多從事學術史研究的學者具備較好的西方學術修養，能夠較自如地運用西方近現代以來的某些研究方法，如文化學、闡釋學、主題學、符號學、社會學、傳播學、系統論、接受美學等，為中國學術史研究這一古老的學術領域吹進了一股清爽的新風，帶來了新的氣象。有關學者也不斷地嘗試運用現代化的研究手段，如電子計算機技術、統計學、概率論以及其他自然科學手段，研究手段的時代性變化也必將帶來研究水平的劃時代飛躍。這些新的變化雖然還只是一個開端，但這個良好的開端已經使我們有理由相信並期待，中國學術史研究的新高潮就要到來，新的學術局面即將開始，新世紀的中國學術，必將為人類學術史譜寫更加動人的樂章。

第五，近年的學術史研究，對近現代學術史之「另一半」，即過去由於種種非學術原因而有意無意被忽略了的、或在一定的政治背景下不准研究的一大批對中國學術作出了巨大貢獻的學者，給予了必要的關注，這表明在世紀末到來的時候，中國學術界開始對本世紀的學術歷史進行整體全面的反思，試圖寫出盡可能貼近學術史原貌的學術史著作。

近百年來，甚至可以說是自近代以來，我們的學術史強烈地政治化、現實化、意識形態化了，它的「學術」本性未能得到充分的展現。在這種氛圍裏產生的學術史研究活動和著作，就帶上了十分明顯的時代局限。主要的特點是以「唯物與唯心、革命與反動、進步與落後、紅線與黑線」之類兩軍對壘的「階級鬥爭」格局評判從古到今的一切學術人物和學術現象，毫無保留地肯定、褒揚了學術史上激進、與主導意識形態一致、爲現實政治所需要的一個側面。天長日久，就造成了一種似是而非的假象，似乎近現代以來的學術史不過如此而已。與此相應，對那些由於政治的、文化的、甚至個人的原因而不能處在時代前列的無法被時代接納的學者以及他們的學術思想，或是棄置不問，好像從來就沒有存在過，或是在沒有進行過嚴肅審愼的學術研究的情況下，就被作爲「進步」、「革命」、「無產階級」的對立面，嚴加批判。其後果就是對學術史之另一半的無知和無視，我們本來完整的學術史被人爲地割裂，變得殘缺不全。

一切事物的兩個側面都是都密切相關、相輔相成的。學術史的兩翼也當然如此。殘缺不全的學術史不僅損失了它的另一半，而且，對那被關注的那一半也不能眞正深入地研究和認識，結果就是學術史研究的滯後、停頓。因爲就學術史研究來說，一個時代總有那麼一些學者和他們的學術建樹，是無論如何無法繞過、無法漠視的。這些人物通常都是規定了一個時代學術面貌，改變了一個時代學術進程的傑出學者。放棄了他們，就等於放棄了學術史本身，對他們的無知，就是對學術史的無知。

二十世紀九十年代以來，許多過去學術史上不大被提起或者只被當作反面人物橫遭批判的人，重新被人們想起，他們的著作得到較系統的整理並且出版，他們對中國學術的意義和價值被重新發現。只有在寬鬆的學術氣氛中這樣的情況才可能出現。沈曾植、羅振玉、王國維、熊十力、梁漱溟、陳寅恪等的著作雖然早在八十年代或更早就已經出版，但是對他們學術成就的系統研究、有關學術史論著的出版還是到了近年才達到高峰。特別是關於國學大師陳寅恪學術思想的研究和晚年遭遇、心境的探討，其影響已遠遠超出人文學術史的範疇，成爲近年學術界一種引人注目、促人深思的社會文化現象。以往被徹底批判的胡適、周作人、林語堂、梁實秋的著作在八十年代後期以來也逐漸得以較完整地出版，更出現了有分量的學術研究著作，而不是再像以往那樣將他們作爲無產階級革命文學的對立面「批倒批臭」。劉師培、辜鴻

銘更是爲許多人所不齒的人物，但是他們在近現代學術史上貢獻卓著，近年他們的文集得以印行，較深入的研究著作也在陸續出版。吳宓、顧準、杜亞泉是幾乎被人們忘卻了的名字，他們的理論建樹、學術成就更是鮮爲人知，差不多完全掩埋在歷史的塵埃裏。也只是到了近年，他們和他們的著作才重新被學術史所關注。沈曾植、羅振玉較完備的文集也即將出版，其他重要學術人物的著作以及對他們的研究，也在有計劃地進行。

到此時，我們不能不感歎歷史畢竟是公正無私的，學術史作爲歷史與學術研究的交叉學科，同樣沒有理由拒絕這些曾經爲近現代中國學術的發展作出過劃時代貢獻的學者們。儘管他們在其他方面，如政治立場、文化觀念等，有可議之處，但是作爲學術史，還是要堅持古已有之的「人歸人，文歸文」的原則，應當「人品歸人品，學術歸學術」，絕不能因人廢言。

這些人物的被重視，固然有反撥長期以來極「左」思潮統治學術研究之意，希望學術研究回歸它的學術本性，充分展現學術的本質，促使它盡快走向成熟和獨立。這種努力實際上表明中國現代學者的走向成熟和獨立意識，是學術自覺的良好開端。更有意義的是，重新關注學術史本來不該忘卻的「另一半」，昭示著我們的學術史研究開始了一個新的階段，表明學者們有能力、有氣魄從整體上把握近現代以來的中國學術史乃至整個中國學術史，以冷靜的學術態度和深邃的史家眼光考察中國學術充滿輝煌與滄桑的歷程，寫出全面而權威的學術史著作。

研究者筆下的學術史，無必要也不可能重複曾經存在過的一切學術現象、學術流派，但是，我們可以也應該不斷地向著那個最理想的「眞」的極點挺進，從學術史中發現可資借鑒的財富，繼往的目的在於開來，在於創造新世紀的新學術。在目前的政治經濟狀況和學術環境之下，我們有理由相信，這一天不會太遠。

二十世紀九十年代興起的學術史研究熱潮具有深刻的人文意蘊，包含著非常豐富的哲學文化內容，它的學術史意義和哲學文化意義都非同尋常。它實際上反映了在走向新世紀的時候，中國學術界「述往事，思來者」的情懷和信心。學術史研究思潮方興未艾，許多工作，包括學術史研究的基礎工作才剛剛開始。充滿信心是必要的，認識學術史研究工程的浩大、基礎的薄弱、研究隊伍的單薄也同樣必要。

此外，筆者以爲目前的學術史研究宜注意如下問題：其一，中國學術史

特別是近現代以來的學術史極其複雜，研究者面臨的任務非常龐大，在這種情況下，有必要加強統一組織、規劃，克服研究工作中的隨意、鬆散狀態，否則，將造成學術史研究中人力物力的浪費。其二，避免好大喜功、浮燥張狂的研究傾向，提倡紮實謹嚴、實事求是的學風，以對學術的忠誠態度從事研究工作；提倡樸實、曉暢的文風，避免拖沓蕪雜、華而不實甚至是不中不西、不知所云的研究話語。其三，對近百年來、尤其是對近半個世紀的學術史，研究者特別需要具備清醒的理性精神和冷靜的批判態度，在充分肯定學術成就的基礎上，必須同樣充分地認識學術史上的深刻教訓，從學術史角度科學地反思和總結學者們的學術經歷，從而真正使我們的學術史研究具有「述往事，思來者」的雙重意義。其四，在研究評價過去被否定了的某些學術人物時，宜注意避免矯枉過正的傾向，研究者要加強相關學科的理論素養，自覺運用科學的研究方法，真正以謹嚴、求實的學術精神進行學術史研究工作，把學術史研究推向前所未有新階段。

# 文學史的負值研究

　　錢念孫在《文學史的逆向研究》一文中，提出文學史逆向研究的三個主要方面：第一，「我們的文學史建設，除了須進行撥亂反正的『重寫』外，還應注重對文學史整體框架和研究方法的新探索。文學史的逆向研究，便是可嘗試探索的途徑之一。」第二，「文學史的逆向研究，還包括對文學史自身的逆向考察，通過研究不同時代文學史對文學過程的不同認識，可以從另一角度把握人們審美觀念的演變軌跡。」第三，「文學史的逆向研究，是考察各個時代文學如何以自己的當代光芒照亮歷史的過程。這種『照亮歷史』，實際上是給歷史輸入當代的新鮮血液，使它起死回生，加入到當代文學的創造之中」。〔註1〕這種文學史觀念對於長期以來相對缺乏的文學史理論觀念和眾多紛繁的文學史編寫實踐而言，不僅具有強烈的思想性和深刻的啟發性，而且具有明確的針對性和突出的前瞻性。

　　基於對文學史理論觀念和文學史研究實踐創新發展的思考，筆者擬從另一角度提出「文學史的負值研究」這一觀念，也可以視爲文學史研究的一種設想或嘗試，意在深化和拓展文學史研究的理論方法和學術觀念，爲經過一個多世紀的探索努力早已蔚爲顯學且當下仍在方興未艾之中的文學史研究提供一點新的參照。

　　每一種文學現象都處於歷史的縱向與橫向坐標系統之中，都是成就與遺憾、成功與失誤、正作用與負作用諸方面的對立統一。正是這些方面的複雜組合，才構成活生生的文學現象和生動多變的文學歷程。如果把以往的文學

---

〔註1〕錢念孫《文學史的逆向研究》，《人民日報》1989 年 6 月 6 日；後輯入《重建文學空間》，合肥：安徽教育出版社 2003 年版，第 309～314 頁。

史研究稱為正值研究，即研究的主要著眼點在於文學家、文學作品的成就、功績、積極作用等方面，那麼所謂文學史的負值研究則與之相反，研究的重點則在於作家作品的失誤、不足、消極影響等方面。

我以為，在文學史研究中，負向價值的研究與正向價值的研究同等重要，同樣應當予以足夠的重視。如果說以往的正值研究在於發現其對於後世文學的啟示的話，那麼負值研究則要探討其對於後世文學產生的不良影響。正值研究與負值研究出發點不同，視角也不同。前者要求研究者盡可能客觀地回到作家、作品產生的時代和文化環境當中；後者則要求研究者加強理論眼光和當代意識，研究者不是回到昨天的文學情境裏，而是必須站在今天的理論高度和對未來文學發展的期待上。

從以往文學史研究的總體狀況來看，許多文學史家進行的主要是正值研究，許多著作在論及負向價值的時候，總是一筆帶過，語焉不詳，未能從科學的意義上對文學史的負值進行系統深入的研究。實際上，文學史的負值研究，絕不是對文學理論觀念、創作現象、作家作品中存在的某種不足的簡單否定、粗暴批判，而是應當像進行正值研究一樣，從文學創造的高度、運用學理化的方法，系統地、科學地分析文學史上出現失誤的原因、產生遺憾的淵源，及其發生、發展及影響的全過程，從中總結經驗、汲取教訓。這樣的研究不僅同樣具有理論意義和實踐價值，而且，在負值研究中更加需要清醒、冷靜、深邃的理論思維與學術眼光，更需要分析解剖並批評自己的研究對象的宏大氣度。否則，就會使文學史的研究要麼變得沾沾自喜、妄自尊大，要麼使文學史的研究低聲下氣、妄自菲薄。這兩種容易出現的情況都會使文學史的負值研究喪失其學理意義，也就不可以具有理論啟發和創作反思的價值。

進行文學史的負值研究的實踐，牽涉到一些重要的理論觀念問題，同時也對研究者提出了更高的要求。只有這些相關問題得到了較好的解決，文學史的負值研究才可能比較順利地進行下去。雖然文學史的正值研究也與這些問題和要求有關，但其表現遠不及在負值研究中這樣突出。

首先是「文學」意義的認識和確定。如什麼是文學、文學的本質、文學的形態、文學的功能、文學的目的性、文學批評的標準等一系列關於文學的根本問題。對這些問題的思考和回答，是進行文學史負值研究的前提條件。由於對這些問題的認識不同，對文學評論、文學史研究採取的標準差異，不同的研究者對同樣的文學創作現象的價值的估價就可能出現很大的分歧，有

時候甚至可能得出截然相反的結論。即是說，對同樣的作家作品、創作現象、思想觀念，不同的研究者可以從中看到不同的文學史負值；也可能出現對文學史負值予以否認或進行消解、或者不認可文學史負值存在的情形。

其次，文學史研究者要具備比較系統的文學知識，並在此基礎上建立盡可能完善的文學理論觀念和文學史觀念。具備了這樣的基礎和條件，才有可能對文學現象的淵源、發生、發展以及在當時或後世文學史上的影響等具有清楚準確的把握，即所謂通古今之變。某種文學現象的負值，在很多情況下不是表現在其發生、發展的當時、當代就比較明顯、相當充分地表現出來，而是經常表現在後世的文學發展過程中。也就是說，在許多情況下，往往一個作家、一部作品的價值（當然同時包括正值與負值）要到後來才能看得清晰準確、認識得深刻全面。只有具備盡可能全面細緻的縱向的文學史視野，才能認清一種文學現象的來龍去脈。這樣對其負值進行的研究才可能具有較大的可行性與可信性。

在具備縱向的文學史視野的同時，還要具有較開闊的橫向視野，盡可能多地瞭解外國文學的歷史和現狀，把握世界文學潮流的發展趨勢，即從世界文學的角度、從不同國家和民族文學的橫向比較中，認識本國的文學，從中找到本國文學的不足、遺憾或失誤。這種橫向的參照系統可以為研究者提供廣闊的文學背景和思考空間，使研究者具有開闊的思路和深邃的眼光。這樣，文學史研究中的時間關係與空間關係構成的縱橫坐標系統就形成了。在這裡，古與今相通，中與外交融，在「古今中外」多種因素構成的廣闊而具體的時空範圍裏，研究者可以更充分地審視本國的文學，可以更清楚地看到文學史的負值。這樣，歷史再不僅僅是歷史，而且獲得了現實的生命，作為既往文學歷程的文學史重新彙入了今天的文學歷程；其他國家和民族的文學再也不那麼遙遠，而可以成為本國文學發展的不可或缺的外在動力和參照體系。

應當清楚地認識到，文學史的負值研究容易走向盲目、偏頗或極端，也容易產生以主觀感受、情緒反應替代學理思考、理性判斷的現象。而研究者對於古今中外文學潮流、文學歷程的廣闊認識和深切體認，可以有效避免文學史負值研究中可能發生的非科學、反學理傾向。有了紮實深厚的學術保障，文學史的負值研究才可能獲得並保持較強的科學性，並由此獲得旺盛的學術生命力。

文學史的負值研究是用今天的時代光芒照亮前代的文學歷程，使前代文

學發展中留下的欠缺、失誤、不足成爲今天文學創作的教訓和借鑒，成爲今日文學狀況的歷史參照，並爲未來的文學發展提供有價值的參考和有啓發意義的信息。於是，文學史研究與文學創作便有可能聯繫起來，形成完整周詳的文學生態體系。外國文學可以爲本國的文學研究與創作提供參照，這只是問題的一個方面；同樣重要的另一個方面是，本國的文學創作與研究又可以給其他國家、其他民族的文學提供有益的借鑒。於是，中國與外國的文學又可以構成一個廣闊的文學生態循環系統。在這樣的文學系統中，文學理論闡釋與文學史評價再不隔膜，既往的文學歷程與今天的文學創造再不阻斷，本國的文學可以大踏步地彙入世界文學的潮流之中，歌德所說的「世界文學時代」可以在新的意義、新的高度上得到呈現。

文學史的負值研究內容應當是非常豐富廣闊的，不僅要分析那些具有明顯局限性的文學現象，如自然主義、感傷主義、黑幕小說等，對它們進行細緻深入的研究，從中得到應有的教訓，同時也要研究那些取得了巨大成就的作家作品，如陶淵明的寄情田園、杜甫的精研格律以及中國傳統戲曲的大團圓模式等，對它們也應當以冷靜、深刻的審視批判態度進行探討和評價，從中得到有益的啓示。

文學史的負值研究與正值研究並不矛盾對立，彼此之間也並不只存在衝突性與差異性。從完整的文學史研究的意義上來看，二者都有其存在的必要性、合理性與可行性。它們可以形成相互對照、相互檢驗、相互啓發的關係，從而形成一種既相互對立又彼此互補的統一關係。它們可以從不同角度抓住文學史的不同側面進行深入挖掘，它們共同研究的結果的綜合、比較，往往可以達到更加全面完整地認識文學史過程及其價值的目的。

就當代文學創作、文學潮流的走向而言，文學史的負值研究與正值研究及二者構成的互補互動關係更是必不可少。任何時代、國家、民族的文學創作，都不是孤立的存在，都必須地、必然地生存於特定的文學甚至文化生態系統之中。文學的生存與發展，既需要豐富的成功經驗的啓迪，又需要大量的失誤教訓的鑑戒；既需要成功與勝利光芒的照耀，又需要缺點遺憾的前車之鑒。在這樣的正常環境中成長起來的文學，才可能是健康的文學、生機勃勃的文學，也可能是具有啓示性和豐富性、指向未來發展的文學。

總之，作爲一種具有明顯的批判意識、創新意識的學術觀念和科學研究方法的文學史的負值研究，應該構成一個古與今、中與外、理論與實踐、歷

史研究與當代創作、回顧反思與創新發展相聯繫、相關涉的反饋循環系統。這樣的文學史研究可以更多地從純粹的歷史描述中走出來，來到鮮活的當代文學創作與發展現場之中，歷史在這裡獲得了新的生命和新的價值。中國文學史研究也就不僅僅屬於中國文學自身，而且也應當彙入世界文學研究和創作的大時代、大格局之中，參與世界文學的思想建構和精神創造，從而使中國文學精神與學術精神得到更充分的展現，使中國文學的世界文學意義得到更加充分的彰顯弘揚。

# 文學史的「張力」觀

在正常的文學與文化生態環境下，作爲歷程進程中曾經客觀存在過的文學史歷程，應當是紛繁複雜、千頭萬緒的；作爲對這種曾經存在過的人類文化現象進行概括與描述的文學史著作，也應當是多種多樣、各具風貌的；而作爲總結既往文學史研究實踐經驗、探索文學史研究未來發展的文學史理論，更應當是多元化、現代化的。然而長時期以來，由於種種主客觀因素的影響，我們對文學史現象的五彩繽紛認識不足，對文學史著作體例格局、觀照角度、敘述方式等理論問題的探討更是明顯匱乏。這種狀況的長期存在並延續，不能不說是目前文學史著述中不同程度地存在模式單一、角度陳舊、內容簡單化等缺陷的重要原因。如何借鑒其他國家、其他領域的的成果，構建中國文學史的新格局，繁榮我們的文學史理論與文學史編寫實踐，應當引起人們的重視。

我們把「張力」這一自然科學概念引入文學史的研究，是試圖探求一種觀照文學史的新角度，尋找一種考察紛繁複雜的文學史現象的新方式。「張力」這一概念，1979 年版《辭海》是這樣解釋的：「物體受到拉力作用時，存在於其內部而垂直於兩相鄰部分接觸面上的相互牽引力。例如懸掛重物的繩子內部，就存在張力。」〔註1〕無疑地，我們所使用的「張力」一詞，並不完全等同於辭書上的定義。與其說我們引入的是這一概念，不如說是這一概念爲我們提供了思考文學史問題的一種方法。

---

〔註1〕 《辭海（1979 年版）》（縮印本），上海：上海辭書出版社 1980 年版，第 1083 頁。〔美〕托馬斯・S・庫恩著，范岱年、紀樹立譯《必要的張力》，福州：福建人民出版社 1981 年版；北京：北京大學出版社 2004 年版，可參考。

我們所說的文學史的張力，更注重如下一些方面的內容：（1）文學史的內部運動過程中也存在著一種維持其發展與平衡的張力，這種張力由既相對立、相矛盾又相聯繫、相依賴的種種複雜的文學史現象構成；（2）文學史作為一種人類精神文化現象，其內部極為複雜，但又與「張力」的本來意義相近，文學史的張力也是在矛盾集中的文學史「兩相鄰部分接觸面上」得到最明顯的呈現，而且這種看似相互牴牾的文學史力量，從其本質意義上說又是「相互牽引」的。正是這樣的張力構成了異彩紛呈、波瀾壯闊的文學史歷程。（3）文學史的張力結構與作用方式並不是平面化、簡單化的。由於文學史現象的文化、社會、經濟、哲學、歷史背景的廣闊遼遠、變化多端，由於各個歷史時期不同文體、不同流派之間的交互影響，更由於文學家自身生活經歷、個性因素、創作心理、學養才情的複雜性、多變性，等等，種種因素的復合作用，便賦予了文學史張力多層次、立體化的特徵；即是說，對這種張力的考察應當是多角度、多方位的，也應當是處於動態變化、發展完善的總體格局之中的。

現將筆者所思考的文學史研究的「張力」觀念、主要內涵及其與具體的文學史事實的關係闡述如下，以期引起討論或進行更加深入細緻的研究考察。

其一，文學史的前後思潮發展和變遷留下運動的軌跡，表現出來主要的趨向以及其他不同的態勢，於是形成了所謂時代思潮、文學主潮。這種「一代之風會」往往處於經常性的變遷更迭之中。如果從較遠的距離對之進行宏觀的縱向考察，即可以發現這些不同的文學主潮之間，實際上存在著一種文學史的內在張力。

這種張力主要在文學史的縱向發展過程中，以時代主潮變遷的方式突出地表現出來。中國這一詩歌大國的現實主義源頭《詩經》，與其後的浪漫主義濫觴《楚辭》之間，明代前中期前後七子「文必秦漢，詩必盛唐」的擬古復古思想，與晚明時期以公安三袁為代表的「不拘格套，獨抒性靈」，「信口信腕，皆成律度」的張揚個性主張之間，都形成了張力。十八世紀歐洲古典主義與十九世紀初期的浪漫主義，浪漫主義與十九世紀末、二十世紀初的批判現實主義，彼此之間也都存在著張力。

這種縱向的文學史構建所形成的張力，孤立地、簡單地看，可以認為主要是文學思潮的與時俱變，所謂「一代有一代之文學」。但假如深入一步，從較長的時段裏用總體的、聯繫的眼光進行審視，則可能發現它們之間存在的

相互牽引、彼此依賴的關係。後者往往既是對前者的反撥，也是一種特殊形式的繼承；前者既孕育了後者，也是在與後者的比較和關聯中才更加充分地顯現出其意義。總體上看，它們各自為文學史增添了新的內涵與色彩，分別成為文學史發展鏈條上的一個不可或缺的環節，文學的發展也在二者的對立與互補所形成的必要張力中，保持了應有的動態平衡，從而促進文學史的發展演進。

其二，同一時代的文學家、文學流派之間往往具有各自的藝術旨趣，形成不同的藝術風格，從而使一定時代的文學史呈現出絢麗多姿、蓬勃興旺的景觀。於是，同一時代的不同文學家、文學派別的文學取向、藝術追求之間，又形成了一種橫向的文學史張力。

在清代前中期的中國文學史上，差不多同時出現並發生重要影響的主要思潮流派比較多樣，比如有王士禎的「神韻說」，袁枚的「性靈說」，還有翁方綱的「肌理說」。三者之間雖在思想觀念上、創作趣味上存在著顯著的不同，甚至出現各自為了矯他人之枉而建設發展己說、彼此之間多有對立矛盾的現象。但對於這一時期的文學思想、文學創作和文學生態來說，它們之間卻構成了一時文學空間中的橫向張力，使文壇得以在彼時非常嚴酷的專制禁錮之中，還有可能彈奏出一些不同的聲響，呈現出頗為興旺的景象。

中國現代文學史上，文學研究會奉行的「為人生」的文學與創造社主張的「為藝術」的文學之間，看似存在著明顯的差異甚至產生許多矛盾和爭論，但是對於中國文學從傳統到現代的歷史轉換來說，對於成長中的中國新文學來說，它們之間也同樣構成了一種必要的張力，對保證文學史的常態發展和動態平衡產生了重要的作用。這種橫向的文學史張力經常是一個時代文學繁榮發展的重要標誌，也應當是一個時代的文學保持較合理的運動趨向、正常的文學生態系統得到有效保護的必然要求。

從這一角度來看，可以認為，文學發展歷程中的橫向張力消失的時候，也就是文學失去生機、文壇出現不幸甚至災難的時候。在古往今來的中國文學史上，特別是在某些專制時代的文學史上，這種情況也並不是沒有出現過，而且對文學發展、文化生態造成了非常嚴重的傷害，留下了深刻甚至慘痛的教訓。這一點，當我們思考文學史研究的「張力」觀念和文學的繁榮發展的時候，是不應當忘記的。

其三，在同一個文學家的創作過程中，往往表現出不同的思想狀態和情

感傾向，具有不同的藝術追求與美學風格。這種情況，有的在不同的文學樣式中表現出來，有的在不同時期的創作中表現出來，有的則在同一時期不同場合、不同心境的創作中表現出來，總是顯得那麼複雜多變，難以捉摸。這些看似變幻莫測、難以理解的現象，可以從文學家創作與生存狀態的內部張力的角度進行探索，即可以理解為文學家創作過程中內在張力的作用。

袁枚在言及詩歌創作時，力主新變，主張抒發性靈，不受羈縻，但是在論文的時候卻又復古墨守，循蹈成規，存在深刻的矛盾現象。朱祖謀論詩時抑宋尊唐，論文時則抑唐尊宋，在不同文體的認識和主張上表現出明顯的不一致。拜倫論詩最為推崇古典派宗師蒲伯，而他自己的詩卻成為英國十九世紀浪漫派的魁首，詩歌主張與創作實踐明顯不協調。還有魯迅曾指出過的，陶淵明的思想和詩歌中，既有「採菊東籬下，悠然見南山」的悠哉遊哉，也有「刑天舞干戚，猛志固常在」的金剛怒目。這類現象可以認為是文學家創作過程中的一種內在張力。

不論是對於一個文學家個體來說，還是對於一個群體、一個時代來說，文學家創作過程中的這種張力對其文學家自身情緒狀態、心理結構的保持正常與進一步完善來說都是必要的，對文學史的發展繁榮而言更是必要的。從文學史的必要「張力」及其對於文學家個人創作的必要性這一角度入手，對於諸如此類的文學家的複雜表現與矛盾狀況，或許可以作出一種比較合理的解釋，對文學家及其創作的作品，或許可以增進一些理解，從而加深對於文學家創作具體情況、文學史總體變革過程的認識，並對之作出更貼切的評價。

其四，某一時代的文學與同時代的政治、社會、哲學、歷史、經濟、文化思潮等等，並不總是齊頭並進、亦步亦趨的；而往往表現出參差錯落、交互發展的複雜情形，它們經常具有各自的主導趨向，呈現出各自領域的不同特點。從文學與其他領域的相關性、聯繫性的角度來看，就可以認為，在這一時代的文學史現象與其他種種社會的、經濟的、哲學的、歷史的、文化的等等領域及其複雜現象之間，也形成了一種廣闊的文化張力。

作為文化史現象之一種，文學史從來都不是孤立的、自足的。一定時代的文學總是與一定歷史時期的社會文化背景、哲學美學思潮等相聯繫、相溝通，甚至出現相互矛盾而又相互依賴、彼此背舛卻又彼此呼應的情形。因此，文學史與其他領域之間文化張力的形成，便使文學史具備了廣闊而具體的歷史文化背景，也可能使文學史的宏觀研究擁有更加充實的歷史內容，文學史

也就實現了文化史的意義。在這種廣闊的文化張力場中，文學史研究再不孤立，文學史研究再不封閉，在文學與相關領域構成的張力場閾之間，文學史研究獲得了廣闊的文化視野和思維空間，也獲得了開放多元的品格。

南宋講求詞章的江西詩派，喜歡掉書袋、顯示學問，詩歌創作中以讀破萬卷書、無一字無來歷爲旨趣，並將這種觀念大詔於天下，產生了廣泛的影響。但是南宋講求義理的象山學派，即被朱熹指斥爲「江西人橫說」者，卻是尊性明心，認爲留情傳注爲結塞支離，幾乎達到無語言可以傳意、主張廢書不讀的程度。有意味的是，這兩種不同的主張竟同出於一地，並且可以並行於世。明代弘治（1488～1505）、正德（1506～1521）年間，在文學上有李夢陽、何景明爲代表的「前七子」的復古模擬主張，而理學上則有王陽明的師心直覺一派。二者也是本來相互牴牾，卻在當時並駕齊驅，並行不悖，都產生了廣泛的影響。

在歐洲文學史和哲學史上，十六世紀正是亞理士多德詩學大爲盛行的年代，但卻也正是亞理士多德哲學漸趨衰微的歲月。在同一個世紀當中，同一位文學家兼思想家的學說卻可以如此的不一致，而且遭際命運又是如此的對比鮮明、炎涼立現。另一個代表性的例子是，十九世紀正是浪漫主義運動的初期，英國文學已經表現出鮮明的理想主義的特徵，而且表現出可觀的發展前景，但是英國哲學卻依舊延續著經驗派的窠臼，在陳舊相因的道路上繼續邁著沉重的步伐。而在法國大革命時期，法國文壇政論空掃前載，而文壇卻抱殘守缺。文學上並沒有象政治上表現得那麼激進和熱烈〔註2〕。綜觀中外文化史的歷程，可以看到諸如此類的現象可謂複雜而眾多，幾乎可以認爲反映了文化史發展變化的某種必然。

我們用「張力」觀來認識和論文這種現象，則可以認爲，正是這樣的複雜情形才構成了一個時代文化史多姿多彩的風貌，也正是有了這樣的狀態，才保證了文學乃至多個文化領域的生機活力、發展繁榮，從而保證了文化生態的優化與健康。而且，這種情況在內部構建起一種對文學與文化發展來說十分必要的動態平衡，形成了一種內部調節完善機制。面對種種複雜矛盾、變幻多端的文學史景觀，與其認爲這種現象的存在是因爲某一方面「落後」

〔註2〕此處例證採用了錢鍾書《談藝錄（補訂本）》第九十一節及補訂的內容，在此一併說明。錢鍾書《談藝錄（補訂本）》，北京：中華書局1984年版，第302～304頁，第612～614頁。

甚至「反動」視而不見甚至大加伐撻，對所謂值得肯定的「進步」一方大肆褒獎、大唱讚歌，採取簡單化、平面化的肯定或否定，不如把它們共同納入當時的文學張力場中考察，對其進行全面綜合的分析。

由此也可以聯想到，對某一時代的文化主潮或時代主旋律勾勒得簡單明瞭、清晰明瞭，確有其必要性，也有一定的可能性；但同時需要詰問的是，是否也應當對那些具體而複雜的現象予以足夠的注意？對於完整深入地認識和把握文學史的進程來說，對一般所謂時代主潮的關注，當然可能收到綱舉目張之效，但是否也應當對那些局部性、細節性問題給予恰切的把握？因為，假如不對那些具體而微的現象、有意味的細節問題進行深入切實的探究，對認識所謂主潮等等也必然是一種障礙。

其五，許多文學家的思想往往表現出種種複雜性、矛盾性，其文學思想與政治、文化主張往往表現出不一致的情況，有時候甚至可能包含著深刻矛盾的對立方面。這些看似不可調和的方面在同一文學家的意識系統中卻可以相安無事。這可以說是文學家思想內部張力的表現，是保持其思想系統內部平衡與外在創作活動順利進行的需要，或者說是一種必然的現象。這實際上是由人的複雜性、多變性、多側面性決定的。這一張力也是文學思潮與文化觀念、歷史意識之間的張力在一位文學家身上的集中表現和具體存在形式。

明末清初思想家顧炎武在《日知錄》裏，談藝時主張「一代有一代之文」，誠為有識之見，領時代風氣之先，展現了他啟蒙思想家、學問家的風采。但另一方面，他論政時卻不主張一代有一代之治，其政治思想與文學思想之間形成鮮明的差異性和對立性，又統一在這一標誌性人物的思想裏。正是這種張力的突出存在和充分表現，真實地展現了這一人物承前啟後的思想特徵，也反映了時代與人的複雜關係。伏爾泰是一位在法國啟蒙運動中產生了深遠影響的思想家，他的一切議論莫不摧枯拉朽，與舊更始，但論文時卻抱殘守缺。嚴復作為中國近代傑出思想家、翻譯家，向中國翻譯傳播了西方社會科學學說。他的譯述為開發民智、啟人蒙昧發揮了巨大作用，影響了不只一代中國知識分子，但他所採用的文體卻是古雅典麗的文言文，決不肯走通俗化的道路。

應當看到，這種存在於文學家思想意識系統內部的張力，同樣有助於我們全面地認識其在各個方面的成就建樹以及缺憾失誤，而且為對這種情形作出具有邏輯合理性和理論深度的解釋提供了一種角度與思路。對於一個文學

家可以如是觀，對於一個時代的文學狀況，也可以從這一角度進行細緻的探尋，並在此基礎上對這些複雜現象及其背後的思想內涵進行深入的思考，從而促進文學史理論觀念的更新和文學史研究實踐的發展。

對於一般的文學史研究理論觀念和文學史研究實踐來說，文學史的「張力」觀作為文學史研究多元化、現代化格局中的一種理論觀念或學術設想，應當具有突出的理論價值和實踐意義。就目前文學史研究的實際情況來說，文學史「張力」觀念的價值和意義突出表現在以下兩個方面。

第一，文學史的「張力」觀，為文學史研究提供了一種新的觀照角度，一種新的考察文學史現象的思維方式，這對繁榮文學史理論觀念和文學史研究實踐具有獨特意義。以往的文學史家對文學史研究的多方面問題尤其是文學史編寫實踐問題作出過不少努力，也取得了突出的成就。但同樣不必諱言的是，由於文學史研究自身多方面因素和多方面時代政治因素、文化思想因素的影響，幾十年來的文學史研究中也出現了許多明顯的問題，留下了不少遺憾。二十世紀五十年代以來，某些時候不正常的政治氣氛和學術環境，更使文學史理論與實踐的探索也在某種程度上帶上了非學術色彩。

據筆者的淺見，自從二十世紀初文學史研究逐漸成為一個重要的學術領域以來，經過幾代研究者一百多年的努力，文學史研究已經成為一個倍受關注、眾所周知的學術領域。從總體上看，雖然可以說中國的文學史研究的「學科化」地位已經基本確立，但是由此進一步走向「科學化」的歷程尚遠未完成。文學史研究的科學化，既需要實踐的探討，更需要理論的總結，二者應當構成一種相輔相成、同生共進的密切關係。可惜多年來我們關於文學史理論的探討實在太過缺乏，甚至在許多時候並沒有形成文學史研究中自覺的理論意識和價值觀念，難以有效支撐起文學史研究的理論需要。這種局面的長期存在並延續，不能不說是造成文學史研究突破性進展較少、研究方法和理論觀念相對落後的一個重要原因。

文學史的「張力」觀仍然是一種理論觀念或學術設想，主要是想提供一種文學史研究的動態觀、立體觀和綜合觀，矯正以往和時下某些文學史著述視野狹窄、觀念單一的缺陷。我們經常可以看到，一些文學著述簡單化地把時代與文學、思想與藝術羅列而出，實際上在是在沒有多少研究和體會的情況下所進行的生硬拼湊、強行組接，不可避免地明顯存在將成就與不足、主流與逆流、進步與落後割裂開來的偏頗。在對文學歷程敘述和文學現象的把

握上，經常以政治判斷取代了文學判斷，以知識傳授摭蔽了價值追求，以表面介紹替代了內部體察。這種情況的存在，是多方面原因造成的。而文學史的「張力」觀念，就有助於改變文學史研究中理論意識欠缺、思想深度不足、非學術因素干擾較多的現實狀況，從而推動文學史研究的理論建設和學術進展。

第二，文學史的「張力」觀，對目前文學創作的發展和文化生態的優化，對時代文學合理格局的建構也不失其參考借鑒的價值。在正常的文學生態和文化生態背景下，一個時代的文學內部擁有並保持了一種必要的張力，文學創作才有可能保持正常的態勢或得到繁榮發展。作為一種理論觀念，同時也是一種思考方式和認識方式，文學史的「張力」觀對保證文學的常態發展，促進文學創作繁榮興盛、真正形成「百花齊放、百家爭鳴」的局面，也應當發揮其應有的作用。

明代初期，由於沒有任何文化根底、完全依靠造反起家的最高統治者採取文化專制和政治高壓政策，文學創作出現了極度蕭條的局面。這種局面持續了一個多世紀，直到明代中後期才真正從這種不幸的局面中走出來，出現了具有啓蒙主義思想、個性解放色彩的繁榮景象。清代前中期，由於滿清統治者採取政治專制、民族壓制、軟硬兼施、陽奉陰違等政治手段，在虛僞的「康乾盛世」的表象背後，隱藏著極度的文學蕭條和文化凋零，許多漢族知識分子忍受著極大的精神痛苦，過著寄人籬下、苟活於世的生活。在這種情況下，文學創作也當然失去了生機活力，成爲文學史上的一個非常不幸的時期。從二十世紀六十年代到七十年代，「無產階級文化大革命」時期的所謂「七億人民八個戲」的怪現狀，不僅對中國文學傳統和文化傳統造成了極大的破壞，而且使當時的文學生態與文化生態發生了根本性的轉變。在這種局面之下，文壇必不可少的張力已經完全喪失，活力也無法保持，文學也必然隨之產生枯萎凋零的景象。這種極爲深刻、無比慘痛的歷史教訓不可忘記。以古爲鑒可以知興替，這樣的話對於思考文學史問題也是有參考價值的。

文學史的「張力」觀，可以爲目前文學創作的健康發展和文學生態動態平衡提供有效的保護策略，提供一種可資探索借鑒的認識角度和思想方法。從而提醒一切關心文學與文化的各方面人士，自覺保持和努力維護文學發展的必要張力，讓文學在既適應時代大潮和時勢變化，又保持其獨特個性、發揮其自身特點的道路上康莊之路上持續前進。果真如是，文學史的研究就不

僅具有了更加深刻的學術價值，也獲得了充盈的現實意義。從這一角度來看，可以說文學史的「張力」觀也是一種力圖溝通歷史與現實、理論與實踐、文學與其他文化領域的嘗試。

# 中國近代文學學科建設的若干思考

中國近代文學（1840～1919）的教學與研究在最近十幾年的時間裏取得了長足的進展。這一點，只要回顧一下以下這些情況就不難感受到：國際和全國學術會議已舉行多次，文獻資料的整理出版勢頭較好，發表研究論著、論文的數量和質量均可謂達到空前的水平。但是，作爲一門教學學科存在的「中國近代文學」，則很難說它已經相當成熟並且確立了應有的地位。這只要看看如下兩個事實就可以知曉：其一，「近代文學」在邏輯上本來應當是與「古代文學」、「現代文學」等相對應的一個並列概念，但到目前爲止，它還沒有被國家有關部門確認爲一個獨立的二級學科，而是歸屬於中國古代文學的一個三級學科，碩士、博士研究生招生也是將近代文學作爲古代文學中的一個研究方向（有的高校則將其作爲現代文學中的一個研究方向）。其二，國家教育部還沒有認定把它作爲普通高等學校中文系開設的一門必修課程，它的處境相當尷尬：主管部門表示，等到大部分高校都開設了此課程，有了教材、師資，積累了相當豐富的教學經驗之後，才好考慮把它作爲必修課；某些高校則認爲，既然它不是國家教育部規定的必修課程，也就沒有必要花費人力財力進行此門課程的建設，等到上面明確規定開設此課程再動手不遲。

因此，目前「中國近代文學」在國內各高校受到的處理就大不相同：大部分高等學校中文系沒有開設這門課，至多只是把它作爲中國古代文學一個可有可無的尾巴，或者是中國現代文學一段無足輕重的序曲；少數有條件的學校開設了此課，但具體做法上又存在很大差異，如有的把它作爲一門必修課，有的則將其列入選修課範圍，還有的以專題講座的形式講述，等其他課程開設完畢之後，剩下的時間多就多講點，時間少或沒時間就少講或不講；

那爲數不多的將其作爲必修課程開設的學校，各方面的情形又大相徑庭，教學大綱、教材的各行其是暫且不說，僅從教學時數一點來看，就大不相同，有的多至六十學時，講授一個學年，有的少至二十學時，講授半個學期。諸如此類的種種，對「中國近代文學」學科發展極爲不利，也勢必限制和影響這個領域研究工作的進展。

　　一個學科的建立，需要具備諸多方面的主客觀條件，這些條件對於一般的教學和研究工作者來說，有的是我們無能爲力、無法解決的；有的則是我們可以並且需要爲之努力的。筆者當然只關心後者。建設「中國近代文學」學科、確立中國近代文學教學與研究的應有地位，這並不是一個新問題，長期以來，前輩學者一直在爲此不懈地努力，他們篳路藍縷，爲這一學科奠定了較堅實的基礎。前些年，還有學者主張把近代文學從古代文學、現代文學中劃出來，作爲一個獨立的學科，大家談得較多的是如何劃出來的問題，即中國文學史從古到今如何切分、近代文學起訖的時間斷限與內部分期問題。這些意見的基本思路是，近代文學所以沒有取得與古代文學、現代文學相等的地位，癥結所在就是它沒有被劃出來，似乎將它從古代、現代文學中劃出來，「中國近代文學」學科就誕生了，獨立了，甚至成熟了。問題似沒有這麼簡單。本文試圖變換一下角度，即從「中國近代文學」學科本身目前狀況和現有條件入手，思考作爲普通高等學校的一門應設課程，它的建設、發展乃至走向成熟究竟還有哪些問題亟待解決？作爲該學科的教學、研究工作者，需要並且能夠爲此做些什麼？希望從學科自身建設和內部完善這個根本問題出發，促進各個方面條件的成熟，以益於中國近代文學教學與研究，尤其是促進「中國近代文學」課程建設的發展。

　　一、建立和發展一支具有相當規模的、較爲穩定的、高質量的教學與研究隊伍。

　　中國近代文學教學與研究人員嚴重匱乏，遠遠不能滿足需要，與近代文學取得的思想與藝術成就及其在整個中國文學史上的應有地位極不相稱。按照較普遍的說法，中國近代文學（1840～1919）的歷史長達八十年，但是目前國內較專門地從事近代文學教學與研究的人員約不過一百人左右，而且存在著年齡偏高，人員老化的危機，有後繼乏人、青黃不接之虞。這一百人左右當中又至少有 30%以科學研究爲主，基本上沒有大學本科層次的近代文學教學任務。這種狀況的極不正常，只要與其他學科稍作比較，就可以深切地

感受到。從事古代文學教學與研究的人員恐怕至少是近代文學教學研究者的幾十倍，如果說這是因爲古代文學時間跨度長，爲近代文學的八十年所無法比擬的話，那麼，再看看現代文學領域的情況。據統計，從事現代文學教學與研究的人員多達五千人，是近代文學教學研究者的五十倍！一位現代文學研究專家形容說，我們的現代文學教學與研究工作者就像廣州大街上的汽車那般眾多而擁擠不堪，此語恐非僅僅是幽默。與此相反，近代文學教學研究隊伍卻顯得那麼單薄而冷清。從已知的近代文學作家作品的數量和質量上看，也決不可以說近代文學的命運只配如此，不值得那麼多人去研究。

從目前所知的情況看，近代文學八十年間產生的作家和作品，其數量不會少於現代文學三十年，其質量和對整個中國文學史的貢獻也難說不敢望現代文學之項背。誰也無法否認，近代文學史上沒有產生魯迅式的人物，但同樣不可否認的是，這期間產生了沈曾植、陳三立、王國維、章炳麟這樣的大家，而且，幾千年的中國文學史，也就只有那麼一個空前絕後的魯迅。再往遠處說，如果沒有近代文學的發展變遷，滋養哺育，也就難以想像現代文學取得如此輝煌的成就。歷史無法割斷，一切文學現象都有它的來龍去脈，前因後果。因此，除了穩定現有的近代文學隊伍之外，培養造就更多的低年齡、高水平的教學研究人員，不斷爲這支隊伍注入生機和活力，盡快建立起來一支具有相當規模、較高水平的教學與研究隊伍，就是建設「中國近代文學」學科的首要任務，這是開展其他一切教學與研究工作的根本前提。從目前所知的近代文學創作實績和現有的研究狀況來看，這支研究隊伍比現在再增加十倍，亦不能說多。

二、全面系統地發掘整理文學史料，摸清基本情況，掌握主要事實，切實加強學科的「基本建設」工作。

文獻資料的發掘整理是文學史研究的重要基礎和必要準備，需要艱苦細緻甚至是甘於寂寞的長期努力，古今中外的文學史研究蓋莫能外。比如古代文學領域在這方面就做了大量的工作，除重印前人所輯《全上古三代秦漢三國六朝文》、《全唐詩》、《全唐文》等之外，還新輯了《全漢三國晉南北朝詩》、《全宋詞》、《全元散曲》等，《全宋文》、《全明文》、《全明詩》等也正在編輯出版之中。對中國近代文學研究而言，文獻資料整理工作尤爲緊迫，大量的文學史資料有待於整理，否則一般的研究者無法利用，不少瀕臨湮沒的珍貴文獻亟待搶救，否則造成的損失將永遠無法彌補。此前有不少學者在這方面

作出了巨大貢獻，近年也有多項文獻工程已經完成或正在進行，如《清詩紀事》（其中近一半篇幅爲道光至宣統朝）、《中國近代小說大系》、《中國近代文學大系》的編輯出版等，但是重要作家全集的整理出版仍寥若晨星。清代或者近代的文學作品全編，除《全清詞》（已在編輯出版之中，尚未完成）外，其他尚付闕如。近年雖有編輯出版《全清詩》之倡導和努力，但大規模的工作尚未正式鋪開，此書何時編成、何時出版，也都不容樂觀。

中國近代文學史上出現過的作家、作品、思潮、流派，數量多少？質量如何？這些「摸家底」的工作，直至目前都還沒有認眞系統地做過。恐怕目前無人敢說知道近代文學史上究竟有多少作家和作品，更不用說有人進行過全面瞭解和系統研究了。在這種情況下，對這一學科的基本情況、總體概貌也就難以作出可靠的估價。與此相聯繫，供教學和研究使用的參考書、工具書、資料集也相當缺乏，從二十世紀五十年代到九十年代，這種不利的情況並沒有獲得根本的轉變。這不能不極大地限制近代文學的教學與研究，對有關的學生、一般的教學和研究人員造成嚴重的負面影響。

與此相聯繫，在沒有豐富的文獻資料作爲基礎的情況下開展的近代文學作家、作品、思潮、流派研究乃至文學史、研究論著的撰寫，就不可避免地存在某些明顯的局限，如研究對象太集中，往往集中於某幾個作家，這爲數不多的被研究的作家，又經常局限於某幾個老問題上面，大家談了又談，文章寫了又寫，老生常談屢見不鮮，研究者學術前沿意識欠缺，正常的學術討論、學術爭議很少開展。研究範圍過於狹窄，缺少整體意識和宏觀視野，也就難窺近代文學之全豹，不能獲得廣闊的文學史背景作爲清晰可靠的參照系統，致使研究者無法對研究對象進行深入恰切的文學史定位研究，得出的結論往往片面簡單，有失公正允當，畸高畸低，只能以一己的喜好或厭惡爲依據。近代文學研究界存在的弱點和弊端，也不能不限制影響近代文學的教學質量和教學水平。

三、加快教學大綱建設，努力使之走向規範化、科學化，盡快建立起「中國近代文學」教學知識體系和學科規範。

教學大綱是一門課程中最重要的文件之一，是一門課程基本知識體系和大致面貌的最集中體現，也是編寫教材、設計有關參考書、學習資料的最重要依據，當然也是估價該學科建設情況的最重要的標準之一，它對學科建設和課程設置來說至關重要。從目前近代文學領域的研究狀況和教學研究者對

近代文學的把握程度而論，試圖馬上制定一份足以反映近代文學教學知識體系的、科學規範的教學大綱，編寫一部適於教學使用的、獲得較普遍認可的文學史教科書，都要遇到不少的實際困難，最集中地體現在要冒不小的學術風險。因為許多方面的相關條件還不那麼成熟，不少準備工作還沒有認真做好，因此現階段進行近代文學教學大綱的制定、教科書的編寫，就應該說是很大膽的行為，甚至可以說是相當勇敢的行為了。筆者在思考這一問題的過程中，有時候也碰到些困惑和疑問，比如，嚴密規範、科學全面的教學大綱並未見制定出來，卻見到供教學使用的文學史教科書出版了不只一部，由此不禁想到，按照正常的工作程序和科學原則，是首先論證、制定教學大綱，還是在沒有教學大綱的情況下，直接進入教科書的編寫？

目前還沒有見到一部足以反映近代文學教學知識體系的、規範而科學的、獲得較多認同的近代文學教學大綱。將近代文學作為必修課程的院校，還是各行其是，分別按照自己的教學特長、學術興趣設計教學計劃、制定教學大綱。北京師範大學出版社出版的《高等師範院校中文系教學大綱》中，「近代文學」只占十學時，這很難說是「中國近代文學」課程的教學大綱，實際上只不過是中國古代文學課程中的近代部分。一部中國近代文學教學大綱的產生，首先應當由對這一學科研究有素的、富於教學經驗的專家學者嚴密思考，反覆論證，然後提出基本框架、寫出初稿，再經過一段時間課堂教學實踐的檢驗，不斷得到有關的反饋信息，再進行必要的修改、調整，之後才可以正式付諸實施，並以此作為編寫有關教科書的重要依據。它應當具有足以反映中國近代文學教學知識體系的科學性和權威性，應當勾勒出教學過程中必須向學生講授並要求學生掌握的本學科的主要事實和基本面貌。

因此，規範的近代文學教學大綱至少應當對如下內容作出合理而明確的規定說明：課程的性質、任務、目的；該課程應該講授並且要求學生掌握的基本知識和主要內容；所需教學時數，各章節的時間分配情況和重點難點；課程開設的學期時間；教學方法提示或建議；必要的教學參考資料；確認配套使用的教材及有關說明；作業和練習以及提示或參考答案等。但是目前近代文學教學大綱的建設遠不能令關心該課程的人們滿意。這一點，不可不引起有關部門和教學研究人員的足夠重視。近代文學教學大綱的編寫制定，實際上應該成為近代文學課程建設和學科發展的一個最重要的突破口。

四、加強教學文學史的建設，克服目前教材中存在的某些明顯缺陷，盡

快編寫出精當實用、權威可信的教科書。

如上所述，近代文學教學大綱的建設情況相當薄弱，但是該課程的教材建設情況總算比教學大綱的情況好些。繼二十世紀六十年代復旦大學中文系編寫、中華書局出版的第一部近代文學教學文學史《中國近代文學史稿》之後，新時期以來已經出版了以下兩種明確說明供高等學校近代文學教學使用的教科書文學史：任訪秋主編的《中國近代文學史》（開封：河南大學出版社1988年11月第1版），管林、鍾賢培主編的《中國近代文學發展史》（上下冊，北京：中國文聯出版公司1991年6月第1版；科學出版社，2009年7月修訂版）。這些教材的面世，令人高興地表明近代文學教材建設取得了長足的進展和可觀的成績。就這兩部教材的總體情況而論，可以說各有千秋，也互有短長，此處暫不具論。

筆者更感興趣也更想說的是，在對二者進行比較閱讀過程中產生的聯想和有關近代文學教材建設問題的思考。非常明顯，這兩種教材除了總體面貌（如篇幅長短、體例設計）的不同以外（這些非本質的東西，不是筆者最關心的方面），就是對近代文學史上的作家、作品、思潮、流派、文體等的取捨安排、地位評價、篇幅比重等的重大差異。這些異同互見的情形實際上再平凡正常不過，甚至可以說是令人欣慰的，它起碼表明學術氣氛的可喜活躍和教材編寫者的各有所長。但是同時筆者也不禁聯想到，這些情況的存在是不是也意味著該學科的尚不成熟和應有的學術規範的欠缺？即是說，就作為一門高等學校課程存在的教學系統中的中國近代文學史而言，它的基本知識體系和總體風貌如何？哪些內容必須或應該寫入文學史，這些內容繁簡詳略的比重如何分配？深淺難易的分寸如何把握？在課堂上應該向學生講述哪些知識、史實，要求接受者掌握到何種程度才算達到了培養規格？對於這一系列至關重要的問題，大家還遠沒有達成共識。

這實際上表明，由於近代文學教學情況的限制和近代文學研究程度的制約，中國近代文學教學知識體系尚未真正建立起來。這也是目前近代文學學科建設中教學大綱和教科書兩個重要環節的共同癥結之所在。

在目前的近代文學教學與研究情況下，從教學文學史的角度來看，在近代文學教材編寫和近代文學課程教學過程中，有必要強調如下一些問題：

第一，進一步明確而有效地區分教學文學史和專家文學史。教學文學史與專家文學史雖有聯繫，但二者的區別應該是明顯的，它們的區別主要不在

於字數的多寡、篇幅的長短，而在於它們各自的個性特徵和總體品格。前者是寫給學生學習的，主要在於盡可能準確真實地向接受者展示本學科的基本面貌和主要事實，適應課堂教學和學生自學的需要，教學大綱中規定的主要內容和各項要求必不可少；後者即是供專業人員研讀的嚴格意義上的「學術專著」，主要在於突出和顯示作者的學術個性，展現他最新的研究成果，昭示該領域研究的新進展和新態勢。或者簡單言之，如果說前者主要在於求得「穩妥平實」的話，那麼就可以說後者旨在追求「精關深入」。比如郭延禮著《中國近代文學發展史》（三卷）〔註1〕，陳則光著《中國近代文學史》（上冊）〔註2〕，即基本上可歸入專家文學史的範圍。可惜長期以來作者和讀者在這方面注意得都似乎太少，不大強調分辨二者的異同，以至於有時候在編寫或閱讀一本書的時候，很難說清這是屬於二者中的哪一種，二者都不像的著作也不是沒有出現過。

第二，強化文學史理論意識，更新文學史觀念，促進文學史評判尺度的豐富多元化。長期以來，各種各樣的文學史寫了不少，可是有關文學史研究與撰寫過程中的一系列理論問題，如理論框架、評判尺度、研究方法、操作規則、敘述方式等，似乎迄今尚未受到應有的重視，更難以奢望對此進行深入的研究並在文學史寫作過程中有意識地運用了。近代文學史編寫當中這種狀況同樣明顯地存在著。比如將近代文學家和文學現象按照現實主義——反現實主義、進步——倒退、主流——逆流、紅線——黑線之類兩軍對壘、兩極對立的方式分類排隊，對紛繁複雜的文學史現象進行一刀兩斷式的簡化處理，使生動的文學成了機械的教條和觀念的鬥爭史，這樣的情形仍有時出現在近代文學史著述（包括教材）之中。庸俗社會學的批評方法、陳舊單一的敘述方式仍然很突出地存在於近代文學研究及有關著述之中。這不能不嚴重阻礙近代文學教材建設的發展。

第三，對近代文學史上的某些重要作家、重要文學史現象，有必要進行切實深入的個案研究，以估價並且確定其在近代文學史上的地位，需要的話

〔註1〕 郭延禮著《中國近代文學發展史》，凡三卷，濟南：山東教育出版社1990～1993年版；北京：高等教育出版社2001年版。是書凡160餘萬言，為目前所見最詳盡的近代文學史著作。

〔註2〕 陳則光著《中國近代文學史》（上冊），廣州：中山大學出版社1987年版。此書未及全部完成，陳則光先生不幸逝世，這部近代文學史就永遠只能有此上冊，學界再無法獲睹其全貌，留下了重大的學術損失，惜哉！

還應當探究其對整個中國文學史乃至世界文學史的意義和貢獻。就文學流派或文學現象來說，如對「詩界革命」、「同光體」、「南社」，都大有必要進行一番再研究。就具體作家而論，如對曾國藩、沈曾植、陳三立、王國維、章炳麟等人的研究都還不同程度地缺少這方面的功夫。以陳三立為例，他可以說是一位發生了國際影響的著名詩人，而在我們的近代文學史裏（包括教學文學史和專家文學史），陳三立不過被當作「同光體」江西派的重要代表之一，所佔篇幅尚不足「一節」，往往三言兩語草草帶過，與其人其詩的文學史地位大不相稱。另一方面，日本已故著名中國文學研究專家吉川幸次郎教授曾指出：「在魯迅以前時期承擔文學之責的，當數以陳三立為頂峰的一群詩人，我這樣認為，同時也預料到對此還會有不同的看法。」〔註3〕汪辟疆《光宣詩壇點將錄》中點陳三立為「天魁星及時雨宋江」〔註4〕，錢仲聯《近百年詩壇點將錄》中也把他點為「天機星智多星吳用」。〔註5〕筆者當然不是說這些品評千真萬確，只想表明，這兩種評價處理之差異何啻天壤，對諸如此類的重大分歧，近代文學教學與研究界沒有理由不作出應有的回應，不管是讚成抑或反對，回應總應該說是必要的。又如江湜，在近代文學史裏也是被作為「宋詩派」的代表之一而匆匆過場的人物，但是此人及其詩歌卻頗得錢鍾書青睞，稱他與黃遵憲二人如「使君與操」，「為霸才健筆」〔註6〕。近代文學教學與研究者似亦同樣沒有探究其中頗有意味的深刻差異，在文學史中只是大書特書黃遵憲的地位與貢獻（這當然有必要），而不曾給江湜應有的評價。諸如此類的情形在近代文學教學和研究中屢見不鮮，這也應當說是近代文學學科尚不成熟、尚需加快建設的一個表徵吧。

　　本文主要從教學的角度提出近代文學學科建設中存在的幾個值得注意的

---

〔註3〕吉川幸次郎著，高橋和巳編，章培恒等譯《中國詩史》，合肥：安徽文藝出版社 1986 年版，第 357 頁。按：這段譯文後來又修改為：「在魯迅以前時期的文學擔當者，當數以陳三立為頂峰的一群詩人，我這樣認為，同時也預料到對此還會有不同的看法。」譯者賀聖遂。《清末的詩——讀〈散原精舍詩〉》，吉川幸次郎著、高橋和巳編，章培恒等譯《中國詩史》，上海：復旦大學出版社 2001 年版，第 355 頁。

〔註4〕汪辟疆《光宣詩壇點將錄》，《汪辟疆文集》，上海：上海古籍出版社 1988 年版，第 328 頁。

〔註5〕錢仲聯《近百年詩壇點將錄》，《夢苕庵論集》，北京：中華書局 1993 年版，第 357～358 頁。

〔註6〕錢鍾書《談藝錄（補訂本）》，北京：中華書局 1984 年版，第 347 頁。

重要問題，實際上並未奢望立即解決其中任何一個，目的僅在於希望引起近代文學教學和研究者及其他關心此學科的人士思考與討論的興趣。其實，近代文學教學與研究二者之間雖各有側重點，各有追求的主要目標，但它們也密切關聯，相輔相成，研究工作的真正進展深化，必將帶來教學學科建設的長足進步；該課程教學的正常化和走向繁榮，也一定會促進該領域學術研究取得突出的成就。

　　實際上，教學系統中的中國近代文學學科建設的真正起步是在新時期開始之後，在這麼短暫的時間裏即取得如此之多的成績，已屬難能可貴。筆者提出如上的問題，乃是出於真誠的學術願望：要使中國近代文學這一學科走向成熟，還有許許多多基本建設的工作要做，還需要近代文學教學與研究者付出艱苦的努力。如何進一步鞏固現有的成績，克服存在的不足，尋求正確的發展方向，使之早日臻致成熟完善之境，確實是該學科面臨的嚴峻問題。進一步加強近代文學學科建設，我們首先應當具有以冷靜的眼光、審視的態度估價反思學科現狀的膽識和勇氣，在對該學科以往狀況的縱向考察和與其他學科發展水平的橫向比較中，認清我們的處境，確定我們要從事的主要工作。本文所述，不過是相當初步而且極其膚淺的一點想法而已。

# 中國近代文學教材建設的幾個問題

　　非常明顯，教材建設是學科建設的一項重要內容。一個學科要走向成熟，獲得比較穩固的學科地位，必須擁有完整準確、科學系統地反映該學科知識體系的教材及其他相關著述。當然，一個學科要建立起來，要獲得應有的地位，還有許多非學術、非教育的因素在起作用，有時甚至會起到決定性的作用，比如行政干預、領導意圖等。本文擬以中國近代文學的學術史歷程為基本背景，從目前大學中文專業課程設置的實際狀況出發，討論中國近代文學教材建設面臨並應當注意解決的幾個重要問題。必須說明，本文所述僅限於作為教學系統中的「中國近代文學」學科，而不是試圖從嚴格的科學研究意義上來討論這一問題。

　　筆者以為，嚴格的科學研究、純學術探討中的學科問題，與教學系統中的學科問題，雖有密切關聯，但很多時候存在明顯的差異，甚至會出現諸多的矛盾。教學知識系統中的學科建設和教材建設，不能不根據實際需要和具體情況，對一些基本問題進行必要的規定，否則教材就很難編寫，教學也難以實施。

## 一、關於「中國近代文學」的學科性質、內容和地位

　　由於中國近代文學還從未被規定為大學中文專業的必修課程，長期以來它的地位是十分尷尬的，不是被當作古代文學可有可無的尾聲，就是被視為現代文學無關重輕的序幕，大大影響了它的建設和發展。這一點，只要與臨近學科如中國古代文學、中國現代文學稍作比較，就可以看得非常清楚。假如說古代文學歷史悠久、基礎厚實，近代文學難以相比，那麼，比近代文學

還要年輕許多的現代文學的迅速成熟和高度發展，就更顯出近代文學的蕭條寂寞、形單影隻了。中國近代文學遭受冷落的情況近年來似乎有所改變，這與學術風氣的某些變遷密切相關，如中國文學史研究力圖打破長期以來的條塊分割局面，擴大研究視野，古今融通；二十世紀八十年代中期「二十世紀中國文學」設想的提出和世紀之末對百年文學的回顧與反思；中國現代文學研究空間的拓展和對流行已久的「新文學與舊文學」對峙模式的調整；一兩年來中國文學史分期問題的重新提出和對中國文學古今演變歷程的重新審視等等。從總體上看，學術思路和研究方法、學術理念和相關學科的諸多變化激發和促進了近代文學的研究進展和教材建設，但同時也帶來了一些比較明顯的問題或缺失。

　　文學史的宏觀研究和古今融通，其學術基礎和理論前提必須是相關問題微觀研究的深入發展並且已經達到較高水平，採用綜合性的科學的研究方法，從豐富的文學史事實出發，不可存有先入為主的價值判斷和既定觀念。毫無疑問，需要有非常深厚的學術積累和非常出色的抽象概括能力才可能勝任此種研究。否則，就會陷入無甚學術價值的隨感和一廂情願的擬想，流於空洞浮泛的議論，缺乏真正的科學意義和學術價值。中國文學史的總體研究面臨著許多緊迫的學術難題，而近代文學研究的欠缺不能不說是其中之一。結合中國文學史研究的當下狀況來考察分析，就不難發現，正是近代文學這一「瓶頸」的阻塞，使相關領域的許多問題難以比較好地解決，不僅造成近代文學的學科地位長期得不到確立，而且極大地限制了中國文學總體研究的進展和水平。中國近代文學的思想史、文化史價值暫且不論，僅從中國文學古今演變的角度來考察，就不能不承認，處於古代文學向現代文學過渡轉換、中國文學與外國文學充分交流過程中的近代文學，具有獨特的歷史意義和學術價值。必須承認，近代文學的學術價值和文學史地位不可替代。

　　「二十世紀中國文學」設想的提出和相關研究的進行，在很大程度上促進了近代文學的發展，至少為近代文學研究提供了一個機遇，引起了許多人對它的關注，儘管提出這一口號的初衷是力圖突破流行已久的所謂「近代文學」、「現代文學」和「當代文學」格局。更值得注意的是，二十世紀中國文學研究的開展並沒有從根本上給近代文學研究增添實質性的新內容。這一點，在這一學術設想提出的二十世紀八十年代中葉，表現得還不太清楚；隨著世紀末的臨近，二十世紀中國文學研究和百年中國文學回顧的日益熱鬧，

近代文學的倍受冷落就表現得愈來愈明顯。

近三五年來，儘管冠以「二十世紀中國文學」、「百年中國文學」之類名稱的各種文學史、文學思想史及其他著述層出不窮，但據筆者的聞見所及，這些著作存在一種共同的傾向，就是對「二十世紀中國文學」的最初二十年關注不夠，往往採取避實就虛或以點代面的方式，進行極其簡單化、主觀化的處理。其結果就是造成了二十世紀初至五四運動的文學在「二十世紀中國文學」研究中的嚴重缺席，所謂「二十世紀中國文學」實際上也名不副實、殘缺不全。

這種情況的出現，一方面是由於研究者文學觀念上的偏差，對二十世紀初至五四運動的文學即近代文學的後半部分缺少應有的注意；另一方面，也與研究者知識結構的不完善、相關知識儲備的嚴重不足大有關係。具體而言，就是一些「二十世紀中國文學」研究者對二十世紀初至五四運動的文學狀況缺乏起碼的瞭解，而對近代文學已有的可資借鑒的研究成果又未能予以應有的關注。在這種情況下，「二十世紀中國文學」在許多時候流於招人注意的研究口號或出版策略，在此名堂下出現了不少舊瓶裝新酒或換湯不換藥的著述，不僅距「二十世紀中國文學」觀念的初衷愈來愈遠，而且影響著近代文學研究的進展，對中國文學史總體研究也極爲不利。

一個文學史學科的建立，首先需要明確的就是其起止時間、研究範圍。中國近代文學也同樣面臨著這一問題。關於近代文學史的上限與下限，二十世紀五十年代曾有過一次討論，後因「文化大革命」而中斷。至學術重新復興的八十年代中期，又進行過一次討論，實際上是此前中斷的對話的繼續。雖然從不同的文學史觀和分期標準出發，提出了各種觀點，但是主流派的意見仍然是維持原來的做法，將近代文學的範圍確定在 1840 年至 1919 年之間，即分別以鴉片戰爭和五四運動作爲近代文學起訖的標誌。最近，中國文學史的分期問題又被重新提出，而且以空前廣闊的學術視野、在更廣泛的文學背景下進行討論，引起了古代文學、近代文學、現代文學研究者的普遍關注。

筆者以爲，文學史的分期與其說是一個學術問題，不如說是一個技術問題更恰當些。也就是說，文學史的分期問題實際上並不是一個具有真正學術價值的問題，也難以得出具有普遍科學意義的結論。它的主要意義在於技術操作層面，比如文學史著作的編寫、教學知識體系的建立和教學活動的實施等。以往關於近代文學起止時間和中國文學史分期問題的討論恐怕沒有清楚

地意識到這一點。主觀地對文學史進行看似不無道理的切割分期，往往容易把複雜紛繁的文學現象簡單化，把極其豐富的文學過程省略掉。這種隨意性極其明顯的簡化和省略已經給我們的文學史研究造成了不小的損失，歷史的教訓不應忘記。

　　基於以上考慮，筆者最關心的是教學知識體系中的中國近代文學的起止時間問題。在目前的情況下，宜以維持通行做法為佳，即仍應將中國近代文學史的範圍確定在 1840 年至 1919 年之間。因為，目前中國文學史研究與教學的一般情況是，鴉片戰爭以前的古代文學作為中國語言文學之下的一個二級學科，受到了相當的重視，也開展了卓有成就的研究，在絕大多數大學的中文專業課程體系中，它都是一門舉足輕重的課程。中國現當代文學作為另一個二級學科，也具有相當突出的地位。相比之下，近代文學就顯得非常難堪，經常處於可有可無、若有若無的境地。從中國文學史的完整性和連貫性的角度來看，對近代文學的範圍進行這樣的規定是最富建設性、最有可行性的做法，在大學中文專業盡量開設這門課程，是相當緊迫的學科建設任務。

　　在目前的情況下，保留教學知識體系中的「中國近代文學」學科不僅十分必要，而且應當予以足夠的重視。它的主要任務是準確全面地探究這一特殊歷史時期的文學史實，盡快彌補中國文學史總體研究中這一最為薄弱的環節，真正促使仍處於條塊分割狀態下的中國文學史研究成為貫通古今的學問，建立科學的中國文學史知識體系。中國近代文學的最大意義就在於它具有溝通古今中外、綜合雅俗通變的時代特色，為中國文學史作出了獨特的貢獻。這一學科建設得如何，對於中國古代文學、中國現代文學乃至整個中國文學史的意義都非常重大。

　　與此相關的是中國近代文學史的內部分期問題，即對 1840 年至 1919 年的文學發展歷程進行怎樣的內部切分。這一問題，近代文學研究界以往也有過相當熱烈的討論，提出了各種觀點，從二十世紀五十年代較為流行的「二分法」到八十年代以來的「三分法」和「四分法」，至今未有定論。筆者以為，這更是一個不必也無法指望取得完全一致意見的問題，在這一問題上恐怕沒有什麼權威性可言，而且，這實際上也是一個沒有多少真正學術價值的問題。比較切合實際的做法應當是允許在中國近代文學史教材編寫和教學實踐中，見仁見智，各行其是。這樣做也並不意味著完全沒有了基本規範和總體原則，重要的是要充分考慮在大體符合近代文學發展脈絡和實際情況的前提下，盡

可能地適應教材文學史編寫的操作實踐和課堂教學的實施。

## 二、關於中國近代文學的總體成就和各主要文體間的關係

　　關於中國近代文學的基本面貌和總體成就，有一些比較流行的觀點，比如說近代文學基本上走的是一條政治化、工具化、功利化的道路，自身的藝術本性沒有得到充分的展現，總體藝術成就不高，無法與中國文學史上的某些精彩階段相提並論；中國近代文學更多具有思想史、政治史、文化史的材料價值，而不是作為文學本身的藝術審美價值。基於這樣的認識，長期以來對近代文學的總體成就估計不足，甚至在許多時候有意無意地對它不屑一顧。這種情況不僅存在於與中國近代文學相關的其他學術領域，即使是某些比較專門地從事近代文學教學和研究的人員，也不無這類似是而非的認識。這種情況極大地影響了近代文學教學與研究的發展，也影響了它學科地位、學術價值的確立。

　　實際上，以往對中國近代文學基本面貌和總體成就的估價，雖不能說完全沒有知識基礎和學術前提，但是司空見慣的做法是以一當十、以偏蓋全，其中有不少猜測擬想的成份，在思想方法上存在明顯的主觀枉斷、隨意取捨的傾向。由此得出的某些認識，生發的某些議論，大多是一些門面之語，皮相之論，充其量只能算作是大膽的估計，其科學性和準確性大可懷疑。關於中國近代文學基本面貌和總體成就的真實情況，學術界似乎還從來沒有進行過切實有效的研究，相關領域的學術條件也尚未完全具備。不論是從中國近代文學已有的研究成績來看，還是從相關學術領域已經具備的條件來看，我們還沒有真正取得關於近代文學基本面貌和總體成就的發言權。對中國近代文學來說，目前最需要也最可能的是對基本史實進行系統的清理考察，對一些重要問題進行比較系統的專題研究，做一些切實有效的具體的建設性工作。在長期的研究進展和學術積累過程中，逐漸加深對近代文學具體問題和複雜現象的認識，直至真正把握近代文學的基本面貌和總體成就。不論如何，有一點可以肯定，中國近代文學所蘊含的獨特思想意義和藝術魅力，所擁有的豐富文學史意義和學術史價值，大大超出了許多人的想像。

　　中國近代文學教材建設和課堂教學過程中，比較可行的做法是多關注有代表性的作家作品、文學流派、文學現象、文學史實，多進行一些具體問題的考察和評論，不必在學術準備還很不充分的情況下，就急於從宏觀上概括

近代文學的基本面貌並估價其總體成就。對教材建設和課堂教學來說，最重要的是通過描述和分析具有典範意義的文學史現象，以實現對一定時期、一定範圍的文學發展過程的認識，許多空泛無用的概念、強加於人的觀點和根據不足的論說，對近代文學教材建設和課堂教學有百害而無一益。不僅近代文學教材建設和課堂教學應當充分注意這一點，這對目前的中國近代文學研究來說也非常重要。

從總體上看，中國近代文學研究嚴重不足，已經成為整個中國文學史研究中最為薄弱、亟待加強的一個環節。但是近代文學的某些方面還是受到了一定的關注，進行過一些頗有成績的研究，取得了一批可喜的成果。由於政治氣氛和學術環境愈來愈不利於學術的健康發展，二十世紀五六十年代的近代文學研究已經愈來愈明顯地出現了非學術化傾向，但這畢竟還算是帶有一定學術意味的工作，這些工作也自然成為後來數十年間近代文學研究的基礎。「文化大革命」的十年浩劫結束之後，近代文學研究又重新起步。隨著時間的推移，出現了愈來愈令人欣喜的學術景象。

幾十年來的學術歷程一方面為近代文學研究奠定了重要的基礎，成為近代文學教材建設和課堂教學的學術基石，但同時也在很大程度上規定了近代文學研究和教學的基本面貌，限制了近代文學研究範圍和學術空間的拓展。二十世紀五十年代以後形成的近代文學研究和教學模式，雖然自新時期以來特別是近十年來愈來愈多地被改變、突破，但是直到目前為止，我們還不能說這種固步自封的狀況已經得到了根本性的扭轉。

與此相關，近代文學教材編寫和課堂教學中也就出現了某些不盡如人意的現象，主要表現為科學合理的教學知識體系尚未建立起來，教材編寫和教學實踐中經常出現從個人興趣愛好出發隨意取捨的情形。在教學內容上存在過大的主觀隨意性，缺乏明確的知識標準和學科規範，在評價標準上也存在忽高忽低、畸重畸輕的情形，缺少應有的學術準則。這種情況從近代文學幾種主要文體在教學中的地位及其相互關係中表現得相當突出。詩詞方面，過分強調龔自珍、魏源、黃遵憲等為代表的「新派詩」、柳亞子為代表的南社革命派詩人，而對極其複雜、影響深遠的宋詩派、漢魏六朝派、中晚唐派、同光體詩家不是關注不夠，就是在沒有進行過認真研究的情況下，採取簡單粗暴的方式進行毫無學術意義的批判，對頗有氣象的近代詞也缺少關注。文章方面，集中於以梁啓超為代表的「新文體」和後來的革命派散文，忽視了同

樣重要的桐城派、湘鄉派、文選派等內容。小說方面，譴責小說在近代文學
史中就佔據了過於突出的地位，以至於遮蔽了其他小說流派，如對貫穿近代
小說史始終的俠義公案小說、狹邪小說、講史小說、言情小說等的意義估計
不足，而對鴛鴦蝴蝶派的評價在很多時候還停留在六七十年前的文學革命和
新舊文學鬥爭的水平上。

在近代文學諸主要文體中，戲劇研究最為薄弱，許多基本事實尚未弄清，
許多戲劇現象少人問津，它在文學史教材和教學中的地位也最為卑微。以往
雖曾注意戲劇改良運動，但對這一運動的來龍去脈、理論建樹大多語焉不詳。
而對於傳奇雜劇的近代命運、京劇的形成與發展、地方戲曲的興盛、文明新
戲向現代話劇的轉換等重要內容，多是一筆帶過，連浮光掠影似的印象也沒
有留下。這種現象的長期存在，後果是相當嚴重的，不僅造成了近代文學教
學知識體系的殘缺不全，而且極大地影響了近代文學教學與研究水平的提
高。近代文學教學與研究工作者必須充分注意這一點，並付出切實的努力，
盡快改變這種狀況。

如上所述，由於目前尚未真正具備準確概括近代文學基本面貌的學術基
礎，尚未真正具備全面估價近代文學總體成就的必要條件，在近代文學教材
建設和課堂教學中就應當採取紮實可靠的方式，多從具體的文學現象出發，
強化問題意識，多作一些對該學科的發展有益的建設性工作，盡力避免時下
習見的急功近利、貪大貪多、嘩眾取寵、故作驚人之論等影響學科建設的現
象。在處理近代文學諸主要文體之間的關係和在文學史中的地位時，宜採取
穩健的姿態和寬容的態度，充分認識各主要文體在文學發展和文學史格局中
的意義，盡可能將它們納入教材文學史的視野之中。

具體的做法應當是，對已經受到重視的內容要重新審視和估價，對那些
被強調得有些過分的內容應當反思並調整，而對那些長期以來由於種種原因
沒能被準確認識、沒能取得應有文學史地位的內容，則應當盡快進行觀念的
調整和內容的完善。文學史上一切重要現象的產生自有其必然性和偶然性，
多種綜合因素的密切關聯和複雜作用構成了文學史的紛繁面貌。文體樣式、
流派思潮本來沒有高下之別、貴賤之分，在一定時期的文學歷程中，它們都
是不可或缺的組成部分，都發揮著不可忽視的作用。重要的是深入認識、準
確分析其中的種種必然和偶然、現象與關聯，以展現生動傳神、真實可信的
文學史場景。因此，教學知識體系中的中國近代文學史，就應當盡可能多展

示一些歷史事實和文學現象，作爲接受者進一步思考和研究的知識基礎，其中也應當包含更重要、更深刻的思想方法、思維方式的啓示。

## 三、關於中國近代文學史的基本線索和教材模式

文學發展作爲複雜而有意味的過程，應當具有某種獨特的內部理路，表現在文學史著作的敘述中，就是一系列現象構成的基本線索。在中國近代文學史教材建設中，應當注意兩個問題：一是文學史的發展過程被過分簡化、基本線索被無限制地突出；一是如何認識文學發展過程中必然性與偶然性的複雜關係。這種情況的出現有著深刻的歷史文化原因和現實政治機緣，並非僅僅是中國近代文學史教材及其他著述中如此，在其他學術領域中也有不同程度的表現。對這一問題進行全面的清理和反思是非常龐大、極其複雜的問題，至少要涉及從五四運動開始中經二十世紀三四十年代至五十年代以來我國學術發展、文化走向、意識形態等許多方面，此不多述。

僅就中國近代文學史教材建設而言，將複雜多變的文學史過程人爲地簡單化、概念化的傾向長期以來一直流行著，新時期以來特別是近年來有所好轉，但受此觀念影響的教材和著述仍時可見到。這種傾向發展到極端，就是把豐富多彩的文學史過程簡化成幾條無血無肉的乾枯概念，將大量的文學現象處理成過於簡單明晰的一條線索，從而使複雜多姿的文學史成爲現實政治和長官意志的空洞無物的圖解，完全喪失了獨立品格和科學價值。任何文學史著作都是帶有強烈主觀色彩的敘述，是人心中和筆下的歷史，都無法指望也不必奢望完全復原本來的歷史，文學史的原生態只存在於人們的不斷追索之中，只存在於文學史建設的思想方法和研究理念之中。今天的人們在面對以往的文學歷程的時候，把它估計得愈複雜愈艱難，就愈可能接近文學史的本相，也就愈可能具有科學價值。一些教材和著作對近代文學史的複雜性、多變性估計不足，關注不夠，這反映了研究者知識儲備的嚴重不足，理論素養的極度匱乏，也反映了編著者文學史觀念的落後和科學意識的欠缺。

像長期以來許多學術領域出現的問題一樣，近代文學教學與研究領域也沒有處理好文學發展過程中必然性和偶然性的關係。多年來我們已經相當習慣的思考和表達方式是把許多現象都歸結爲歷史的必然性，「不以人的意志爲轉移的客觀規律」經常被作爲權威且流行的解釋而強加於人。不可否認，文學史發展過程如同其他歷史過程一樣，具有某種必然因素，存在某些規律性

的東西。但同樣不可否認的是，在認識必然性、規律性的前提下，還必須充分關注文學史過程中的多種偶然性、不確定性。長期以來，我們過分相信所謂的必然性和規律性，把它作為一種認識方式和思考方式，在許多方面已經留下了深刻甚至慘痛的教訓。在這種情況下，強調關注文學史過程中的偶然性、多變性就顯得非常重要。文學史過程就是在多種必然性和偶然性、確定性和不確定性的共同作用下行進的。關鍵的問題是如何在具體的文學現象和文學進程中準確地估計並認識其中的必然與偶然、常態與變態，從而對文學現象作出深入的分析，對文學史過程作出科學的解釋。

受到長期軍事鬥爭和多次政治運動的影響，也與對唯物辯證法進行了簡單化、機械化的解釋相關，二十世紀五十年代以來，我們在思考許多文學問題、學術問題、文化問題的時候，也形成了一種非常流行的思維定勢，就是習慣於把一些未必勢不兩立的事物、存在多種關聯的現象套進既定的對立模式之中，採取兩軍對壘、非此即彼甚至是針鋒相對、你死我活的思考方式，過分強調了「一分為二」，而對同樣重要的「合二為一」視而不見，於是就有了曾經廣泛流行的「激進與保守、主流與逆流、進步與落後、紅線與黑線、唯物與唯心、革命與反動」等等對立的概念，並以此來解釋許多學術文化現象。許多中國近代文學史教材和著作也不可避免地受到這種思想方式的影響。

儘管這種情況在最近二十年間得到了較大程度的改善，但其影響依然可見。要進行紮實有效的近代文學學科建設，要把近代文學教學與研究真正提高到一個新水平，必須有意識地擺脫這種流行甚廣、影響極壞的思維模式和心理定勢，讓近代文學史教材建設和近代文學研究最大限度地回歸歷史事實和歷史過程本身，強化學術色彩和教學目標要求，採取寬厚兼容的姿態，以博大平和的態度去認識和評價近代文學的一系列問題。文學史著述、教材建設是複雜的學術工作、教育活動，不是對敵作戰，也不是政治鬥爭，完全無必要採用軍事的、政治的方式，只能採取符合學術發展和教育規律的方式來進行。如此簡單的道理卻在極其特殊的政治氣氛中，在極不正常的學術環境下，被遺忘得乾乾淨淨。今天回顧多年來我們自身和學術研究所經歷的種種，不能不令人扼腕太息。

## 四、關於中國近代文學的學術積累與發展、專家著述與教材編寫

厚重的學術積累對任何一個學科的建設和發展來說都非常重要。學術積

累是學術發展到一定水平的必然結果，是學術進展的基本標誌，更是學術創新的重要前提。對中國近代文學這樣的學術基礎相當薄弱、學術準備很不充分的學科而言，學術積累更加關鍵。無論是專門的近代文學教學與研究工作者，還是與該學科發生各種學術關聯的其他領域的專家，都應當強化學術積累意識，爲近代文學學科建設、教材建設作出不懈的努力，爲早日建立科學的中國近代文學知識體系貢獻自己的智慧。

中國近代文學研究大致經歷了兩個成績比較突出的階段：一是二十世紀二十年代至四十年代，出現了一批足以代表當時該學科最高水平的研究者，產生了一批堪稱近代文學學科基礎的著作，這一學科從此得以比較穩固地建立；二是從二十世紀八十年代開始到現在，一代一代的研究者薪火相傳，隊伍日漸壯大，水平不斷提高，研究成果空前眾多地出現，反映著近代文學研究的最新進展和水平。二十世紀之末和二十一世紀之初，由於一批學者學術思路的調整和特定的時間機緣，近代文學研究似乎有望迎來一個新的發展時期，最近幾年來有關著作的出版、研究論文的發表情況比較明顯地反映了這一趨勢。這對近代文學教材建設和教學知識體系的建立來說，無疑是一個佳音。近代文學學科建設也可能由此獲得一個難得的機遇，在認識學科價值、形成學科特色和確立學科地位的道路上邁出比較堅實的步伐。

在這種情況下，關鍵的問題是如何有意識地回顧與反思我們的學術道路，及時準確地把握學術的新進展，並以冷靜清醒的態度分析新情況，切實有效地將已有的學術成果和新的學術進展作爲教材建設的共同基礎，利用這一難得的歷史機遇，眞正提高近代文學的教材建設和課堂教學水平。

從二十世紀五十年代以後特別是新時期二十多年來中國近代文學教材建設和研究進展的一般狀況來看，有兩個比較緊迫的問題應當引起足夠的重視，這也是長期困擾近代文學教學和研究的突出問題：一是教材建設如何及時反映最新學術進展和水平，即學術研究與教材建設二者的內在關聯、整合互補；二是如何明確地區分專家著述和教材編寫，即學術著作和教材建設二者如何合理有效地區分、各司其職。由於編寫者學術前沿意識不強，缺乏應有的學術敏感，使有的教材仍停留在較低水平上，不僅沒能反映出該學科的基本學術狀況，其中還存在某些早已被學術界確認爲不妥或錯誤的觀點。教材建設與學術研究有著密切的關聯，同時也有著實質性的差異。簡而言之，如果說學術研究、學術著作的著眼點主要是在已有研究基礎上的創新，以問

題意識和前沿意識爲特色，追求並建立學術個性和研究風格，那麼教材建設、教材編寫的主要任務則應當是根據教學規格和學科規範，建立科學合理的教學知識體系，以穩健平實、妥當公允爲主要目標。

這樣說，一方面是希望近代文學教材建設和課堂教學能夠及時準確地反映本學科的學術狀況和最新進展，使教學知識體系和專業研究之間建立應有的學術關聯，從而使教學知識體系具有一定程度的開放性質；另一方面，也是希望將教材建設和專業研究更加嚴格地區分開來，要求研究者強化學術前沿意識、學術個性意識，眞正促進近代文學研究的發展，進而使近代文學學術研究與教材建設之間建立一種互動互補、協同發展的良好關係。

在中國近代文學教學與研究領域，我們時常會看到一些不如人意的情況。有的教材由於把主要精力花費在創新方面，卻又缺乏必要的學術基礎和理論支持，致使應有的基礎知識、基本內容被忽視，很難適應課堂教學需要。這樣的著述既非具有規範性、實用性特點的教材，亦非嚴格意義上的學術著作，不管是在專業研究中還是在教材建設中，都難以找到恰當的位置。另一方面，有的以學術專著面目出之的著述，卻相當明顯地帶有教材的某些特點，不乏知識的準確、觀點的穩妥、條理的清晰，但明顯缺乏應有的學術創新意識和研究風格。此類著作難以歸入嚴格意義上的學術專著之列，更不能算作可供教學使用的教材，在專業研究和教材建設中，同樣找不到合適的位置。與這些情況相聯繫，某些近代文學研究論文也不同程度地存在著缺乏問題意識和創新意識的缺陷，低水平的重複、缺乏學術史意識和學術前沿意識的文字時常可見，這也在很大程度上限制了近代文學研究和教學水平的提高。以上兩種情況實際上是同一問題的兩個方面，不注意專業研究和教材編寫的聯繫與區別，學術前沿意識、問題意識欠缺，教學觀念、教育意識模糊，必然導致這樣的局面。其結果就是對近代文學學術研究和教材建設兩方面都造成不良的影響。

以上所述全屬一己之見，或許有些杞人憂天之嫌，有些顯得過於悲觀，或許還有更突出的問題沒能提出，未能切中肯綮。但不論如何，此番對於中國近代文學學科建設和教材建設的感想，都可以用愛之愈深故責之愈切的情感來解釋。隨著新的學術機遇的到來和學術規範的完善，隨著研究隊伍的壯大和研究水平的提高，我們有理由相信，在不遠的將來，中國近代文學有可能引起愈來愈多的研究者關注，它長期以來倍受冷落的狀況將會得到根本性

的改變。中國近代文學學科建設、教材建設也有望提高到一個新水平，並早日建立起完善的教學知識體系，在大學中文專業課程體系中，確立其應有的學術價值和學科地位。

# 「二十世紀中國文學」
# 研究中的一種普遍性缺失

　　無論對新時期以來三十年的中國文學史研究抱有怎樣靜觀的態度、懷有怎樣審慎的看法，都必須承認，「二十世紀中國文學」的提出是一個發生了重大影響的學術事件。這一點，從《論「二十世紀中國文學」》和《關於「二十世紀中國文學」的對話》發表後迅速引起的強烈反響中即已清晰可見；而時隔十五年之後，當中國在二十世紀八九十年代之際經歷了一次意味深長的政治文化轉變，當歷史的腳步走近了世紀之交，「二十世紀中國文學」的學術影響力則以更加質實、更加充分的方式展現出來，受這一概念直接啓發影響的眾多著作、教材以及文章的連續面世、直至當下仍然層出不窮就是最好的說明。

　　然而在筆者看來，「二十世紀中國文學」的提出特別是被廣泛沿用的文學史寫作實踐，實際上已經存在著一種普遍性缺失，就是對這一概念理論內含的理解和由此指導下的學術實踐愈來愈明顯、愈來愈嚴重地偏離了「二十世紀中國文學」的本意，逐漸背離了這一文學史概念的完整性，造成某些重要文學現象和事實被遮蔽，出現了嚴重的文學史缺席現象。「二十世紀中國文學」研究中的這種普遍性缺失，在以「二十世紀」、「百年」、「世紀之交」等為名目的眾多著述對「二十世紀」開端的五分之一即最初二十年文學的簡單化處理甚至使之明顯缺席的情況中表現得最為集中也最為明顯；而且，隨著有關著述的持續出版，這種普遍性缺失也表現得愈來愈嚴重，以至於達到了難以迴避、不可忽視的程度。

## 一、概念的內涵和特徵

《文學評論》1985 年第 5 期在頭條發表黃子平、陳平原、錢理群三人完成於同年 5 月至 7 月的《論「二十世紀中國文學」》長文，並在該期的《致讀者》中說：「《論『二十世紀中國文學』》闡發的是一種相當新穎的『文學史觀』，它從整體上把握時代、文學以及兩者關係的思辨，應當說，是對我們傳統文學觀念的一次有益突破。」〔註1〕隨後，《新華文摘》1985 年第 12 期、《評論選刊》1986 年第 1 期即全文轉載該文。《讀書》1985 年第 10 至 12 期、1986 年第 1 至 3 期分六期連載三人的《關於「二十世紀中國文學」的對話》。僅此即可見「二十世紀中國文學」在當時發生的廣泛影響和引起的普遍關注。

黃子平、陳平原、錢理群在闡述「二十世紀中國文學」的理論意圖時指出：「這並不單是為了把目前存在著的『近代文學』、『現代文學』和『當代文學』這樣的研究格局加以打通，也不只是研究領域的擴大，而是要把二十世紀中國文學作為一個不可分割的有機整體來把握。」他們又指出：「所謂『二十世紀中國文學』，就是由上世紀末本世紀初開始的至今仍在繼續的一個文學進程，一個由古代中國文學向現代中國文學轉變、過渡並最終完成的進程，一個中國文學走向並彙入『世界文學』總體格局的進程，一個在東西方文化的大撞擊、大交流中從文學方面（與政治、道德等諸多方面一道）形成現代民族意識（包括審美意識）的進程，一個通過語言的藝術來折射並表現古老的中華民族及其靈魂在新舊嬗替的大時代中獲得新生並崛起的進程。」〔註2〕

關於「二十世紀中國文學」的內容和意義，黃子平、陳平原、錢理群指出：「目前的基本構想大致有這樣一些內容：走向『世界文學』的中國文學；以『改造民族的靈魂』為總主題的文學；以『悲涼』為基本核心的現代美感特徵；由文學語言結構表現出來的藝術思維的現代化進程；最後，由這一概念涉及的文學史研究的方法論問題。」〔註3〕他們還指出：「『二十世紀中國文學』這一概念首先意味著文學史從社會政治史的簡單比附中獨立出來，意味著把文學自身發生發展的階段完整性作為研究的主要對象。」又指出：「在『二十世紀中國文學』這個概念中蘊含著的一個重要的方法論特徵就是強烈

〔註1〕文學評論編輯部《致讀者》，《文學評論》1985 年，第 5 期，第 144 頁。
〔註2〕黃子平、陳平原、錢理群《論「二十世紀中國文學」》，《二十世紀中國文學三人談》，北京：人民文學出版社 1988 年版，第 1 頁。
〔註3〕黃子平、陳平原、錢理群《論「二十世紀中國文學」》，《二十世紀中國文學三人談》，北京：人民文學出版社 1988 年版，第 2 頁。

的『整體意識』。一個宏觀的時空尺度——世界歷史的尺度，把我們的研究對象置於兩個大背景之前：一個縱向的大背景是兩千多年的中國古典文學傳統，……一個橫向的大背景是本世紀的世界文學總體格局」。〔註4〕從另一角度來看，這一概念的意義還有：「在這一概念中蘊含的『整體意識』還意味著打破『文學理論、文學史、文學批評』三個部類的割裂。」〔註5〕

可見，「二十世紀中國文學」的提出，既是基於黃子平、陳平原、錢理群三人當時對於中國文學史研究現狀的理論思考與認識，又是基於二十世紀八十年代中期人文學術發展的可能性和整體文化環境的激發；是研究者個人學養、個性因素與整體學術氛圍、文化生態相契合的結果。從這兩個角度綜合考察「二十世紀中國文學」的邏輯起點和理論支點，則可以說是由於以下幾個方面的綜合作用促成了這個概念的適時產生。

其一，世界文學的整體觀念。黃子平、陳平原、錢理群在文章中把「世界眼光」置於非常重要甚至是首要的位置。陳平原指出：「如果從文學史上來考慮，『二十世紀』很重要的一條，就是『世界文學』的形成。在『世界文學』的初步形成裏頭，『二十世紀中國文學』顯然是相當重要的一個部分。」〔註6〕他還指出：「『古今之爭』、『中外之爭』貫串整個二十世紀中國文學。『中』和『古』、『今』和『外』固然常常聯繫在一起，但並非總是如此。」〔註7〕黃子平也曾說：「二十世紀的中國文學就有這麼個很重要的特點，世界文化裏的多種思潮，從時間上空間上都突然那麼集中地拿到中國的土地上來表演，它們互相碰撞、交替、相融。」〔註8〕基於這樣的認識，他們指出：「二十世紀是『世界文學』初步形成的時代。」〔註9〕「二十世紀中國文學是在一種充滿了屈辱和痛苦的情勢下走向世界文學的。」〔註10〕「因此，『世

〔註4〕 黃子平、陳平原、錢理群《論「二十世紀中國文學」》，《二十世紀中國文學三人談》，北京：人民文學出版社1988年版，第25頁。
〔註5〕 黃子平、陳平原、錢理群《論「二十世紀中國文學」》，《二十世紀中國文學三人談》，北京：人民文學出版社1988年版，第26頁。
〔註6〕 黃子平、陳平原、錢理群《關於「二十世紀中國文學」的對話》，《二十世紀中國文學三人談》，北京：人民文學出版社1988年版，第39頁。
〔註7〕 黃子平、陳平原、錢理群《關於「二十世紀中國文學」的對話》，《二十世紀中國文學三人談》，北京：人民文學出版社1988年版，第46頁。
〔註8〕 黃子平、陳平原、錢理群《關於「二十世紀中國文學」的對話》，《二十世紀中國文學三人談》，北京：人民文學出版社1988年版，第44～45頁。
〔註9〕 黃子平、陳平原、錢理群《論「二十世紀中國文學」》，《二十世紀中國文學三人談》，北京：人民文學出版社1988年版，第2頁。
〔註10〕 黃子平、陳平原、錢理群《論「二十世紀中國文學」》，《二十世紀中國文學三

界文學』中的中國文學，就超出了最初的『師夷長技以制夷』的狹隘眼界，意味著用當代的眼光、語言、技巧、形象，來表達本民族對當代世界獨特的藝術認識和把握，提出並關注對一時代有重大意義的根本問題，從而自覺不自覺地，與整個當代人類的共同命運息息相通。」〔註11〕

中國文學與外來文化發生如此密切的關聯並展開如此深刻的交流，這是漢唐時期佛教文化東來之後的又一次重大變革；只有到了二十世紀，伴隨著「世界文學」觀念的興起和形成，中國文學才第一次出現了自覺融入世界文學的可能性。這種世界文學史眼光和學術氣度，也只有在新時期到來之際，在經過幾年必要的學術準備和文化調適之後才有可能出現。這當然與二十世紀八十年代初開始的當代中國新一輪思想解放、社會變革的總體趨勢和走向世界、走向未來、走向現代化的文化思潮密切相關；或者準確地說，「二十世紀中國文學」的提出，就是這種新的整體文化走向、文化氛圍在文學史研究領域的一種具有典範意義的表現。

其二，宏觀研究的廣闊視野。「把二十世紀中國文學作為一個不可分割的有機整體來把握」〔註12〕被著力強調，是這一概念自身規定的一種特點，也是這一課題對研究者的學術素養提出的必然要求。陳平原曾對此有過說明：「我們現在提出建立『二十世紀中國文學』的概念，發表一些基本構想，也就是試圖抓住這種『總體特徵』，使重要的文學現象能夠『凸現』出來，被把握住。」〔註13〕這就必然涉及「宏觀研究」與「微觀研究」的關係問題，對此，陳平原指出：「這可能也是我們所要強調的文學史研究上的一個方法問題，即從宏觀角度去研究微觀作品。有些朋友誤解我們只要宏觀研究，不要微觀研究，其實我們提出宏觀的尺度正是為了促進微觀研究，使之跳出就作品論作品、就作家論作家的巢（引者按：巢當作窠）臼。」〔註14〕這樣的論斷固然顯得不偏不倚，穩健全面，但是當結合當時生機勃勃、異常活躍的文

人談》，北京：人民文學出版社 1988 年版，第 6 頁。

〔註11〕黃子平、陳平原、錢理群《論「二十世紀中國文學」》，《二十世紀中國文學三人談》，北京：人民文學出版社 1988 年版，第 7 頁。

〔註12〕黃子平、陳平原、錢理群《論「二十世紀中國文學」》，《二十世紀中國文學三人談》，北京：人民文學出版社 1988 年版，第 1 頁。

〔註13〕黃子平、陳平原、錢理群《關於「二十世紀中國文學」的對話》，《二十世紀中國文學三人談》，北京：人民文學出版社 1988 年版，第 98 頁。

〔註14〕黃子平、陳平原、錢理群《關於「二十世紀中國文學」的對話》，《二十世紀中國文學三人談》，北京：人民文學出版社 1988 年版，第 101 頁。

化學術氛圍考察中國文學史研究的現狀，結合長期以來中國文學史研究的學術習慣和優劣得失，就可以明顯地看到，他們在此更強調的實際上還是宏觀研究的方法。

「宏觀研究」當年曾在多個人文學術領域興盛一時，僅就中國文學研究而言，就可以清楚地看到，古代文學、近代文學、現當代文學、文學理論批評史等領域均出現了為數眾多的論著與文章，倡導和嘗試進行中國文學史的宏觀研究。這甚至成為一種頗為時尚相當流行的學術思潮。「二十世紀中國文學」恰恰是在這種學術氛圍之中被提出並成為一個有力地推動了宏觀研究方法的重要概念。無獨有偶，在同樣的學術環境下，陳思和的《中國新文學整體觀》也在稍後的 1987 年出版。人文社會科學領域還有多種跨學科、跨領域、跨時期的著作和論文在這一時期面世。因此，「二十世紀中國文學」著重提倡的「宏觀研究」就不能用偶然性或研究者個人的喜好來解釋，而可以認為它應和並推進了這一具有學術思潮意義的研究方法和學術策略。

其三，文化角度尤其是思想史角度。這是受到當時方興未艾的「文化熱」的啟發，對以往經常從單一的政治史角度研究中國文學史帶來的明顯局限深入反思的結果，也是尋求中國文學研究新路徑、新角度的努力。對此，陳平原解釋說：「對於二十世紀中國文學的研究，我有一個想法，就是既要『走進文學』，又要『走出文學』……『走進文學』就是注重文學自身發展規律，強調形式特徵、審美特徵；『走出文學』就是注重文學的外部特徵，強調文學研究與哲學、社會學、政治學、民族學、心理學、歷史學、民俗學、文化人類學、倫理學等學科的聯繫，統而言之，從文化角度、而不只從政治角度來考察文學。」〔註15〕他還指出：「我們不同於文化學家之處就在於，我們並不是研究文化本身，而是研究整個文化氛圍與作家創作的關係，因此特別注重社會心理的中介作用。」〔註16〕

另一方面，「文化」經常是抽象廣泛無處不在的，而文學史研究的文化角度則必須付諸具體實踐，也就是主說，文學史研究的文化角度必須是具體的可以操作的。在這一學術難題面前，黃子平、陳平原、錢理群自然地將廣闊的文化視野集中到了文化史的核心部分思想史方面。這主要是因為深受李澤

---

〔註15〕黃子平、陳平原、錢理群《關於「二十世紀中國文學」的對話》，《二十世紀中國文學三人談》，北京：人民文學出版社 1988 年版，第 61 頁。

〔註16〕黃子平、陳平原、錢理群《關於「二十世紀中國文學」的對話》，《二十世紀中國文學三人談》，北京：人民文學出版社 1988 年版，第 77 頁。

厚《中國近代思想史論》的直接啓發和深刻影響。此書在冰封乍解的 1979 年即獲得出版，隨後多次重印，可以說是新時期人文學術領域的一部標誌性的著作，那個時代的許多大學生、研究生都是從閱讀這樣的著作開始逐漸走向學術研究的，當然也包括「二十世紀中國文學」的三位提出者。這一點，他們在交代這一概念的緣起時就做了說明。錢理群說《中國近代思想史論》「是我讀研究生期間讀到的感覺比較有份量的一本書。他裏邊談到中國近代以來的時代中心環節是社會政治問題。我覺得這個特點從近代、現代一直延續到當代。尤其是對文學的發展，影響很大，文學的興奮點一直是政治。這就顯示出一個時代的完整性，也就是說，對二十世紀整個中國文學的發展來說，許多根本的規定性是一致的。」〔註17〕黃子平也說過：「二十世紀中國文學歷史地承擔起了對於它自身來說也許是過於沉重的思想啓蒙任務，這就使它不能不加入了許多非文學的成份，不能不處處『照顧』我們民族過於低下的平均文化水平──這種情況，越是在歷史轉折時期越是嚴重，以至二十世紀中國文學在發展的歷史過程中，曾多次向一般的『宣傳』工具方面擺動（例如，抗戰初期，解放戰爭時期，建國初期等），這種情況不能不影響到文學自身審美品格的發展……」〔註18〕。他還在文章裏提到：「借用李澤厚的術語：社會歷史如何積澱到心理之中。」〔註19〕可見，從思想方法到基本概念（如「積澱」），從知識背景到話語方式，「二十世紀中國文學」這一概念都曾明顯地受到李澤厚的影響。

其四，系統論方法及其他科學方法。錢理群說：「一九八五年據說被文學理論界稱之爲『方法年』。有人把方法分成三個層次：第一個層次是構成世界觀的方法論，對我們來說就是唯物辯證法；第二個層次是一般科學方法，如系統論、控制論、信息論；第三個層次就是具體科學方法，比如說歸納法、演繹法呀等等。」〔註20〕這種統而言之的概括表述其實不具備什麼充分的準確性，但也從一個角度反映了當時人文社會科學的多個領域在方法論方面尋

〔註17〕 黃子平、陳平原、錢理群《關於「二十世紀中國文學」的對話》，《二十世紀中國文學三人談》，北京：人民文學出版社 1988 年版，第 29 頁。

〔註18〕 黃子平、陳平原、錢理群《關於「二十世紀中國文學」的對話》，《二十世紀中國文學三人談》，北京：人民文學出版社 1988 年版，第 60～61 頁。

〔註19〕 黃子平、陳平原、錢理群《關於「二十世紀中國文學」的對話》，《二十世紀中國文學三人談》，北京：人民文學出版社 1988 年版，第 76 頁。

〔註20〕 黃子平、陳平原、錢理群《關於「二十世紀中國文學」的對話》，《二十世紀中國文學三人談》，北京：人民文學出版社 1988 年版，第 92 頁。

求創新與突破的努力。就當時的人文社會科學研究領域而言，在信息論、控制論和系統論三者之中，系統論是影響最為廣泛的一種新方法，嘗試運用這種方法進行文學研究、作品分析的著作和文章均出現了多種。有關「二十世紀中國文學」的思考也深受當時頗為流行的系統論的影響。陳平原說過：「『二十世紀中國文學』就是一個不同於古代中國文學的文學系統。因此文學史的分期應當以文學系統的變換為依據。比如說『二十世紀中國文學』裏頭再細分，就要以裏頭的子系統的變換為依據。」〔註21〕非常明顯，這是深受系統論影響的話語表達。又比如，他們曾指出：「雅俗之爭，普及與提高之爭，『主義』與『藝術』之爭，宣傳與娛樂之爭，民族化與現代化之爭，貫穿了近百年中國文學發展的每一個重要階段。它們之間的張力也左右了本世紀文藝形式辯證發展的基本軌迹，各類文體的探索、實驗、論爭，基本上是在這一『張力場』中進行的。」〔註22〕由此不僅可以再次看到廣闊的宏觀視野和雄渾的學術氣魄，還可以清楚地看到運用了「張力」和「張力場」這樣的物理學術語。這也是當時學術風氣的一種反映。可以說，「二十世紀中國文學」概念的提出和論述、對話，從基本觀念到具體方法，從思維方式到話語表達，經常可以看到系統論等新的科學觀念的影響。這也反映了二十世紀八十年代前中期的整體學術氛圍和傳統學術方式、學術話語的轉換。

其五，自覺的文學史理論觀念。非常明顯，長期以來，在文學史的編寫實踐和文學史的理論探索之間，中國文學史研究界是長於實踐而短於理論的，甚至經常是在缺少應有的理論自覺、缺少足夠深厚清晰的理論觀念的情況下進行文學史編寫的，加之多種非學術因素的經常性影響，於是造成明顯的文學史編寫中單一化、粗糙化等令人堪憂的局面。對此，陳平原指出：「在每一個層次上，方法都不可能是凝固不變的。但是我們現在談論的『二十世紀中國文學』，涉及的恐怕多半還是具體科學方法，即文學史的研究方法。」錢理群接著指出：「在我們這裡，『文學史理論』在某種程度上還是一塊『未開墾的處女地』。儘管每一本文學史專著的緒論、導言裏頭都要講一講研究方法，講一講文學史分期的依據，但是真正把『文學史理論』作為專題深入探討的文章，好像還沒有見到。所以儘管這個問題很有意思也很有意義，討論

---

〔註21〕黃子平、陳平原、錢理群《關於「二十世紀中國文學」的對話》，《二十世紀中國文學三人談》，北京：人民文學出版社1988年版，第94頁。

〔註22〕黃子平、陳平原、錢理群《論「二十世紀中國文學」》，《二十世紀中國文學三人談》，北京：人民文學出版社1988年版，第19～20頁。

起來也是有困難的。」〔註23〕他們所以產生如此清晰的文學史理論的自覺，除了對幾十年來中國文學史研究和編寫中存在的意識形態化、高產量低質量等普遍性問題的感同身受以外，還當與美國學者雷·韋勒克、奧·沃倫著的《文學理論》一書的影響有關。這本由劉象愚等翻譯、生活·讀書·新知三聯書店於 1984 年 11 月出版的文學理論著作，令許多在沒有清晰的文學史觀念或單一的文學理論觀念下成長起來的年青學者心胸開闊，靈感頓生。比如，此書的核心內容「文學的外部研究」與「文學的內部研究」以及「文體和文體學」、「文學的評價」、「文學史」等，均對許多中國文學史研究者、編寫者產生了重要影響。當時作為年青學者嶄露頭角的黃子平、陳平原、錢理群，在思考和提出「二十世紀中國文學」及有關問題的時候，很有可能是受到了此書的直接影響。

其六，以文學語言為媒介的藝術思維立場。這可以理解為是基於對長期以來文學史研究中重思想內容輕藝術形式、重主題內涵輕文體形態的弊端的認識而提出的一種反撥與糾正，也是使文學史研究回歸其自身內部的一種努力。他們指出：「從『內部』來把握二十世紀中國文學的有機整體性，不容忽視的一項工作就是闡明藝術形式（文體）在整個文學進程中的辯證發展。在中國文學史上，從來未嘗出現過像本世紀這樣激烈的『形式大換班』，以前那種『遞增並存』式的興衰變化被不妥協的『形式革命』所代替。」〔註24〕關於內容和形式的關係，陳平原還曾具體解釋說：「不能把形式看成是單純的表現技巧，而應當看成積澱著豐富內涵的『有意味的形式』；同樣，內容也總是形式化了的。對於文學作品來講，內容與形式全都統一在其獨特的語言結構中。因而形式革命也就不是單純的形式變更，而是聯繫著思維方式、社會心理和審美理想的轉變。只有打破內容與形式關係上的二元論，才能真正理解『五四』白話文學運動的歷史意義。」〔註25〕清晰地意識到使文學史研究回歸到藝術形式和語言結構，重視文學的文體形態與藝術思維的統一關係，是我們的文學史理論觀念和寫作實踐在長期停滯不前甚至出現倒退現象之後，在新的文化環境和學術風氣中的一次顯著進步。這種努力雖然還僅是理論層

---

〔註23〕黃子平、陳平原、錢理群《關於「二十世紀中國文學」的對話》，《二十世紀中國文學三人談》，北京：人民文學出版社 1988 年版，第 93 頁。

〔註24〕黃子平、陳平原、錢理群《論「二十世紀中國文學」》，《二十世紀中國文學三人談》，北京：人民文學出版社 1988 年版，第 18 頁。

〔註25〕黃子平、陳平原、錢理群《關於「二十世紀中國文學」的對話》，《二十世紀中國文學三人談》，北京：人民文學出版社 1988 年版，第 82 頁。

面的，但其蘊含的實踐價值卻顯而易見。

## 二、理論缺失與局限

　　後來在回顧那段學術經歷時，陳平原曾這樣說：「當初我們提出『二十世紀中國文學』的設想，學術準備其實是不足的。只有在意氣風發的 80 年代，才會那樣大膽地提出問題。」〔註 26〕值得注意的是，原來稱「二十世紀中國文學」為「概念」現在改稱「設想」，這假如不是無意，就可能是一個有意味的改變；至於說對此「學術準備其實是不足的」，是在「大膽地提出問題」，實際上對於如此龐大的問題，任何人任何時候都很難說自己的學術準備已經充分，這種學術準備甚至是難以進行準確評估的；還有，提出這個學術設想是在「意氣風發」的年代，這不僅是指研究者的年齡尚輕，而且是指一個時代的文化精神和學術氛圍，那的確是一個令人經常心懷嚮往的時代。重要的是，這樣的表達可能不完全是對早年學術經歷的自謙之詞，可能反映了一種更加深刻、更加理性的學術反思和思想清理。

　　今天應當指出和關注的是「二十世紀中國文學」這一概念本身和當年的提出者自身帶有的學術局限性。這是伴隨著這一重大的理論創新和實踐設想必然存在、必定產生的局限性，只是有的在當時就已經被提出者比較清晰地意識到，有的則是經過較長時間的沉澱之後才愈來愈明顯地表現出來。

　　首先，「二十世紀中國文學」的理論觀念與學術實踐之間必然存在著巨大的差距。這既是由一般意義上的理論與實踐之間的距離和轉換過程的必然難度所決定的，又是由這一學術概念或設想本身的特有難度所造成。顯而易見，從理論基礎、學術目標、研究視野等方面來看，「二十世紀中國文學」不僅包含著豐富的理論意義，而且具有明顯的實踐價值；不僅要求研究者具有深厚廣闊的理論眼光和知識視野，而且要求對古今中外多個學術領域具有優良的把握和運用能力，還需要相關學術領域取得相應的研究進展並形成對這一領域的有效支持。因此，這樣的學術構想與一般的階段性或通史性文學史寫作實踐大不相同，也與一般意義上的文學史個案研究、思潮流派研究迥然有異。從主觀和客觀兩方面來看，都可以說這樣的學術條件和學術素質極不容易實現。當年的三位年青學者對所提出的問題的難度和自身的局限性是有著比較清楚的認識的，他們指出：「初步的描述將勾勒出基本的輪廓。從消極方面說，

---

〔註26〕陳潔《陳平原：書生意氣長》，《中華讀書報》2007 年 3 月 28 日第 5 版。

不這樣就不能暴露出從總體構想到分析線索的許多矛盾、弱點和臆測。從積極方面說，問題的初步整理才能使新的研究前景真正從『迷霧』中顯現出來。……匆促的『全景鏡頭』的掃描難免要犯過分簡化因而是武斷的錯誤，必然忽略大量精彩的『特寫鏡頭』而喪失對象的豐富性和具體性。不過，從戰略上來考慮，起步的工作付出這樣的代價或許是值得的。」〔註27〕黃子平還說過：「人文科學也是要通過一系列假說來向前發展的。問題在於設想提出來以後，就要用進一步紮實的工作來補充、修正、完善甚至更改我們的概念。」〔註28〕這其實既是爲自己的學術構想留有修正完善的餘地，又是對這一問題的未來發展懷有期待和擔心。

其次，「二十世紀中國文學」概念提出者原有知識結構、學術能力存在明顯的局限性。這實際上是一切學術活動中所有研究者都必定存在的局限性，只是在面對不同的研究課題、在不同的研究階段上其表現程度、表現方式具有明顯的差異而已。當時三位年輕的研究者也曾清醒地認識到自身知識結構、學術能力的限制問題，同樣表現出高度的學術警覺和小心謹慎。錢理群說：「這樣，我們就會遇到一個自身知識結構過於狹窄的困難。強調從文化角度研究文學，可我們本身對文化沒有多少研究，這是很可悲的。提倡不同學科的朋友共同來研究文學的某一課題，可能是一個辦法。」〔註29〕他還說：「我覺得『二十世紀中國文學』這個概念還要求一種綜合研究的方法，這是由我們的研究對象所決定的。」〔註30〕錢理群還具體闡述道：「所以我想到『二十世紀中國文學』這個概念客觀上要求的方法，跟我們自己實際上能夠運用的方法，確實是有距離的。我們的知識結構、視野、經歷、興趣、思維特點，都在制約著我們對課題的深入。……我覺得多學科的綜合研究，不僅要求現有的研究人員不斷擴大知識面，改變自己的知識結構，而且要求在人才培養方法、研究工作組織形式上要有相應的變化。」〔註31〕令人感

〔註27〕黃子平、陳平原、錢理群《論「二十世紀中國文學」》，《二十世紀中國文學三人談》，北京：人民文學出版社1988年版，第2頁。

〔註28〕黃子平、陳平原、錢理群《關於「二十世紀中國文學」的對話》，《二十世紀中國文學三人談》，北京：人民文學出版社1988年版，第38頁。

〔註29〕黃子平、陳平原、錢理群《關於「二十世紀中國文學」的對話》，《二十世紀中國文學三人談》，北京：人民文學出版社1988年版，第62頁。

〔註30〕黃子平、陳平原、錢理群《關於「二十世紀中國文學」的對話》，《二十世紀中國文學三人談》，北京：人民文學出版社1988年版，第103頁。

〔註31〕黃子平、陳平原、錢理群《關於「二十世紀中國文學」的對話》，《二十世紀

到遺憾的是，概念提出者當時已經意識到的這種局限性，在經過了二十多年之後，仍然沒有多少改變，在某些方面甚至出現了倒退。這恐怕是當時三位年青學者始料不及的，也是他們今天不希望出現的，更是關心這一問題的廣大研究者不願意看到的。

再次，對傳統文學的現代價值體認無多，對其在「二十世紀中國文學」中的作用和地位認識不足，過分關注和強調現代新文學特別是以魯迅爲代表的五四新文學。一個重要而且明顯的文學史事實是，晚近的中國文學發展中存在著突出的古今轉換和中西碰撞以及二者的複雜聯繫、糾纏演變，許多文學思潮、文學現象就是在這種古今中西的消長起伏、轉換生成中呈現其價值和意義的。這種繁複龐雜的中國文學景觀也只有在這一時期的文學史格局中才得到充分的展現，這是中國文學長久發展歷程中的第一次，也是僅有的一次。因此，在論述和分析「二十世紀中國文學」的時候，必須抓住這一具有特殊時代意義和廣泛文化價值的關鍵性特徵，恰當地處理文學史上古與今、中與西的關係。雖然「二十世紀中國文學」的提出者也注意到了這個問題，他們指出：「把我們的研究對象置於兩個大背景之前：一個縱向的大背景是兩千多年的中國古典文學傳統，⋯⋯一個橫向的大背景是本世紀的世界文學總體格局」。〔註32〕黃子平也說過：「新詩拋棄了舊詩嚴格的格律和典雅晦澀的文言，但注重意境，注重詩的象徵、暗示與抒情，以及意象的組合，跟舊詩的思維方式有不少接近之處。實際上在戴望舒、卞之琳那裡中國古典詩和西方現代詩令人驚異地消融在了一塊。也許在這些詩人的創作中最能看出東西方藝術思維在本世紀撞擊之後閃出的火花。」〔註33〕但是，從論文和對話中可以清楚地看到，三位研究者對「二十世紀中國文學」中的中西關係關注得較多，論述也較爲充分，這當然是必要的；而對其間的古今關係、傳統文學的傳承嬗變及其現代價值、與新文學的關係等的關注明顯不足，對「兩千多年的中國古典文學傳統」在「二十世紀中國文學」設想中的價值與地位缺少深切體認，論述頗爲單薄，實際上造成了對「二十世紀中國文學」整體把握上的一種嚴重偏差。因此，存在於晚近中國文學史上的某些重大問題如傳統

---

中國文學三人談》，北京：人民文學出版社1988年版，第104～105頁。

〔註32〕黃子平、陳平原、錢理群《論「二十世紀中國文學」》，《二十世紀中國文學三人談》，北京：人民文學出版社1988年版，第25頁。

〔註33〕黃子平、陳平原、錢理群《關於「二十世紀中國文學」的對話》，《二十世紀中國文學三人談》，北京：人民文學出版社1988年版，第84～85頁。

文學精神與新文學精神、舊文體與新文體、文言與白話、典雅與俚俗等關係就沒有得到應有的重視，從而暴露出明顯的理論缺失。

與此密切相關的是，他們對以五四爲標誌的中國現代新文學則予以特別的關注，不僅在篇幅上談得最多，而且許多問題的理論基點均是從這裡出發的，五四新文學幾乎成了他們思考的一個思想原點。陳平原說：「『二十世紀中國文學』是從古代中國文學向現代中國文學轉變、過渡並最終完成的一個進程。」〔註34〕這種思考路徑和基本判斷有可能是受到梁啓超《過渡時代論》一類文章影響的結果。實際上，對這種「過渡」的深入認識是需要充分的理論研究和細緻的文學史描述才有可能實現的，而中國文學從古典舊時代向現代新時代的轉換演進恰恰是其中一個關鍵性問題。可惜這一問題沒有受到應有的重視。陳平原還說過：「求全責備、害怕打破平衡、愛好中庸，這種種文化心理使得『五四』新文化的先驅者們的創舉至今仍不爲人們所理解。這也許就是我們今天談論『二十世紀中國文學』的藝術思維時，總是不由自主地把注意力集中到『五四』，集中到白話文運動和『文學革命』等問題上的緣故吧？」〔註35〕這樣的判斷和認識當然有其道理。此外，五四文學、白話文運動、文學革命被如此「不由自主」地重視和強調，與當時以中國現當代文學爲主要研究領域的三位年輕研究者的知識結構、思維習慣、學術能力也有密切的關係。這既是他們的一個超越同儕的突出特點，也是一種無可奈何的限制。近些年對大陸學界影響頗大的王德威也說過：「我覺得要弄清現代文學的發展，我們必須回到晚清，也必須要兼顧當代，首尾呼應，這樣才能看出這個時代錯綜複雜的脈絡。」〔註36〕顯然也是以「現代文學」爲基點來考察晚清文學的。陳思和指出：「在當代文學的研究者的思考中，不自覺地存在著一種『五四』的標準。」〔註37〕這種情形在「二十世紀中國文學」的提出者那裡也明顯地存在著。因此，他的告誡就是有啓發意義的：「我們自己把本來很豐富的傳統簡單化了，形成了一個想像的傳統。『五四』就像茫茫黑夜中的一

---

〔註34〕黃子平、陳平原、錢理群《關於「二十世紀中國文學」的對話》，《二十世紀中國文學三人談》，北京：人民文學出版社1988年版，第36頁。

〔註35〕黃子平、陳平原、錢理群《關於「二十世紀中國文學」的對話》，《二十世紀中國文學三人談》，北京：人民文學出版社1988年版，第90頁。

〔註36〕田志凌、楊琳莉《把抒情還原到更悠遠的文學史裏去》，《南方都市報》2007年4月8日B28～29版。

〔註37〕陳思和《「五四」文學：在先鋒性與大眾化之間》，《中華讀書報》2006年3月8日第4版。

盞路燈，它照到的地方是核心，是精華，應當珍惜，但畢竟只能是一小部分，而照不到的那些地方非常廣闊。」〔註38〕

最後，個別判斷與表達的失據欠妥，限制和影響了「二十世紀中國文學」的論證深度與縝密程度。黃子平、陳平原、錢理群認為：「從一八四○年到一八九八年這半個世紀中，業已衰頹的古典中國文學沒有受到根本的觸動，也未注入多少新鮮的生氣。」〔註39〕可以從兩個方面考察這種認識的可靠程度：第一，這並不是一個精確的學術判斷，而是具有較大彈性、較大空間也就具有較大迴旋餘地的認識，對其準確程度不宜也不可能做特別嚴格的要求，因此只能說是體現了作者對十九世紀下半葉中國文學總體狀況的一種帶有很大想像成分的觀感；第二，此類判斷的可靠性其實是很難證實也很難證偽的，只能採取宜籠統不宜細緻、宜概括不宜分析的做法，假如與其後的文學變革相比較，當然可以認為這種認識是正確的；假如與此前的文學相比較，認為此期的文學也在不可避免地發生著重要的變革也自無不可；還有，文學的演進通常是在漸進的連續狀態中進行的，突如其來的文學革命畢竟不是文學史的常態，因此就不能不說，十九世紀下半葉的中國文學實際上已經走在終結傳統、醞釀新變的道路上，它受到根本性的觸動、注入新鮮空氣實際上已經成為一種必然。另外需要指出的是，這種觀點並非三位年輕學者的首創，而是淵源有自，主要來自一批從現代新文學立場出發關注晚清文學的集新文學家與學者於一身的著名人物，比如胡適 1922 年發表的《五十年來中國之文學》和周作人 1932 年發表的《中國新文學的源流》就都持有類似的看法，陳子展發表於 1929 年的《中國近代文學之變遷》和發表於 1937 年的《最近三十年中國文學史》中也有相近的認識。關於這一問題，陳平原的看法更加大膽也更加徹底：「拿『近代文學史』來說，從一八四○年鴉片戰爭到一八九八年戊戌變法，半個多世紀裏頭，幾乎沒有什麼文學，或者說文學沒有什麼根本的變化。」鴉片戰爭至戊戌變法時期的中國文學有無「根本的變化」已如上述；至於說這「半個世紀裏頭，幾乎沒有什麼文學」，即便使用了留有餘地的「幾乎」二字，仍然不能不說，這樣的論斷不唯過於大膽，且顯然不切實際。宏

〔註38〕陳思和《「五四」文學：在先鋒性與大眾化之間》，《中華讀書報》2006 年 3 月 8 日第 4 版。

〔註39〕黃子平、陳平原、錢理群《論「二十世紀中國文學」》，《二十世紀中國文學三人談》，北京：人民文學出版社 1988 年版，第 5 頁。

觀研究、整體觀念需要的不僅僅是研究者的襟懷氣魄、靈感才情，更需要具有深厚的史實根柢和紮實的微觀功夫，特別是不應遺漏重要的微觀現象或者出現關鍵性細節的判斷失誤。「二十世紀中國文學」作為一項具有開拓意義和創新價值的研究設想，也自然如此。對於這一文學史觀念的重要價值和突出貢獻而言，雖然上述考慮不周、判斷失據之處只能算是偶然性的智者之失，但仍然不能不指出，這種看起來微不足道的瑕疵會直接關係到一個整體學術構想的科學性和可靠性，其帶來的影響可能是明顯的。

有意味的是，在提出「二十世紀中國文學」這一概念或設想並產生重大影響之後，三位提倡者後來並沒有繼續進行深入的「二十世紀中國文學」的系統研究和全面建構，似乎也沒有就這一課題繼續研究下去的打算，而是將主要學術興趣轉向了其他方面。黃子平到香港從事現當代文學與文學批評的教學和研究工作；留在北京大學的錢理群在周作人、魯迅和現當代文學的多個學術領域成就斐然；只有陳平原對這一問題持續過一段時間的興趣，他除了進行中國小說史、散文史、現代學術史、大學教育、圖象晚清等多個領域的研究之外，還完成並於 1989 年出版了《二十世紀中國小說史》第一卷。據說原計劃多人合作的多卷本《二十世紀中國小說史》到目前也只出版了這一卷。同時還與夏曉虹合作編選並於 1988 年出版了《二十世紀中國小說理論資料》第一卷，後來其他人編選的另外四卷才陸續出版。這些研究當然可以看作是「二十世紀中國文學」的延續，但是畢竟不同於嚴格意義上的這一課題的全面研究。個中情由，恐怕很難用「但開風氣不為師」這樣瀟灑暢快的詩句作出有力的解釋，除了三人學術興趣的不斷拓展和自然轉移之外，「二十世紀中國文學」本身具有的極大學術難度、對研究者提出的非同一般的要求和挑戰、這一學術概念或理論設想與學術實踐之間的巨大距離，以及這一概念或設想包含的某些不確定性，是否也是其在三位提出者那裡停滯不前的一個重要原因呢？

對於「二十世紀中國文學」問題的反思，錢理群 1999 年發表的《矛盾與困惑中的寫作》是深刻有力的。他指出：「今天回過頭來反思『20 世紀中國文學』這個概念，我仍然認為它的基本精神是站得住腳的，並且已經事實上為學術界普遍接受，當然也還有不同的意見，這也是正常的。……今天看來，當時對『20 世紀中國文學』的具體理解分析，又確實存在著一些問題。……我今天認識到的問題主要有三：一是受到 80 年代樂觀主義與理想主義的時

代氛圍的影響，我對中國社會與文學的現代化的理解與前景預設是充滿理想主義與烏托邦色彩的；……與此相聯繫的，就是受到『西方中心論』的影響，『撞擊與回應』的模式的印記是十分明顯的。……第三方面的問題，也許我自己是更爲嚴重的，這就是歷史進化論與歷史決定論的文學史觀的影響。〔註40〕」他還說：「如果說 80 年代提出『20 世紀中國文學』的概念時，思想比較單純，也充滿了自信心，看準了某一點，就毫無顧忌地，旗幟鮮明地大加鼓吹；那麼到了 90 年代，思想就變得複雜了，腦子裏充滿了『問題』與『疑惑』。……徑直說，我沒有屬於自己的哲學，歷史觀，也沒有自己的文學觀，文學史觀。因此，我無法形成，至少是在短期內無法形成對於 20 世紀中國文學的屬於我自己的，穩定的，具有解釋力的總體把握與判斷，我自己的價值理想就是一片混亂。我不過是在矛盾與困惑中，勉力寫作而已。……因爲我是『20 世紀中國文學』概念的提出者之一，很多朋友期待我能夠寫出一部《20 世紀中國文學史》，這樣的期待對我的壓力是不難想見的；但我今天卻要公開坦白承認：在可以見到的日子裏，我大概是無力完成這樣的使命。……我對當年對『20 世紀中國文學』概念的倡導並不後悔，那是遲早要解決的課題，只是現在我不願也無力多談罷了。」〔註41〕這樣的思想內省和學術反思是清醒深刻的，也是具有重要啓發意義的，非深切體會到其間的艱難與沉重者定然發不出這樣的感慨。「二十世紀中國文學」的學術魅力與所有研究者必須面臨的理論困境和實踐難題，由此亦可見一斑。〔註42〕

---

〔註40〕 錢理群《矛盾與困惑中的寫作》，原爲《現代文學的觀念與敘述——〈中國現代文學三十年〉筆談》之一部分，載《文學評論》1999 年，第 1 期，第 47～48 頁；又見王曉明主編《二十世紀中國文學史論（修訂版）》上卷，上海：東方出版中心 2003 年版，第 20 頁。

〔註41〕 錢理群《矛盾與困惑中的寫作》，原爲《現代文學的觀念與敘述——〈中國現代文學三十年〉筆談》之一部分，載《文學評論》1999 年，第 1 期，第 49 頁；又見王曉明主編《二十世紀中國文學史論（修訂版）》上卷，上海：東方出版中心 2003 年版，第 22～23 頁。

〔註42〕 嚴家炎說：「至於另一本書，也就是上面書題中所說的『史』，是指我這些年來用較多時間寫作和統改的《二十世紀中國文學史》。如果算上剛出版的德國漢學家顧彬寫的中譯本在內，這類叫做《二十世紀中國文學史》的書，現在已有好幾種了，它們或許體現了目前市場上多層次的不同需求。我們撰寫的這一種規模比較大，時間跨度從十九世紀八十年代末一直到二十世紀末年，範圍包括海峽兩岸，連日據時代的臺灣和淪陷區都在內，篇幅約有百萬字左右。它大概不算是急就章。我們力求沉靜下來，重讀要寫到的所有作品，並且進行了較深入的思考，相信會有我們自己獨到的看法。」見《嚴家炎寫作

## 三、實踐中的普遍性缺失

二十多年過去，中國文學研究和研究者以及周遭的學術文化環境都發生了深刻的甚至是根本性的變化。「二十世紀中國文學」的概念或設想在當時和後來都發生了廣泛深刻的影響，這種影響不僅僅是即時性的，在而且是歷時性的，直至目前仍在延續；這種影響不僅僅是文學史理論方面的，而且是文學史寫作實踐過程之中的。這當然主要是指這一重大理論創新的積極貢獻，也必然包括它本身難以避免的局限性及其在被接受與運用過程中出現的種種問題。

黃子平、陳平原、錢理群在提出「二十世紀中國文學」這一設想之後，基本上沒有繼續進行這一課題的系統研究。有趣的是，「二十世紀中國文學」不僅被許多人認同，出現了大量的沿用者，而且更加重要的是，一批批研究者持續進行著各種各樣的「二十世紀中國文學」的研究和寫作，名目繁多的著述層出不窮，欲罷不能。實際上，在如此眾多的有關「二十世紀中國文學」的著述中，高水平的成果並不多見，一些著作、教材和論文反而愈來愈多地表現出明顯的理論缺失和實踐失誤，以至於造成了文學史研究和寫作中的普遍性缺失。

如果說「二十世紀中國文學」的概念提出時遺留下來的缺陷主要是理論創新過程中難以完全避免的，還是一種伴隨著重要學術貢獻而並生的不足的話，那麼，後來的許多追隨者和應用者在文學史撰述、教材編寫、論文寫作中一再出現而且愈演愈烈的缺失，就是在沒有對有關問題進行深入系統研究的情況下簡單生硬地搬用這一概念造成的。按照學術發展的正常邏輯，這樣的狀況本來是應該減少或避免的。可惜的是，這一概念的提出者當初的擔心成了明顯存在的現實，他們所希望的「用進一步紮實的工作來補充、修正、完善甚至更改我們的概念」〔註43〕的情形似乎並沒有出現。在相當一部分著述中，不僅當初的某些理論缺陷沒有得到修正和彌補，反而被放大、變得更加嚴重；還出現了一些當初始料未及的新問題。

第一，由於理論意識的淡薄和理論觀念的偏狹，造成對「二十世紀中國文學」概念的理解不完整，對「二十世紀」最初二十年的文學史歷程不瞭解、

20 世紀文學史》，《中華讀書報》2008 年 10 月 22 日第 11 版。嚴家炎主編的《二十世紀中國文學史》（三卷本）已由高等教育出版社於 2010 年出版。

〔註43〕黃子平語，黃子平、陳平原、錢理群《關於「二十世紀中國文學」的對話》，《二十世紀中國文學三人談》，北京：人民文學出版社 1988 年版，第 38 頁。

不重視，致使「二十世紀中國文學」實際上變得嚴重殘缺不全。這一概念的倡導者指出：「二十世紀中國文學」不是一個單純的「物理時間」，而是一個「文學史時間」，這是「把上限定在戊戌變法的一八九八年而不是純粹的一九○○年」〔註44〕的主要原因。但是一些研究著作對這樣的「文學史時間」或文化史時間沒有深切的認識，在進行「二十世紀中國文學」的種種著述時，可以相當隨意地處理這本來相對清晰也有一定可行性的時間分界線，造成對提出者一再強調的這一文學史概念必備的「整體意識」的嚴重曲解。最常見的操作方式是許多著作對「五四」以前的文學史真實狀況的明顯隔膜和簡單化處理，也就是經常性地把「二十世紀中國文學」的最初二十年當作可有可無的前奏或序幕，往往是稍作皮毛式的交代處理之後，就迅速進入他們擅長的「五四」及其後文學的敘述。一種非常常見的情況是，在討論「二十世紀中國文學」問題和進行有關著作、教材寫作的時候，作者通常只是根據自己已有的知識結構、學術能力和主觀意願過於隨意地安排內容，而對「二十世紀中國文學」的概念沒有認真體會並嚴格把握，通常只是一般性地提及一些屬於近代文學史常識的問題，比如梁啓超等的「詩界革命」、「文界革命」和「小說界革命」，王國維的文學理論與批評，黃遵憲的「新派詩」，王韜的報刊政論文章，梁啓超的「新文體」散文，李寶嘉、吳沃堯、劉鶚、曾樸等的譴責小說，林紓的小說翻譯，蘇曼殊的哀情小說與精神痛苦、南社的文學活動與所謂「鴛鴦蝴蝶派」等，然後就發揮長處以大量篇幅描述「五四」以後新文學的發展，而對在「二十世紀」最初二十年間影響巨大甚至處於文壇主流地位的傳統文學理論與批評、宋詩派與「同光體」、後期桐城派與湘鄉派古文、再度興盛的駢文、傳統戲曲的再度興盛與重大變革缺少應有的關注，將這處於古今嬗替、中西交匯的關鍵時刻、本來紛繁複雜、豐富生動的二十年文學史描繪得貧瘠而單一，彷彿這一時期的文學狀貌與存在價值只是「五四」文學的序幕和預演。這實際上是對「二十世紀中國文學」中的傳統文學極為隔膜、缺乏瞭解的表現，也是對「二十世紀中國文學」發展歷程中的古今關係即傳統文學與新文學的複雜關係與密切關聯視而不見、缺少解會的表現。

　　這樣的「二十世紀中國文學」研究必定暴露出明顯的理論缺失，也當然無法避免寫作實踐中的嚴重失當。正如陳思和所說：「並不是說 20 世紀文學

---

〔註44〕黃子平語，黃子平、陳平原、錢理群《關於「二十世紀中國文學」的對話》，《二十世紀中國文學三人談》，北京：人民文學出版社 1988 年版，第 28 頁。

只有『五四』，而是我們這個學術圈就是在被人為構築起來的『五四』傳統下思考的，而看不清之外的東西。這樣界定，20 世紀文學的意義大大縮小了，視野就束縛住了。」〔註45〕在這種情況下，「文學史時間」的缺失就是非常明顯的，造成的後果也是非常嚴重的。〔註46〕

從單純的時間範圍上說，占「二十世紀」五分之一的時間竟然被忽視甚至忽略，必將造成研究對象上的嚴重遮蔽與殘缺，這樣的研究是無論如何也不能服人的；從文學史的時間概念來說，十九世紀末至二十世紀初的二十年左右，正是「二十世紀中國文學」醞釀與發生的時期，這個開端影響和決定了其後許多時候、許多方面的文學走向與基本面貌，對隨後一個世紀的文學發展歷程具有關鍵性意義。因此，這種大片的文學史時間和文學史實的缺失對「二十世紀中國文學」研究造成的影響必然是非常嚴重的。

第二，由於知識結構的欠缺和不思彌補，採取舊文學與新文學二元對立的立場，缺少對舊體文學的體認，甚至對舊體文學不予理會，無視其現代價值，不關注傳統文學在中國文學現代轉換過程中的重要作用。這種情況與「二十世紀中國文學」的三位提出者本來就存在的局限性有一定關係。不幸的是，這種既不通達也不科學的思維方式和處理方法在後來的多種著作中被不斷重複並發展延續。這種情況與長期以來學科分界的過於瑣細、一些研究者特別是從事現當代文學研究的人士對傳統文學缺少應有的瞭解、特別是對傳統文學的現代價值缺少體認有著直接的關係；當然，很多時候兩軍對壘、非此即彼的思維定勢也對人們認識傳統文學與新文學的關係造成不利影響；更加深層的原因則是近代以來特別是「五四」以來中國文化進程中革命話語、激進主義思潮經常佔據主導地位造成的影響。

陳思和對此有過具體論述：「我們把『五四』現代文學的分類作為標準，作為文學史的制高點，像燈塔一樣。往前看晚清，往後看整個 20 世紀，所有

〔註45〕陳思和《「五四」文學：在先鋒性與大眾化之間》，《中華讀書報》2006 年 3 月 8 日第 4 版。
〔註46〕幾種有代表性的著作如：（1）孔範今主編《二十世紀中國文學史》，濟南：山東文藝出版社 1997 年版；（2）黃修己主編《20 世紀中國文學史》，廣州：中山大學出版社 1998 年版，2004 年新 1 版；（3）馮光廉主編《中國近百年文學體式流變史》，北京：人民文學出版社 1999 年版；（4）唐金海、周斌主編《20 世紀中國文學通史》，上海：東方出版中心 2003 年版；（5）楊匡漢主編《20 世紀文學經驗》，上海：東方出版中心 2006 年版；（6）〔德〕顧彬著、范勁等譯《二十世紀中國文學史》，上海：華東師範大學出版社 2008 年版。

與『五四』有關的，都被擡高和尊崇，都是有意義的，比如黃遵憲的『詩界
革命』，比如梁啓超的『新小說』，還有翻譯小說，翻譯劇本，等等；而與『五
四』無關的都是沒有意義的。所以在這個燈塔的照射下，很多與之無關的東
西都被推到了暗影中，沒有得到應有的認識。比如舊體詩，就是這樣的處境。」
〔註47〕在許多以「二十世紀中國文學」爲名目的著作中，不僅舊體詩的處境
如此，詞賦、古文、駢文、章回小說、文言小說、傳統戲曲、說唱文學等傳
統文學樣式的命運均與此相似。陳思和還指出：「我們如果把新舊文學的分界
暫時懸置起來就會發現，晚清文學的傳統作爲文學的某些因素並沒有消亡。」
〔註48〕

　　王德威也意識到：「五四文學可能是被我們典範化神話化了。」〔註49〕
因此他明確指出：「我所謂『被壓抑的現代性』，可以指陳三個不同方向：（一）
它代表一個文學傳統內生生不息的創造力。這一創造力在迎向19世紀以來
西方的政經擴張主義及『現代話語』時，曾經顯現極具爭議性的反應，而且
眾說紛紜，難以定於一尊。然而『五四』以來，我們卻將其歸納進腐朽不足
觀的傳統之內。……（二）『被壓抑的現代性』指的是『五四』以來的文學
及文學史寫作的自我檢查及壓抑現象。在歷史進程獨一無二的指標下，作家
勤於篩選文學經驗中的雜質，視其爲跟不上時代的糟粕。……（三）『被壓
抑的現代性』亦泛指晚清、『五四』及30年代以來，種種不入（主）流的文
藝實驗。」〔註50〕他還曾繼續闡述道：「我覺得這個時段太重要了。我曾經
寫過一篇文章《沒有晚清，何來五四？》，在大陸引起了很多議論。後來北
京大學出版社出版了全書，就是《被壓抑的現代性》。在序言裏我提到我的
觀點，晚清複雜的文學面貌、晚清的活力，還有晚清文學上種種不可思議的
實驗，都不是五四那一代所能企及的。……晚清其實有很多文學、思想、文
化的資源，提供了五四一些最重要線索。……我認爲五四重要，但是晚清一
樣重要，你能從中看看出整個文學、文化史裏非常微妙、細膩、輾轉周折的

---

〔註47〕陳思和《「五四」文學：在先鋒性與大眾化之間》，《中華讀書報》2006年3
　　　　月8日第4版。

〔註48〕陳思和《「五四」文學：在先鋒性與大眾化之間》，《中華讀書報》2006年3
　　　　月8日第4版。

〔註49〕田志凌、楊琳莉《把抒情還原到更悠遠的文學史裏去》，《南方都市報》2007
　　　　年4月8日B28～29版。

〔註50〕王德威著、宋偉傑譯《被壓抑的現代性——晚清小說新論》，北京：北京大學
　　　　出版社2005年版，第10～11頁。

改變。」〔註51〕這樣的看法對於我們長期以來的學術現狀是有針砭作用的，對「二十世紀中國文學」研究和相關研究領域也是有建設意義的。可惜的是，真正意識到傳統文學的現代價值特別是對新文學的創造和發展之價值的研究者並不多，而能夠將這種理論意識運用於實際的文學史研究和寫作中的人就更少。

其實，傳統舊文學與現代新文學是相容相生並且可以互相轉換的，一方面傳統文學往往直接影響著現代新文學的存在方式和發展方向，正是傳統文學的存在才成就了現代文學的價值；另一方面傳統文學的某些精神內涵、表現方法、存在形態往往是新文學必須汲取的資源，舊文學與新文學之間必然構成彼此依存的密切關係。對這一點缺少解會與體悟，不僅直接傷害了具有現代價值的傳統文學，也不可避免地間接傷害新生的現代文學。許多研究者正是在如此關鍵的問題上出現了重大失誤且渾然不覺，這就不能不極大地限制和影響「二十世紀中國文學」研究的進展。

第三，由於創新精神的欠缺和開拓意識的不足，使一些研究在理論觀點和文獻資料方面缺少實質性的進展，造成一些成果的水平低下或出現大面積的簡單重複。學術創新通常從兩個方面表現出來，一是理論觀念的創新，一是文獻資料的創新，當然有時候也可能出現兩方面同時創新的情況。無論哪一種創新，其前提和基礎都是研究者要具備良好的學術意識和執著精神，都需要長期的艱苦努力才有可能逐步實現。「二十世紀中國文學」作為一個新的理論概念或學術設想，既需要更加有力的理論支撐，從邏輯思辨的角度豐富充實、發展完善，又需要更加厚重的文獻支持，從材料史實的角度對一些重要問題進行實證性研究。

可是實際情況卻不總是那麼盡如人意。這一概念提出之後，以此為名目的著作就陸續出現；進入二十世紀九十年代以後特別是臨近世紀之交的時候，此類著作、教材和文章就明顯地愈來愈多，甚至可以說出現了一個引人注目的熱潮。這些年大量的有關出版物中，許多只是簡單地重複運用「二十世紀中國文學」或類似的名詞概念，並沒有真正在理論上或文獻上有所創新，甚至在有的著作中連真正的學術感想都很難看到。這種迅速大量出現、缺少學術創新和學術個性的情況在教材類著作中表現得尤為突出。

---

〔註51〕 田志淩、楊琳莉《把抒情還原到更悠遠的文學史裏去》，《南方都市報》2007年 4 月 8 日 B28～29 版。

　　一個比較典型的現象是，以「二十世紀中國文學史」或相似的名稱出版的教材或專著已有多種，通常是一二主編攜眾人分頭迅速完成各自的一部分，然後由主編組織或拼湊成為一部完整的書稿並迅速面世。且不說這種「人多好幹活」的「大躍進」式的操作方式在二十世紀五十年代以後的興起和長期延續帶來的各種形式的名實不副與不利影響，以及一些人「主而不編」的怪現狀的存在，僅就此類著作的學術質量而言，就不能說是值得信賴的。因為一個顯而易見的事實是，假如不是對這一領域的重要問題進行過較長時間的潛心研究，想要有效地駕馭「二十世紀中國文學」這樣的學術難題並取得較高水平的研究成果談何容易？因此，從這些低水平成果的產生過程來看，出現簡單重複、缺少創新實在並不奇怪甚至是必然的，但是從對學術研究的正常發展和持續進步的期待的角度來看，這種情況的存在和延續就是特別令人擔憂的，也是需要盡快改變的。

　　第四，由於某些研究者前沿意識的欠缺和研究中的自我封閉，對有關學術領域的研究進展並不掌握，致使一些著作名實難副，甚至使「二十世紀中國文學」淪為一種有名無實的包裝手段和出版策略。「二十世紀中國文學」概念被提出的二十多年來，特別是世紀之交大規模出現回顧與前瞻熱情的幾年間，出版了為數眾多、種類繁雜的以「二十世紀中國文學」、「百年中國文學」、「世紀之交中國文學」為名目的文學史、思想史、思潮史、流派史、專題史、叢書、個案研究專著和教材，這種寫作、編著和出版熱潮當下仍在延續之中。由於某些研究者個人水平和學術能力的限制、前沿意識的欠缺，加之對有關研究領域的情況特別是最新進展不掌握，致使一些出版物存在明顯的問題。最主要的問題仍然是對「二十世紀中國文學」的開端部分即最初二十年——也就是一般所說的「近代文學」的後半部分關注不夠，認識不足，經常對之進行簡單化、邊緣化的草率處理，這似乎已經成了某些「二十世紀中國文學」研究者的一種習慣。這種狀況不僅會明顯限制和影響「二十世紀中國文學」研究的發展，而且對與之關係密切的學術領域如古代文學、現當代文學、文學理論批評史的不利影響也是顯而易見的。

　　任何研究者都是有其學術限度的，任何研究都有其局限性，在「二十世紀中國文學」研究中出現這樣那樣的問題與不足，原本極為正常，而且是必然的。問題是有關研究者應當更加清醒地認識自己在面對這一研究課題時的長處與短處，弄清這一課題的內在規定和對研究者提出的必然要求，以求更

順利地進入有關領域的學術對話，特別是要反思和認識自己研究中的局限性，以收取長補短之效。其實，長期以來特別是近三十年來近代文學研究界取得的豐富成果已經可以有力地支撐「二十世紀中國文學」這一概念的漸趨成熟和研究實踐，比如在近代文學史、近代文學批評史、近代詩歌、文章、小說、戲劇、作家作品研究、思潮流派以及文獻史實研究等方面，均出現了一定數量的較高水平的專著、教材和論文，這些成果不僅是近代文學學科建設和研究進展的顯著表徵，而且對「二十世紀中國文學」研究也有著直接的推動作用，對相關領域的研究進展也具有明顯的啓發意義。可惜一些「二十世紀中國文學」研究者特別是從現當代文學或文藝學出發的有關研究者，真正注意並準確把握近代文學研究進展的人並不多。這種狹隘的學科觀念和學術習慣已經愈來愈明顯地限制了相關領域的研究水平。

還有一種屢見不鮮的現象是一些以「二十世紀中國文學」、「百年中國文學」、「世紀之交中國文學」之類名目出版的著作，其實是名不副實的。一些著作不僅不能全面地展示「二十世紀中國文學」的歷程，不能反映這一特殊歷史時期文學發展的主要問題，而且存在著明顯的主觀隨意傾向，經常是不顧「二十世紀中國文學」的特殊規定性和題中應有之意，只是根據自己的理解任意處理這一原本需要充實完善的新生概念，對本來有可能成熟起來的概念採取爲我所需、任意取捨的態度，也就是說，「二十世紀中國文學」及相關表述在一部分人那裡已經成爲一種包裝手段和出版策略。特別明顯的是將「二十世紀中國文學」當成了「中國現代文學」或「中國新文學」的另一種表達方式，某些本來應該稱爲「中國現代文學」、「中國新文學」的著作，也趕時髦式地使用了與「二十世紀中國文學」相關的名稱，其內容並未有什麼改變，只是爲自己的舊貨色作了一點時尚的外表妝扮而已。從這一角度來看，也就不難理解爲什麼二十多年來「二十世紀中國文學」研究的進展並不十分明顯，而以此名目出版的著作卻非常眾多的原因了。應當明確，「二十世紀中國文學」不應當、也不可以成爲「中國現代文學」、「中國新文學」的同義語。

## 四、餘論：類似的缺失及其他

中國文學史的編寫雖然興起的時間不長，不過百年，但早已成爲中國文學研究界的顯學之一。這一學科從無到有、從小到大，取得的成績是有目共睹的，但是存在的問題也同樣明顯。比如實踐多而理論少，重複多而創新少，因襲多而開拓少，就是長期以來存在並仍在延續的問題。上文所述「二十世

紀中國文學」研究和著作撰寫、教材編寫中的種種問題，其實也是整個中國文學史學界的普遍性不足在這一具體領域的集中反映。因此可以說，「二十世紀中國文學」研究和寫作中的種種缺陷，在其他時段的中國文學史研究中也普遍存在，只是表現方式和表現程度有所不同而已。

一個普遍性的突出問題是對文學史上出現的失誤、教訓、倒退的關注和研究不夠。長期以來，中國文學史研究界做得最多的是對作家作品、思潮流派等諸多文學現象的進步、功績、貢獻、經驗、啓示等等的研究和認識，這些成為文學史研究的主要任務，本來無可厚非。但是假如文學史研究中僅僅關注這一側面而不及其餘，特別是缺少了對經常與文學史的進步性共生並存的失誤、教訓、倒退等的關注和研究，就必然會出現明顯的偏差，受到影響的將不僅僅是文學史的另一半，而很可能是文學史的全部。以往的文學史也經常提及某些不足，但習慣性的處理是將這部分內容置於最後而匆匆地一筆帶過，常見的表達也就是「階級的和時代的局限」之類，極少作具體深入的分析，更疏於對這些失誤、教訓進行全面深入的清理和具體細緻的學理化研究。這是中國文學史研究界長期存在、至今仍在延續的一個普遍性問題。這在「二十世紀中國文學」研究中當然也明顯地存在。

其實，文學史的教訓同樣值得注意。而且，從嚴格的學術意義上研究文學史的失誤、教訓的難度和價值決不亞於研究其成就與經驗；何況二者本來就是並生共存的，難以截然分開。進步與落後、貢獻與失誤、經驗與教訓、收穫與損失等相對範疇並存共生的文學才是鮮活豐富的常態的文學，只有對這兩個方面進行同樣有深度的學理研究的文學史才有可能是比較接近本相的文學史，對這一點，中國文學史研究界須有足夠的認識。

另一個明顯存在的問題是對某些特殊時期的文學歷程、特殊人物和現象的忌諱而缺少研究，文學史的整體性、連續性和相關性被破壞，文學史研究的整體水平也受到明顯影響。在一些特殊的歷史時期，由於眾多的學術和非學術因素的影響限制，產生某些學術禁區和敏感地帶，一些問題被忌諱或存在一定風險，是稍微瞭解一點中國當代學術史和文化史的人不難理解的。但是當這種嚴重影響學術正常發展和污染文化環境的非學術因素煙消雲散之後，假如一些研究者仍然自我限制，放棄追求與創新的可能性，仍然習慣性地重複著以往的思維習慣和學術方式，仍然有意無意地躲避那些本來不應該被遮蔽的文學史事實，從而給文學史研究帶來影響和損失，就不能不說是研

究者的責任了。

　　新時期以來，伴隨著思想解放、學術研究中自由精神、獨立意志的再度被喚醒，中國文學史研究中的一個令人欣喜的變化就是不斷深化與持續拓展的良好趨勢的形成和延續，以往的許多學術禁忌被逐漸突破，文學史的另一半也被呈現出來，許多重大的理論觀念問題和具體的實踐問題取得了有目共睹的進步。但是，仍有一些問題的研究或處於停滯不前的狀態，或尚未得到深入研究，以至於影響了文學史研究的全面進展。

　　僅就「二十世紀中國文學」研究來說，比如對舊詩與新詩、文言與白話的是非功過、「五四」時期激進主義文學觀和文化觀、延安整風時期的文學、二十世紀五十年代以後十七年文學的經驗教訓等，就不應該迴避，至少不應該停留於現在的水平上。特別是「無產階級文化大革命」文學的重大失誤和沉痛教訓，更應當從嚴格的學術意義上進行全面深入的研究，真正發掘出那個時代文學與文化的深層內涵，以及造成那種慘狀的歷史和現實原因。這些都可以說是「二十世紀中國文學」的關鍵時刻和要害問題，對這些文學的經驗教訓、成功失敗的研究，通常會影響甚至決定這一歷史時期文學史研究的整體水平。

　　還有一個比較突出的問題是中國文學「現代性」研究的主觀隨意化傾向。中國文學的「現代性」之說，爲海外泊來的新觀念之一，蓋由海外學者李歐梵、王德威等發之，隨後即有一批大陸學者相與追隨而研究之。在數年之間面世的多種成果中，也出現了堪可注意的普遍性問題。首先是邏輯起點問題，即如何準確把握「現代性」的內涵與如何恰當運用這一概念的問題。對「現代性」的理解在國外就莫衷一是，在中國同樣也有各取所需的情況存在，這就必然動搖這一課題的學術前提。錢理群也曾發出對世界與中國的現代化和後現代化問題之前提的追問：「什麼是現代性？如何看待西方的現代化道路（模式）？什麼是我們（中國、東方國家）所需要（追求）的現代化道路（模式）？」〔註52〕其次是運用範圍和學術基礎問題。在如何考察中國文學「現代性」的發生問題上，有的著作的處理明顯地表現出先入爲主隨意取捨的傾向，比如在選擇李寶嘉、王韜、黃遵憲、劉鶚、蘇曼殊、林紓、曾樸、李劼

〔註52〕錢理群《矛盾與困惑中的寫作》，原爲《現代文學的觀念與敘述——〈中國現代文學三十年〉筆談》之一部分，載《文學評論》1999 年，第 1 期，第 48 頁；又見王曉明主編《二十世紀中國文學史論（修訂版）》上卷，上海：東方出版中心 2003 年版，第 21 頁。

人等人和他們的創作進行個案分析的時候，〔註53〕是否有足夠的把握認定所選擇的是足以揭示那個時代文學精神和「現代性」的典範？進行這種研究的學術基礎是否已足夠牢固？王德威指出：「我們對文學的『現代性』問題談得太多了。談現代性時，我們往往忘了與現代性最有趣的對話層面『歷史性』。」〔註54〕對有關文學領域的真實情況特別是重要現象的把握有欠缺，必然出現過於主觀隨意化的傾向。由於單向度的線性思維習慣的影響，對「現代性」的單純關注和過分強調必然制約對文學史同時具備的其他層面價值的必要關注。

中國文學的「現代性」雖然從一個比較新穎的角度研究問題並取得了一些重要成果，但實際上「現代性」的概念如何恰當地被使用、究竟是否符合中國文學發展實際的問題並沒有真正解決。這種情況的存在，也不能不阻礙「二十世紀中國文學」史觀的真正建立和持續發展，同時也將對相關研究領域造成不利的影響。

因此，筆者提出「二十世紀中國文學」概念或設想本身特別是它被運用過程中存在的多種問題，並將對二十世紀最初二十年文學的草率處理或幾乎忽略不計視為一種普遍性的缺失，只是希望建立更加科學規範的「二十世紀中國文學」的理論觀念和實踐基礎，建構一種基於紮實的文學史事實和可靠的文學史觀念的盡可能科學合理的「二十世紀中國文學」的時空結構和文體結構，使此項研究回到更加真實的歷史現場和學術軌道中，思考推進這一領域及相關領域的研究進展之法；並非危言聳聽，亦無以過苛之論抹殺該領域及相關領域取得的多種重要成果之意，更無從狹隘的學科角度出發過分強調二十世紀中國文學開端的五分之一——即「近代文學」的後一半的文學史價值之心，只不過是基於對「二十世紀中國文學」的理解陳述一個文學史和學術史事實。實際上，近代文學作為一個巨大的文學史存在，作為整個中國文學史歷程中的一個具有關鍵性意義的環節，其地位和價值早已當然地確立並在自然地呈現，是不需要借助與依附「二十世紀中國文學」或其他任何概念來顯示和證明的。

〔註53〕　重要著作如王一川《中國現代性體驗的發生》，北京：北京師範大學出版社2001年版；楊聯芬《晚清至五四：中國文學現代性的發生》，北京：北京大學出版社2003年版。
〔註54〕　田志凌、楊琳莉《把抒情還原到更悠遠的文學史裏去》，《南方都市報》2007年4月8日B28～29版。

# 近代文學研究中的新文學
# 立場及其影響之省思

　　二十世紀初年，在中外學術思潮的影響下，伴隨著文學史意識的加強和文學史觀念的更新，中國文學史的研究和寫作迅速成長壯大起來，並早已成為一個蔚為大觀的學術領域。假如將二十世紀二十年代至三十年代作為中國近代文學研究開始自覺、有意進行和正式建立的標誌，那麼這一時期出現的幾種比較專門的文學史著作就是值得特別關注的。胡適的《五十年來中國之文學》（1922 年）、陳子展的《中國近代文學之變遷》（1928 年）和《近三十年中國文學史》（1929 年）、周作人的《中國新文學的源流》（1931 年）〔註1〕、吳文祺的《新文學概要》（1936 年）等堪稱其中的代表。魯迅的《中國小說史略》（1923 年，1930 年改訂）、阿英的《晚清小說史》（1937 年）等也是具有重要地位的著作，同樣產生了至今仍在的深遠影響，不過是單一的文體史著作。此外，梁啓超的《汗漫錄》（後改名《夏威夷遊記》，1899 年）、《飲冰室詩話》（1902～1907 年）、《清代學術概論》（1920 年）等雖然並不是專門的近代文學史著作，但由於其具有的特殊性質和巨大影響力，仍然可以視為與近代文學研究密切相關的重要著作。從學術史的角度來看，這些著作不僅開創了近代文學的研究風氣，奠定了近代文學的學科基礎，而且對後來直至當下的近代文學研究產生了重大影響。

---

〔註1〕按：周作人此書影響甚大，其後的多種文學史著作曾深受其啓發。比如時隔
　　　　多年之後的 1985 年，周作人弟子任訪秋就撰有《中國新文學淵源》一書，並
　　　　由河南人民出版社於 1986 年出版。是書與周作人的《中國新文學源流》不僅
　　　　書名頗為相像，而且基本觀點與思想也多有相似之處。詳見下文。

　　當然，這一時期也產生了如錢基博的《現代中國文學史》(1932 年)、汪辟疆的《光宣詩壇點將錄》(1945 年)這樣在當時影響較大，但其影響卻未能有效延續、甚至在相當長的時間內幾乎湮沒無聞的著作。關於這些著作的價值與影響、學術史價值和命運際遇，已是另外一個問題，本文暫不討論；只想強調一句：這些具有重要價值的學術著作的被邊緣化、甚至被有意無意地忽視，致使近代文學研究的學術生態出現了愈來愈嚴重的失衡狀態，近代文學研究從學術觀念、研究範式、思考方式到評價尺度、操作過程、話語系統，都日益明顯地走向了主觀化、單一化、新文學化的道路，對近代文學及相關領域的研究造成了重大的損失。這一點，在已經歷了七、八十年學術史歷程之後的今天，尤其應當清醒地認識到。

## 一、近代文學研究中存在著一種新文學立場

　　在二十世紀二十年代至三十年代以來的近代文學研究歷程中，有一種重要的文學史研究立場是值得特別重視並應當認真反思的，就是從新文學立場出發進行的近代文學研究。這種新文學立場儘管在不同時期、不同領域、不同文體的近代文學研究中有著不同程度、不同方式的體現，但總的說來，它相當強烈地表現在近代文學研究的多個方面，同時也表現在多個時期，直至目前的近代文學研究之中。因而這可以看作近代文學研究中的一種重要的學術思潮或學術方式。

　　從文學史觀念和研究方法來看，這種新文學立場主要表現為持續進化、崇尚變革、嚮往西學、否定傳統的單一化、主觀化的文學史觀念；與此密切相關，在具體的研究過程中也就必然表現出與此相同的價值向度和思想特點，思想內涵不斷強化，學術內涵明顯減少，使文學史研究不適度地走向了過分邏輯化、簡單化的道路。

　　胡適在自道其文學觀念時曾明確指出：「胡適對於文學的態度，始終只是一個歷史進化的態度。」〔註2〕這種「歷史進化的態度」很可以代表一大批新文學家對於文學發展歷程的基本認識。胡適對章炳麟的評價可以作為這種「歷史進化」的文學史觀念的一個具體例證。他說：「總而言之，章炳麟的古文學是五十年來的第一作家，這是無可疑的。但他的成績只夠替古文學做一個很

---

〔註2〕胡適《五十年來中國之文學》,《胡適古典文學研究論集》,上海：上海古籍出版社 1988 年版,第 154 頁。

光榮的下場，仍舊不能救古文學的必死之症，仍舊不能做到那『取千年朽蠹之餘，反之正則』的盛業。……章炳麟的文學，我們不能不說他及身而絕了。」〔註3〕又指出：「章炳麟在文學上的成績與失敗，都給我們一個教訓。他的成績使我們知道古文學有學問與論理做底子，他的失敗使我們知道中國文學的改革須向前進，不可回頭去；他的失敗使我們知道文學『數極而遷，雖才士弗能以為美』，使我們知道那『取千年朽蠹之餘，反之正則』的盛業是永永不可能的了！」〔註4〕

至於對西學的認識，陳子展的看法是有代表性的：「他們的新學，是他們的新詩料。他們不徒在政治上謀革新，還要鬧著『詩界革命』，怎能不叫當日那些守舊黨嫉忌他們的野心，驚駭他們的大膽？……它的好處，就是新奇，不腐臭，不庸濫——本來他們這種運動，是對於腐臭庸濫的詩界而生的一種反動。只因這種詩不過填入幾個生硬的新名詞，略具一點幼稚的新理想，取材既然狹隘，人家又不容易懂得，他們的詩界革命運動自己停頓下來了。但是我們要瞭解他們是生在外來學術輸入中國不過一點半滴的時候，儘其最善之力，只能做到如此。同時我們還得佩服他們革新的精神，向新詩大陸探險的精神！」〔註5〕

相當明顯，這種認識很可以從梁啓超關於「詩界革命」的言論中找到淵源。梁啓超在《汗漫錄》（後改名《夏威夷遊記》）中說：「余雖不能詩，然嘗好論詩。以為詩之境界，被千餘年來鸚鵡名士（余嘗戲名詞章家為『鸚鵡名士』，自覺過於尖刻）佔盡矣。雖有佳章佳句，一讀之，似在某集中曾相見者，是最可恨也。故今日不作詩則已，若作詩，必為詩界之哥侖布、瑪賽郎然後可。猶歐洲之地力已盡，生產過度，不能不求新地於阿米利加及太平洋沿岸也。欲為詩界之哥侖布、瑪賽郎，不可不備三長：第一要新意境，第二要新語句，而又須以古人之風格入之，然後成其為詩。不然，如移木星、金星之動物以實美洲，瑰偉則瑰偉矣，其如不類何？若三者具備，則可以為二十世紀支那之詩王矣。……今欲易之，不可不求之於歐洲。歐洲之意境、語句，

---

〔註3〕胡適《五十年來中國之文學》，《胡適古典文學研究論集》，上海：上海古籍出版社 1988 年版，第 127 頁。

〔註4〕胡適《五十年來中國之文學》，《胡適古典文學研究論集》，上海：上海古籍出版社 1988 年版，第 130 頁。

〔註5〕陳炳堃《最近三十年中國文學史》，上海：上海書店 1989 年影印本，第 43 頁。

甚繁富而瑋異，得之可以陵轢千古，涵蓋一切。」〔註6〕又說：「吾雖不能詩，惟將竭力輸入歐洲之精神思想，以供來者之詩料可乎。要之，支那非有詩界革命，則詩運殆將絕。雖然，詩運無絕之時也。今日者，革命之機漸熟，而哥侖布、瑪賽郎之出世，必不遠矣。」〔註7〕由此不僅可以看到梁啓超「詩界革命」思想的西學淵源，而且可以看到梁啓超這種思想觀念對後來新文學運動的直接啓發。

梁啓超提出的「文界革命」，同樣是近代日本思想家直接影響下的結果。他曾描述道：「余既戒爲詩，乃日以讀書消遣。讀德富蘇峰所著《將來之日本》及《國民叢書》數種。德富氏爲日本三大新聞主筆之一，其文雄放儁快，善以歐西文思入日本文，實爲文界開一別生面者，余甚愛之。中國若有文界革命，當亦不可不起點於是也。」〔註8〕不僅可見梁啓超鼓吹「文界革命」的思想淵源，而且可見近代日本思想家、文學家對中國近代文學產生的重要影響之一斑。

在如此分明的新文學立場驅動之下，近代文學研究在內容取捨、價值評判和敘述框架等方面也就具有同樣清晰的以新文學爲標準的思想傾向，主要表現爲一方面對與新文學相應相關的文學現象、作家作品給予高度評價甚至過度闡釋，另一方面對與新文學矛盾對立的文學現象和作家作品不予理睬、完全否定或進行非學術的抨擊批判。

這種傾向在詩歌方面表現得最爲突出。一些詩人詩作受到了嚴厲的批判，而另一些詩人詩作則得到了高度的讚譽。金和與黃遵憲就是被高度評價並得到殊榮的詩人。胡適指出：「這個時代有一個詩人，確可以算是代表時代的詩人。這個詩人就是上元的金和，……金和的詩很帶有革新的精神，……正因爲他深恨那些『抱竊疾者』，正因爲他要『更從古人前，混沌闢新意』，

---

〔註6〕康有爲、梁啓超、錢單士釐著，鍾叔河、楊堅校點《歐洲十一國遊記二種‧新大陸遊記及其他‧癸卯旅行記‧歸潛記》，長沙：嶽麓書社 1985 年版，第593 頁。

〔註7〕康有爲、梁啓超、錢單士釐著，鍾叔河、楊堅校點《歐洲十一國遊記二種‧新大陸遊記及其他‧癸卯旅行記‧歸潛記》，長沙：嶽麓書社 1985 年版，第595 頁。

〔註8〕康有爲、梁啓超、錢單士釐著，鍾叔河、楊堅校點《歐洲十一國遊記二種‧新大陸遊記及其他‧癸卯旅行記‧歸潛記》，長沙：嶽麓書社 1985 年版，第604 頁。

故他能在這五十年的詩界裏佔一個很高的地位。」〔註9〕又說：「黃遵憲是一個有意做新詩的，……他對於詩界革命的動機，似乎起的很早。他二十多歲時作的詩之中，有《雜感》五篇，其二云：……這種話很可以算是詩界革命的一種宣言。」〔註10〕「我們可以說，他早年受了本鄉山歌的感化力，故能賞識民間白話文學的好處；因爲他能賞識民間的白話文學，故他能說『即今流俗語，我若登簡編，五千年後人，驚爲古斕斑』！」〔註11〕他總結道：「這個時代之中，我只舉了金和、黃遵憲兩個詩人，因爲這兩個人都有點特別的個性，故與那一班模仿的詩人，雕琢的詩人，大不相同。這個時代之中，大多數的詩人都屬於『宋詩運動』。宋詩的特別性質，不在用典，不在做拗句，乃在做詩如說話。……但後來所謂『江西詩派』，不肯承接這個正當的趨勢（范、陸、楊、尤都從江西詩派的曾幾出來），卻去模仿那變化未完成的黃庭堅，所以走錯了路，跑不出來了。近代學宋詩的人，也都犯這個毛病。」〔註12〕在高度肯定讚譽金和與黃遵憲的同時，基本上全盤否定了近代傾向於學習宋詩的所有的詩人。從中國近代文學史和中國詩歌史的角度來看，這種判斷的科學性顯然是大有問題的，不只是對宋詩派的否定大有問題，就是對金和、黃遵憲的褒獎之恰當與否也有重新考量的必要。

胡適對於金和與黃遵憲的評價，當是受到梁啓超的直接啓發。梁啓超曾指出：「前清一代學風，與歐洲文藝復興時代相類甚多。其最相異之一點，則美術文學不發達也。……其文學，以言夫詩，眞可謂衰落已極。吳偉業之靡曼，王士禎之脆薄，號爲開國宗匠。乾隆全盛時，所謂袁（枚）、蔣（士銓）、趙（翼）三大家者，臭腐殆不可向邇。諸經師及諸古文家，集中多亦有詩，則極拙劣之砌韻文耳。嘉道間，龔自珍、王曇、舒位，號稱新體，則粗獷淺薄。咸同後，競宗宋詩，只益生硬，更無餘味。其稍可觀者，反在生長僻壤之黎簡、鄭珍輩，而中原更無聞焉。直至末葉，始有金和、黃遵憲、康有爲，

〔註9〕　胡適《五十年來中國之文學》，《胡適古典文學研究論集》，上海：上海古籍出版社 1988 年版，第 97～101 頁。

〔註10〕　胡適《五十年來中國之文學》，《胡適古典文學研究論集》，上海：上海古籍出版社 1988 年版，第 115～116 頁。

〔註11〕　胡適《五十年來中國之文學》，《胡適古典文學研究論集》，上海：上海古籍出版社 1988 年版，第 119 頁。

〔註12〕　胡適《五十年來中國之文學》，《胡適古典文學研究論集》，上海：上海古籍出版社 1988 年版，第 121～122 頁。

元氣淋漓,卓然稱大家。……要而論之,清代學術,在中國學術史上,價值極大;清代文藝美術,在中國文藝史美術史上,價值極微;此吾所敢昌言也。」〔註13〕在徹底否定了清代前中期詩歌的基礎上,高度肯定的清末詩人只有金和、黃遵憲、康有為三人;或者說,如此堅決地否定清前中期詩歌的目的,就是要突出清末這三位詩人。這當然不是出於對清代詩歌的學術性評價,而是與鼓吹詩歌改革、倡導新詩運動的思想傾向和文化目標密切相關。

胡適還曾指出:「這五十年的詞,都中了夢窗(吳文英)派的毒,很少有價值的。故我們不討論了。」〔註14〕以一語而徹底否定了十九世紀末、二十世紀初的傳統詞作。很明顯,這種判斷的思想價值、新文學導向顯然遠遠超過了其學術價值;或者說,從文學史事實和文學史研究的角度來看,這樣的判斷只能證明作者強烈的否定傳統詞作、鼓吹新文學的思想文化立場,卻很難說具有什麼真正的可信性和科學性。

從評價標準和判斷尺度的角度來看,出於新文學立場的近代文學研究,同樣帶有明顯的注重實用價值、革命精神、思想意義,而輕視學術價值、文化建設、科學精神的傾向。特別突出者如,保守還是革新、文言還是白話、雅正還是俚俗,這些相對的觀念或範疇已經成為非常重要的甚至唯一的評價標準和判斷尺度,成為新文學立場的一個顯著標誌。

胡適明確宣稱古文學已是「死文學」,而只有新文學才是「活文學」:「近五年的文學革命,便不同了。他們老老實實的宣告古文學是已死的文學,他們老老實實的宣言『死文字』不能產生『活文學』,他們老老實實的主張現在和將來的文學都非白話不可。這個有意的主張,便是文學革命的特點,便是五年來這個運動所以能成功的最大原因。」〔註15〕他還更加大膽地指出:「古文學的公同缺點就是不能與一般的人生出交涉。大凡文學有兩個主要分子:一是『要有我』,二是『要有人』。有我就是要表現著作人的性情見解,有人就是要與一般的人發生交涉。那無數的模仿派的古文學,既沒有我,又沒有

---

〔註13〕梁啓超《清代學術概論》,朱維錚校注《梁啓超論清學史二種》,上海:復旦大學出版社 1985 年版,第 82~83 頁。

〔註14〕胡適《五十年來中國之文學》,《胡適古典文學研究論集》,上海:上海古籍出版社 1988 年版,第 101 頁。按:「這五十年的詞」《胡適古典文學研究論集》本《五十年來中國之文學》作「這五十年的詩」,誤;今據新民國書局 1929 年版《五十年來中國之文學》校正。

〔註15〕胡適《五十年來中國之文學》,《胡適古典文學研究論集》,上海:上海古籍出版社 1988 年版,第 91 頁。

人，故不值得提起。我們在這七節裏提起的一些古文學代表，雖沒有人，卻還有點我，故還能在文學史上占一個地位。但他們究竟因爲不能與一般的人生出交涉來，故仍舊是少數人的貴族文學，仍舊免不了『死文學』或『半死文學』的評判。」〔註16〕又說：「現在我們要談這五十年的『活文學』了。活文學自然要在白話作品裏去找。這五十年的白話作品，差不多全是小說。直到近五年內，方才有他類的白話作品出現。」〔註17〕並斷言：「中國的古文學在二千年前已經成了一種死文學。……這二千年之中，貴族的文學儘管得勢，平民的文學也在那裡不聲不響的繼續發展。」〔註18〕

胡適還說過：「一九一六年以來的文學革命運動，方才是有意的主張白話文學。……白話並不單是『開通民智』的工具，白話乃是創造中國文學的唯一工具。……這個運動老老實實的攻擊古文的權威，認他做『死文學』。……這個文學革命便不同了；他們說，古文死了二千年了，他的不孝子孫瞞住大家，不肯替他發喪舉哀；現在我們來替他正式發訃文，報告天下『古文死了！死了兩千年了！你們愛舉哀的，請舉哀罷！愛慶祝的，也請慶祝罷！』」〔註19〕「中國人用古文作文學，與四百年前歐洲人用拉丁文著書作文，與日本人做漢文，同是一樣的錯誤，同是活人用死文字作文學。」〔註20〕早在《嘗試集自序》引1916年4月《札記》中，胡適就已經指出：：「惜乎五百餘年來半死之古文，半死之詩詞，復奪此『活文學』之席，而『半死文學』遂苟延殘喘以至於今日。」〔註21〕

關於文言與白話的關係問題，周作人的看法要通達、合理得多。他說：「總之，那時候的白話，是出自政治方面的需求，只是戊戌政變的餘波之一，和後來的白話文可以說是沒有大關係的。」〔註22〕又說：「不過那時候的白

---

〔註16〕胡適《五十年來中國之文學》，《胡適古典文學研究論集》，上海：上海古籍出版社1988年版，第135頁。

〔註17〕胡適《五十年來中國之文學》，《胡適古典文學研究論集》，上海：上海古籍出版社1988年版，第135頁。

〔註18〕胡適《五十年來中國之文學》，《胡適古典文學研究論集》，上海：上海古籍出版社1988年版，第150～151頁。

〔註19〕胡適《五十年來中國之文學》，《胡適古典文學研究論集》，上海：上海古籍出版社1988年版，第153～154頁。

〔註20〕胡適《五十年來中國之文學》，《胡適古典文學研究論集》，上海：上海古籍出版社1988年版，第165頁。

〔註21〕見陳子展《中國近代文學之變遷》，上海：上海書店1982年影印本，第167頁。

〔註22〕周作人《中國新文學的源流》，上海：上海書店1988年影印本，第98頁。

話作品，也給了我們一種好處：使我們看出了古文之無聊。」〔註23〕他還指出：「我以為古文和白話並沒有嚴格的界限，因此死活也難分。……文字的死活只因他的排列法而不同，其古與不古，死與活，在文學的本身並沒有明瞭的界限。」〔註24〕可惜這種清醒的認識在當時並未引起足夠的重視並產生應有的影響。

由於如此清晰的文學變革、文學革命目標的強大驅動，新文學立場下的近代文學研究遂採取了二元對立、非此即彼的思維方式，表現出明顯的否定傳統、瓦解正統的思想傾向；與此密不可分的言說方式或書寫方式也就表現出同樣的傾向，甚至形成了一種在當時頗具叛逆色彩、後來卻廣泛流行的一套以新文學、新文化為評價標準和理想目標的話語系統。

新文學家對傳統古文、特別是桐城派、湘鄉派的否定性評價就很能說明這一點。胡適曾指出：「曾國藩死後的『桐城＝湘鄉派』，實在沒有什麼精彩動人的文章」。〔註25〕又說：「嚴復的英文與古中文的程度都很高，他又很用心，不肯苟且，故雖用一種死文字，還能勉強做到一個『達』字。他對於譯書的用心與鄭重，真可佩服，真可做我們的模範。」〔註26〕關於林杼，胡適說：「平心而論，林紓用古文做翻譯小說的試驗，總算是很有成績的了。……古文的應用，自司馬遷以來，從沒有這種大的成績。」〔註27〕又指出：「但這種成績終歸於失敗！這實在不是林紓一般人的錯處，乃是古文本身的毛病。古文是可以譯小說的，我是用古文譯過小說的人，故敢說這話。但古文究竟是已死的文字，無論你怎樣做得好，究竟只夠少數人的賞玩，不能行遠，不能普及。」〔註28〕

陳子展也曾這樣評價近代的傳統古文：「陽湖派出於桐城派，力矯桐城派氣體的纖弱；湘鄉派出於桐城派，力矯桐城派規模的狹小。惟以湘鄉派後出，

〔註23〕周作人《中國新文學的源流》，上海：上海書店1988年影印本，第98頁。
〔註24〕周作人《中國新文學的源流》，上海：上海書店1988年影印本，第103～105頁。
〔註25〕胡適《五十年來中國之文學》，《胡適古典文學研究論集》，上海：上海古籍出版社1988年版，第92頁。
〔註26〕胡適《五十年來中國之文學》，《胡適古典文學研究論集》，上海：上海古籍出版社1988年版，第103頁。
〔註27〕胡適《五十年來中國之文學》，《胡適古典文學研究論集》，上海：上海古籍出版社1988年版，第107頁。
〔註28〕胡適《五十年來中國之文學》，《胡適古典文學研究論集》，上海：上海古籍出版社1988年版，第107頁。

中興了桐城派，更發揚而光大之，替桐城派爭得不朽的光榮。而且湘鄉派在最近幾十年古文界的勢力最大。」〔註29〕還說：「平心論之：桐城派的文章，『清淡簡樸』，『屏棄六朝駢麗之習』，『選言有序，不刻畫而足以昭物情』，這是他們的長處。但到了末流，只抱著『宗派』，守著『義法』，既不多讀古書擷取古人之精華；又不隨時代而進步，從活潑的時代取得活潑的眞理；所以只能做出內容空疏，形式拘束，毫無生氣的文字來。」〔註30〕這種以新文學、新文化爲標準的話語系統不僅規定了其後相當長的歷史時期內新文學的基本觀念和範疇體系，而且深刻地影響了作爲學術領域的近代文學研究。在近代文學研究已經進行了近一個世紀的今天，這種話語系統和文化傾向的局限性不能不引起足夠的重視。

　　幾十年後，章培恒在爲《中國近代小說大系》所作的《序》中指出：「以五四新文化運動爲起點，中國的文學發生了巨大的變化。儘管這以後經歷了種種曲折，但就總的趨勢來說，仍是在五四運動所開闢的道路上向前行進。那些開倒車的企圖從來沒有獲得眞實的成功，雖然極大地延緩和阻礙了文學的發展；我們所面對的實際問題，其實只是怎樣行進得更爲自覺和迅速。這就要求我們準確把握中國現代文學的特點、我國文學從古代向現代演變的歷程，從而近代文學的研究也就成爲必不可少的重要一環。」〔註31〕顯然也是以「五四」文學爲標準、從新文學的立場上關注近代文學的價值和地位的。這種思考方式和表達方式與此前屢見不鮮的新文學立場話語並無什麼本質的不同，甚至表現出如此驚人的相似。但是，時代文化的進步、學術環境的改善、學術思維的拓展，還是促進了這種新文學觀念和立場發生了明顯的改變，其本身進行自我更新與內部完善的意味也相當明顯。因此章培恒接著指出：「爲了弄清我國文學從古代向現代演變的歷程，我們必須弄清楚近代文學裏

---

〔註29〕陳炳堃《最近三十年中國文學史》，上海：上海書店 1989 年影印本，第 79 頁。

〔註30〕陳子展《中國近代文學之變遷》，上海：上海書店 1982 年影印本，第 105 頁。後來陳子展（炳堃）又表達過同樣的意思：「平心論之：桐城派的文章，『清淡簡樸』，『屏棄六朝駢麗之習』，『選言有序，不刻畫而足以昭物情』，這是他們的長處。但到了末流，只抱著『宗派』的空招牌，守著『義法』的空架子。既不多讀古書，擷取古人的精華；又不隨時代而進步，從活潑的時代取得活潑的眞理；所以只能做出內容空疏，形式拘束，毫無生氣的文字來。」見《最近三十年中國文學史》，上海：上海書店 1989 年影印本，第 84 頁。

〔註31〕章培恒《序》，《中國近代小說大系》各卷卷首；引自《中國近代小說大系》所收之天虛我生《淚珠緣》卷首，南昌：百花洲文藝出版社 1991 年版，第 1 頁。

的這種新因素是怎麼形成和演進的，其特點是什麼，在整個近代文學裏到底占著怎樣的地位。也正因此，我們所要注意的，絕不能僅僅是近代文學裏的反映了新因素的部分，還必須包括大量存在的、不反映甚或反對新因素的作品。否則就無法看到近代文學的確切樣相。」〔註 32〕雖然仍未脫新文學立場的判斷標準、新舊對立的思維習慣，但是相對而言，對近代文學複雜性的尊重、整體性的關注，畢竟是一個明顯的學術進步。所以章培恒頗有針對性地提出：「可惜的是，由於種種原因，較之古代或現代文學的研究，近代文學研究顯得『先天不足，後天失調』。其結果，是既不能說明現代文學的來龍，也難以探究古代文學的去脈。這也就從另一個角度提醒我們：近代文學研究必須大力加強。」〔註 33〕

　　基於對傳統文學的無情否定與徹底批判和對新文學的熱情嚮往與極力鼓吹，新文學立場之下的近代文學研究非常明晰地認定了方興未艾的新文學的價值標準，而且這種認定對於傳統文學而言是不可調和的、排他性的；由此生發出來的文學和文化指向也必然是以未來可能走向興盛並佔據主導地位的新文學為目標，從而必然徹底否定傳統文學與文化。

　　關於「新文體」的認識和評價就可以證明這一點。梁啓超有過這樣的曾夫子自道：「啓超夙不喜桐城派古文，幼年為文，學晚漢魏晉，頗尚矜煉。至是（引者按：指流亡日本之後）自解放，務為平易暢達，時雜以俚語韻語及外國語法，縱筆所至不檢束，學者競傚之，號新文體。老輩則痛恨，詆為野狐。然其文條理明晰，筆鋒常帶情感，對於讀者，別有一種魔力焉。」〔註 34〕關於梁啓超與桐城派的關係，周作人的判斷是深刻且有啓發意義的：「受了桐城派的影響，在這變動局面演了一個主要角色的是梁任公。他是一位研究經學而在文章方面是喜歡桐城派的。」〔註 35〕胡適則指出：「梁啓超最能運用各

〔註 32〕 章培恒《序》，《中國近代小說大系》各卷卷首；引自《中國近代小說大系》所收之天虛我生《淚珠緣》卷首，南昌：百花洲文藝出版社 1991 年版，第 1 頁。
〔註 33〕 章培恒《序》，《中國近代小說大系》各卷卷首；引自《中國近代小說大系》所收之天虛我生《淚珠緣》卷首，南昌：百花洲文藝出版社 1991 年版，第 2 頁。
〔註 34〕 梁啓超《清代學術概論》，朱維錚校注《梁啓超論清學史二種》，上海：復旦大學出版社 1985 年版，第 70 頁。按：此語經常被用以作為梁啓超反對桐城派古文的直接根據，實則有辨析之必要：這首先是時過境遷的多年後的回憶性文字，須注意其間的變化；其次，「不喜」與不擅長並非一回事，極可深究，不喜歡可能很擅長，很喜歡也可能不擅長；再次，從梁氏少年時期和民國初年與桐城派古文的深刻關係來看，其於桐城古文既曾經喜歡，亦一向擅長。
〔註 35〕 周作人《中國新文學的源流》，上海：上海書店 1988 年影印本，第 93 頁。

種字句語調來做應用的文章。他不避排偶，不避長比，不避佛書的名詞，不避詩詞的典故，不避日本輸入的新名詞。因此，他的文章最不合『古文義法』，但他的應用魔力也最大。」〔註36〕

　　陳子展對文學革命的目標有著更清楚的認識：「《新青年》最初只是主張思想革命的雜誌，後來因主張思想革命的緣故，也就不得不同時主張文學革命。因爲文學本來是合文字思想兩大要素而成；要反對舊思想，就不得不反對寄託舊思想的舊文學。所以由思想革命引起文學革命。」〔註37〕又指出：「自從戊戌維新黨人譚嗣同等倡『詩界革命』（一八九七年左右），接著梁啓超倡『新文體』與『小說界革命』，這可算是近代初期的文學革命運動。」〔註38〕「無論何種革命，總是一方面破壞，一方面建設。大破壞之後，建設的工作尤爲切要。這次文學革命運動，從民國四年到七年（一九一五～一九一八），三四年間，破壞舊文學的工作已經做得不少了，自是不得不需要建設的工作。」〔註39〕「這樣看來，自甲午戰後，不但中國的政治上發生了極大的變動，即在文學方面，也正在時時動搖，處處變化，正好像是上一個時代的結尾，下一個時代的開端。」〔註40〕

　　對於傳統詩歌，陳子展也從是否源於當時的社會現實、是否指向未來新詩的角度進行評價：「陳、鄭、樊、易一班人的詩，固然因爲要學宋詩，或學唐詩，或學這個，或學那個，汩沒了一些個性，弄出些時代錯誤；但總不如王闓運極端地模仿古人，幾乎沒有『我』在，幾乎跳出他所生活的時代的空氣以外。」〔註41〕「總之：這個時期的舊體詩人，無論他的詩學宋，學唐，學六朝，學漢魏，乃至學《詩》《騷》，無奈他們所處的時代，總不是周、秦、漢、魏、六朝、唐、宋。他們在詩國裏辛辛苦苦的工作，不過爲舊詩姑且作一個結束。他們在近代文學史上的重要即在於此。」〔註42〕與此相聯繫，陳

〔註36〕胡適《五十年來中國之文學》，《胡適古典文學研究論集》，上海：上海古籍出版社 1988 年版，第 113 頁。

〔註37〕陳子展《中國近代文學之變遷》，上海：上海書店 1982 年影印本，第 174 頁。

〔註38〕陳子展《中國近代文學之變遷》，上海：上海書店 1982 年影印本，第 177 頁。

〔註39〕陳子展《中國近代文學之變遷》，上海：上海書店 1982 年影印本，第 185 頁。

〔註40〕周作人《中國新文學的源流》，上海：上海書店 1988 年影印本，第 99 頁。

〔註41〕陳子展《中國近代文學之變遷》，上海：上海書店 1982 年影印本，第 47 頁。
　　　　按：「陳、鄭、樊、易」指陳三立、鄭孝胥、樊增祥、易順鼎。

〔註42〕陳子展《中國近代文學之變遷》，上海：上海書店 1982 年影印本，第 50～51 頁。

子展對傳統古文的看法也與此相近：「近代文壇號稱桐城派的，不過幾個人。他們的努力和造詣，適足證明桐城派到了不可挽救的末運。」〔註43〕又指出：「這個時代除桐城派外，還有別派古文學。駢文或駢散不分之文體也是其中的一種。……這派文體在近代文學上無甚影響，無甚價值；儘管現在還有人對大人物打電報，上呈文，做壽序，還在利用著它。」〔註44〕

　　概括地說，新文學立場下的近代文學研究表現出如下一些突出特點：在新與舊的關係上，新文學的興起和地位的確立，是以舊文學的沒落衰敗為條件的；在古與今的關係上，革新派或革命派的文學是在否定和批判保守文學派別的過程中成長壯大起來的；在中與西的關係上，對中國傳統文學的興趣和體認遠不如對西方文學的熱情與好感，所有重要的文學觀念都是建立在西方文學的基礎之上的；在道與藝的關係上，載道文學或革命文學是在徹底否定和嚴厲打擊消閒文學、遊戲文學的過程中迅速發展直至得到唯我獨尊的地位的；在文與白的關係上，白話文被大力提倡和著力宣揚，是在打擊瓦解、極力醜化文言文的同時發生的；在雅與俗的關係上，俗文學被充分肯定和大力倡導，是在雅文學被大肆否定的同時進行的。總之，新文學立場下的近代文學研究經常表現出一種非此即彼、兩軍對壘、二元對立的文學觀念和文化態度。

## 二、新文學立場的廣泛影響和複雜結果

　　在中國新文學、新文化方興未艾、尚未成長壯大之際而興起並逐漸確立的近代文學研究，表現出明顯的新文學立場，使長期的近代文學研究帶有上述特點與局限，甚至帶有不少令人遺憾的缺點，從學術史和文化史的角度來看，不能不承認這可能是一種歷史的必然。但是，當時間已經過去了幾十年，當學術環境、文化環境已經發生了重大變革甚至是根本性轉變的時候，對新文學立場下的近代文學研究的功過得失也必然需要從學理層面進行冷靜的反思、清醒的認識和深刻的評價。這種深入的學術史反思和清理應當是近代文學研究持續建設、深入發展的必經階段，也是相關領域的研究進展所提出的必然要求。

　　應當看到，近代文學研究中的這種新文學立場雖然發生於新文學運動、

---

〔註43〕陳子展《中國近代文學之變遷》，上海：上海書店 1982 年影印本，第 103 頁。
〔註44〕陳子展《中國近代文學之變遷》，上海：上海書店 1982 年影印本，第 107～108頁。

文學革命、新文化運動興起並確立的二十世紀二十年代至三十年代，但是其思想觀念、思維方式、評價角度、主要觀點、文化態度、話語系統等，在後來的近代文學研究特別是文學史寫作中，產生了至今猶在的深遠影響。在幾十年來已經出版的多種近代文學史著作、近代文學研究論著或相關研究領域的大量論著中，經常可以看到新文學立場先入爲主式的影響或從新文學立場出發進行研究和評價而遺留的痕迹。

近代文學的所謂「過渡性」是一個相當流行、長期存在甚至被再三解釋、廣泛接受的基本的文學史觀念；從近代文學研究中的新文學立場的角度來看，特別是從近代文學的相對獨立性與文學史的連續性及其與整個中國文學古今演變的複雜關係的角度來看，這也是一個應當認眞反思其學術性與思想性、合理性與局限性的重要的文學史觀念。

這種觀念大概與梁啓超的著名文章《過渡時代論》（1901）有著某種深刻的關聯。梁啓超曾指出：「今日之中國，過渡時代之中國也。……歐洲各國自二百年以來，皆過渡時代也，而今則其停頓時代也。中國自數千年以來，皆停頓時代也，而今則過渡時代也。」〔註45〕這種政論文章提出的觀點顯然不具有什麼學術性，當然也就難以作爲眞正意義上的學術研究的概念或根據。這種觀念也與梁啓超的另外一些言論密切相關，比如：「過渡時代，必有革命，然革命者，當革其精神，非革其形式。吾黨近好言詩界革命。雖然，若以堆積滿紙新名詞爲革命，是又滿洲政府變法維新之類也。能以舊風格含新意境，斯可以舉革命之實矣。苟能爾爾，則雖間雜一二新名詞，亦不爲病。不爾，則徒示人以儉而已。」〔註46〕他又在《飲冰室詩話》中揭示「詩界革命」的主旨說：「譚瀏陽志節學行思想，爲我中國二十世紀開幕第一人，不待言矣。其詩亦獨闢新界而淵含古聲。」〔註47〕又說：「近世詩人能鎔鑄新理想以入舊風格者，當推黃公度。」〔註48〕陳子展也指出：「他（引者按：指黃遵憲）只想做到『我手寫我口，古豈能拘牽。』他雖未能做到完全採取口頭流俗語，

---

〔註45〕 李華興、吳嘉勳編《梁啓超選集》，上海：上海人民出版社1984年版，第166頁。

〔註46〕 梁啓超著、舒蕪點校《飲冰室詩話》，北京：人民文學出版社1959年版，第51頁。

〔註47〕 梁啓超著、舒蕪點校《飲冰室詩話》，北京：人民文學出版社1959年版，第1頁。

〔註48〕 梁啓超著、舒蕪點校《飲冰室詩話》，北京：人民文學出版社1959年版，第2頁。

流暢自然，明白如話，確是他的詩歌特色之一。」〔註49〕又說：「想在古舊的詩體範圍中創造出詩的新生命，譚、夏不過是揭竿而起的陳勝、吳廣；黃遵憲即不能成爲創業垂統的劉邦，以他的霸才，總可以比譬於『力拔山兮氣蓋世』的項羽。」〔註50〕他還說過：「黃遵憲在詩上的成功，是新舊過渡時代的一種成功，他能討得新派舊派雙方的讚頌。」〔註51〕可見此類觀點與梁啓超的某些論斷之間的密切關係。

時隔幾十年之後，陳平原也指出：「『二十世紀中國文學』是從古代中國文學向現代中國文學轉變、過渡並最終完成的一個進程。」〔註52〕這種思考路徑和基本判斷同樣有可能是受到梁啓超影響的結果。實際上，對這種「過渡」的深入認識是需要充分的理論研究和細緻的史實描述才有可能實現的，而中國文學從古典舊時代向現代新時代的轉換演進恰恰是其中一個關鍵性問題。可惜這一問題沒有受到應有的重視。陳平原還說過：「求全責備、害怕打破平衡、愛好中庸，這種種文化心理使得『五四』新文化的先驅者們的創舉至今仍不爲人們所理解。這也許就是我們今天談論『二十世紀中國文學』的藝術思維時，總是不由自主地把注意力集中到『五四』，集中到白話文運動和『文學革命』等問題上的緣故吧？」〔註53〕近年對中國大陸學界影響甚大的美國學者王德威也說過：「我覺得要弄清現代文學的發展，我們必須回到晚清，也必須要兼顧當代，首尾呼應，這樣才能看出這個時代錯綜複雜的脈絡。」〔註54〕顯然也是以「現代文學」爲基點來考察晚清文學，並將晚清文學作爲一個過渡階段來看待的。

關於近代文學的過渡性質問題顯然也是從新文學立場考察近代文學得出的一個似是而非的認識或結論。關鍵的問題是如何理解「過渡」一詞的含義。假如把「過渡」理解爲一種變化革新、一個連接前後時代的橋梁或紐帶，那麼認爲近代文學具有過渡性的特點自無不可；而且，從文學史發展變革過程

〔註49〕陳子展《中國近代文學之變遷》，上海：上海書店 1982 年影印本，第 12 頁。
〔註50〕陳子展《中國近代文學之變遷》，上海：上海書店 1982 年影印本，第 20～21
　　　頁。按：「譚、夏」指譚嗣同、夏曾佑。
〔註51〕陳子展《中國近代文學之變遷》，上海：上海書店 1982 年影印本，第 27 頁。
〔註52〕黃子平、陳平原、錢理群《關於「二十世紀中國文學」的對話》，《二十世紀
　　　中國文學三人談》，北京：人民文學出版社 1988 年版，第 36 頁。
〔註53〕黃子平、陳平原、錢理群《關於「二十世紀中國文學」的對話》，《二十世紀
　　　中國文學三人談》，北京：人民文學出版社 1988 年版，第 90 頁。
〔註54〕田志淩、楊琳莉《把抒情還原到更悠遠的文學史裏去》，《南方都市報》2007
　　　年 4 月 8 日 B28～29 版。

的連續性的角度來看，任何一個時代的文學如魏晉南北朝文學、唐宋文學、現代文學等也無不可以這樣看待。與此相反，假如把「過渡」理解為不成熟、不完整的話，那麼必須強調，這樣的觀念和看法未能有效揭示近代文學的特性與文學史地位，也未能從嚴格的學術意義上揭示近代文學在整個中國文學史上的應有地位和特殊價值，因而是近代文學研究者及相關領域的研究者不能接受的。不僅如此，在這樣的語境之下，有必要強調近代文學在整個中國文學變革歷程中的相對獨立性和特殊意義，近代文學的學術價值和文化價值絲毫不亞於已經被公認為具有獨立意義或重要價值的其他文學史學科或文學史階段。對於這一點，近代文學研究者尤其需要首先樹立應有的學術自信，以期從更恰當的學術立場上推動近代文學研究乃至整個中國文學研究的進展。

　　近代文學研究中盛行的新文學標準或「五四」標準，一方面使這種新文學標準或「五四」標準的學術合法性和文學史意義得到了空前充分的顯現，使近代文學的意義與價值得到了空前充分的彰顯；另一方面，也有意輕視、遮蔽甚至否定了同樣豐富、同等重要、依然具有頑強生命力和重要思想藝術價值的眾多傳統文學樣式，造成近代文學研究中內容與範圍的嚴重殘缺不全、主觀隨意、顯然不切文學史的實際。

　　對於中國文學史研究中存在的問題，陳思和深有感觸地指出：「在當代文學的研究者的思考中，不自覺地存在著一種『五四』的標準。」〔註 55〕他還進一步指出：「我們自己把本來很豐富的傳統簡單化了，形成了一個想像的傳統。『五四』就像茫茫黑夜中的一盞路燈，它照到的地方是核心，是精華，應當珍惜，但畢竟只能是一小部分，而照不到的那些地方非常廣闊。」〔註 56〕其實，這種傾向並非到了當代才出現。早在二十世紀前中期、當中國文學史學科正在建立的時候，這種傾向就已經相當明顯地出現了。而且，這種新文學立場或者說「五四」立場同樣如此分明地表現在近代文學研究中。陳子展認為：「舊體詩似乎已經發展到了一定的限度，不能再一直向前的發展了，須得另求新的發展。……所以到了晚清時候，略與歐美、日本文學接觸，詩人得了一點新的刺激，就有新的要求了。詩界革命運動正是應這個要求而發生

---

〔註 55〕陳思和《「五四」文學：在先鋒性與大眾化之間》，《中華讀書報》2006 年 3
　　　　月 8 日第 4 版。
〔註 56〕陳思和《「五四」文學：在先鋒性與大眾化之間》，《中華讀書報》2006 年 3
　　　　月 8 日第 4 版。

的。」〔註57〕又指出：「總之：這個時期的詩界，無論新派舊派，都有求新的傾向，求新是他們共同的傾向。……求新的傾向是共同的，一派走向歧路，結果要走到絕路；一派似乎有可以走上大路的趨勢。但這條路究竟是不是將來學詩的人人必由的大路？這條大路的前途究竟是不是光明坦蕩？還有待於繼續走這條路線的人出作證明。」〔註58〕

　　在陳子展看來，「新文體」的價值也主要體現在具有「文學革命」的意義：「這種『新文體』從舊文學裏解放出來，……其實這種文體正從桐城派、八股文以及其他古體文解放而來，比桐城派古文更爲有用，更爲適合於時代的需要。而且這種解放是『文學革命』的第一步，是近代文學發展上必經的途徑。不過這種初創的文體，做得不好，好有浮薄，叫囂，堆砌，繳繞，種種毛病。梁啓超本人不能免此。」〔註59〕並且認爲：「實在講起來，這種新文體不避俗言俚語，使古文白話化，使文言白話的距離比較接近，這正是白話文學運動的第一步，也即是文學革命的第一步。」〔註60〕他還總結道：「這次文學革命運動的起來，幾個先驅者的提倡之功固不可沒，但若我們已經知道甲午之役以來，詩界求新的傾向，新文體的發生，小說的發展，——文學上所受種種時代潮流的激蕩，至少也可以知道這種運動的醞釀，已有二三十年之久了。」〔註61〕將近代的文學改革完全與現代的「文學革命」運動聯繫在一起。他還曾展望式地指出：「『文學革命』問題鬧過了，又鬧著『革命文學』的問題。……這些問題的發生及其解答，即已顯示著中國文學再生產的活力，顯示著中國新文學成功的途徑。怎樣的走上這成功之途？這成功之途是怎樣的光明偉大？最適宜的解答：就要看今後吾人怎樣勇猛精進的，繼續不斷的，

〔註57〕陳炳堃《最近三十年中國文學史》，上海：上海書店1989年影印本，第73頁。

〔註58〕陳炳堃《最近三十年中國文學史》，上海：上海書店1989年影印本，第76頁。

〔註59〕陳子展《中國近代文學之變遷》，上海：上海書店1982年影印本，第121～122頁。其後陳子展（炳堃）再次表達這樣的意見說：「這種新文體從舊文體解放出來，……其實這種文體正從桐城派、八股文以及其他古體文演變而來，比桐城派古文更爲有用，更爲適合於時代的需要。而且這種文體上的演變——古文體的解放，新文體的發生，正是文學革命的第一步，是近代文學發展上必經的途徑。」見《最近三十年中國文學史》，上海：上海書店1989年影印本，第111頁。

〔註60〕陳炳堃《最近三十年中國文學史》，上海：上海書店1989年影印本，第113頁。

〔註61〕陳炳堃《最近三十年中國文學史》，上海：上海書店1989年影印本，第213頁。

作古人所未有的努力！」〔註62〕

　　吳文祺在《新文學概要》中指出：「從上面看來，可見新文學的胎，雖孕育於戊戌變法以後，逐漸發展，逐漸生長，至五四時期而始呱呱墮地。胡適之、陳獨秀等不過是接產的醫罷了。」〔註63〕視野顯然開闊了許多，也同樣是從追溯中國新文學歷史淵源的角度關注到近代文學的。周作人在追索中國新文學源頭的時候，視野更加廣闊，把目光放在了晚明時期。他指出：「那一次（引者按：指明末）的文學運動，和民國以來的這次文學革命運動，很有些相像的地方。兩次的主張和趨勢，幾乎都很相同。更奇怪的是，有許多作品也都很相似。」〔註64〕又認為：「我們可這樣說：明末的文學，是現在這次文學運動的來源，而清朝的文學，則是這次文學運動的原因。」〔註65〕「所以，今次的文學運動，和明末的一次，其根本方向是相同的。其差異點無非因為中間隔了幾百年的時光，以前公安派的思想是儒家思想道家思想加外來的佛教思想三者的混合物，而現在的思想則又於此三者之外，更加多一種新近輸入的科學思想罷了。」〔註66〕這種思考方式和文學觀念，不僅與周作人一生的讀書、治學興趣相一致，而且仍然是以新文學為考察基點才得出判斷的。

　　在半個多世紀之後的二十世紀八十年代中期，在周作人這一文學思想的直接影響下，任訪秋撰寫了《中國新文學淵源》一書，指出：「思想革命與文學革新，在晚清已開其端，到『五四』前夕終於爆發了一場偉大的文化革命運動。……中國晚清的思想革命與政治革命，直到『五四』前夕的文化革命，追溯其根源，何莫非西學的輸入，有以致之！」〔註67〕又指出：「晚清維派所倡導的文學革新運動，雖然在成就上並不怎樣理想，但應該說還是卓有成效的。這就是在原有舊文學的基礎上，進行了一定程度的革新。在他們的影響下，到辛亥革命前夕曾出現以魯迅為首所提倡的未能成為運動的第二次文學

〔註62〕陳炳堃《最近三十年中國文學史》，上海：上海書店 1989 年影印本，第 274頁。

〔註63〕吳文祺《新文學概要》，上海：上海亞細亞書局 1936 年版，《民國叢書》第一編第 58 冊影印本，上海：上海書店 1989 年；轉引自劉增傑《在中文系系主任的位置上——懷念李嘉言老師》，《漢語言文學研究》2011 年，第 2 卷第 1期，2011 年 3 月，第 108 頁。

〔註64〕周作人《中國新文學的源流》，上海：上海書店 1988 年影印本，第 52 頁。

〔註65〕周作人《中國新文學的源流》，上海：上海書店 1988 年影印本，第 55 頁。

〔註66〕周作人《中國新文學的源流》，上海：上海書店 1988 年影印本，第 90 頁。

〔註67〕任訪秋《中國新文學淵源》，鄭州：河南人民出版社 1986 年版，第 179 頁。

革新運動。」〔註68〕還指出：「從晚清到『五四』，從革新到革命，發展是完全符合歷史辯證法的。即由漸變到突變，從量變到質變。『五四』時期有些反對文學革命的文人，如林紓、嚴復以及劉培等，他們在晚清都曾爲這一運動起過一定的推動作用，但由於他們思想的停滯，到最後竟成爲新的運動的反對者，這是他們昧於歷史發展動向的緣故！」〔註69〕因此，全書的結論則是：「『五四』的文學革命與思想革命，從反孔教到反復古主義文學，就中國固有的傳統來說，實上承晚明的文化革新運動。隨著中國歷史的發展，作爲市民階級後身的資產階級與伴隨資產階級而出現的工人階級登上政治舞臺，於是在吸取西方的科學與民主思想和新的文學觀，並上承中國市民階級的反封建主義文學和反對爲封建統治階級服務的復古主義文學的進步傳統的基礎上，爆發了新的文化革命運動，終於爲中國文學的發展開闢了一個光輝的歷史新時代。」〔註70〕從這種認知角度、思想方法和主要觀點中，不僅清晰可見此書的基本觀念，而且同樣清晰可見周作人的思想影響；當然也可以作爲新文學立場影響之下的近代文學研究的一個重要例證。

這種從新文學立場或「五四」文學立場出發考量近代文學及相關文學現象的觀念，儘管已經延續了幾十年，但是長期以來直至當下仍然發生著顯著的影響。近年來一些頗爲重要的學術觀念或研究概念可以證明這種影響。比如 1985 年正式提出、隨後發生重大影響的「二十世紀中國文學」就是特別重要的一例。論者指出：「所謂『二十世紀中國文學』，就是由上世紀末本世紀初開始的至今仍在繼續的一個文學進程，一個由古代中國文學向現代中國文學轉變、過渡並最終完成的進程，一個中國文學走向並彙入『世界文學』總體格局的進程，一個在東西方文化的大撞擊、大交流中從文學方面（與政治、道德等諸多方面一道）形成現代民族意識（包括審美意識）的進程，一個通過語言的藝術來折射並表現古老的中華民族及其靈魂在新舊嬗替的大時代中獲得新生並崛起的進程。」〔註71〕這一概念的提出者雖然下了這樣一個融通古今中外、氣魄空前宏偉的定義，但是從這個概念的提出者自身的學術方式和研究內容來看，不得不說，其實質仍然是以一般意義上的中國現

〔註68〕 任訪秋《中國新文學淵源》，鄭州：河南人民出版社 1986 年版，第 208 頁。
〔註69〕 任訪秋《中國新文學淵源》，鄭州：河南人民出版社 1986 年版，第 215 頁。
〔註70〕 任訪秋《中國新文學淵源》，鄭州：河南人民出版社 1986 年版，第 221 頁。
〔註71〕 黃子平、陳平原、錢理群《論「二十世紀中國文學」》，《二十世紀中國文學三人談》，北京：人民文學出版社 1988 年版，第 1 頁。

代新文學為基點、為核心內容的。而且，這種從現代新文學的角度進行「二
十世紀中國文學」研究的傾向在其後的大量著作和論文中得到了變本加厲式
的發展，存在著一種普遍性的缺少體認和關注新文化背景下的傳統文學，尤
其是對二十世紀前期的中國文學（即近代文學的最後階段）明顯缺少關注、
缺少瞭解的問題，這種狀況已經給「二十世紀中國文學」研究帶來了嚴重的
局限〔註72〕。

　　中國文學「現代性」問題的研究也是一例。首先是「現代性」的概念內
涵和邏輯起點問題。錢理群就發出過這樣的疑問：「什麼是現代性？如何看待
西方的現代化道路（模式）？什麼是我們（中國、東方國家）所需要（追求）
的現代化道路（模式）？」〔註73〕其次是「現代性」的適用範圍和研究者的
知識結構、學術能力問題。如何在中國文學「現代性」發生的研究中避免先
入為主、隨意取捨的傾向，已經成為一個必須正視的問題。正如王德威指出
的：「我們對文學的『現代性』問題談得太多了。談現代性時，我們往往忘了
與現代性最有趣的對話層面『歷史性』。」〔註74〕此外，近年來在一定範圍內
被運用的所謂「發生期現代文學」、「前『五四』文學」等概念或觀念，也都
存在類似的問題。這些概念無一例外地均是以現代新文學或「五四」文學為
基點進行考察或思考的。

　　應當認識到，這種學術路徑在照亮了近代文學的部分內容、確立了近代
文學的學術地位、學術合法性的同時，也遮蔽了近代文學中廣闊的傳統文學
空間，必然從整體上大大限制近代文學研究的學術視野，阻礙近代文學的研
究進展。因此，陳思和的論述或告誡就是值得充分注意的：「我們把『五四』
現代文學的分類作為標準，作為文學史的制高點，像燈塔一樣。往前看晚清，
往後看整個20世紀，所有與『五四』有關的，都被擡高和尊崇，都是有意義

---

〔註72〕關於這一問題的詳細討論，可參見左鵬軍《「二十世紀中國文學」研究中的一
　　　　種普遍性缺失》一文，2008年10月「中國近代文學的轉型與傳統」國際學術
　　　　研討會暨十四屆中國近代文學年會論文（上海，復旦大學）；後發表於《漢語
　　　　言文學研究》2011年，第2卷第1期，2011年3月。
〔註73〕錢理群《矛盾與困惑中的寫作》，原為《現代文學的觀念與敘述——〈中國現
　　　　代文學三十年〉筆談》之一部分，載《文學評論》1999年，第1期，第48
　　　　頁；又見王曉明主編《二十世紀中國文學史論（修訂版）》上卷，上海：東方
　　　　出版中心2003年版，第21頁。
〔註74〕田志淩、楊琳莉《把抒情還原到更悠遠的文學史裏去》，《南方都市報》2007
　　　　年4月8日B28～29版。

的，比如黃遵憲的『詩界革命』，比如梁啓超的『新小說』，還有翻譯小說，翻譯劇本，等等；而與『五四』無關的都是沒有意義的。所以在這個燈塔的照射下，很多與之無關的東西都被推到了暗影中，沒有得到應有的認識。比如舊體詩，就是這樣的處境。」〔註75〕在許多以「二十世紀中國文學」為名目或與此名目相類似的眾多著作中，不僅舊體詩的處境如此，而且詞賦、古文、駢文、章回小說、文言小說、傳統戲曲、說唱文學等傳統文學樣式的命運均與此相似。王德威也意識到：「五四文學可能是被我們典範化神話化了。」〔註76〕假如說「五四文學」被「典範化」尚屬合理的判斷，尚有一定的可取之處，至少沒有什麼明顯的錯誤，那麼「五四文學」被「神話化」則必須加以明辨和警惕。

長期以來近代文學研究中存在的非此即彼、二元對立、思想鬥爭、軍事壁壘、政治陣營的思維模式，遮蔽了至近代仍然大量存在並且具有深遠影響的傳統文學的某些重要方面，造成對傳統文學的普遍性疏離，對古典文學的現代命運與終結過程的明顯隔膜甚至有意嘲諷，作為學術概念和文學史學科的近代文學由此淪入任人取捨的境地，變得極不完整甚至支離破碎。

將傳統文化、傳統文學與新文化、新文學對立起來，將二者擬想成一種勢不兩立、不共戴天的關係，這種明顯的主觀臆斷、一廂情願是許多新文學家的重要思想特點之一。將這種思想觀念、思維模式運用於為新文化、新文學的確立和壯大而進行的文學思想鬥爭中，置傳統文化與傳統文學於無可容身之地，定然可以收到預期的效果。但是，假如將這種做法運用於作為學術活動的近代文學研究之中，就必然帶來非常嚴重的問題。非常不幸的是，這種簡單地蔑視傳統、一味地批判傳統、自我作古的思維習慣不僅已經被運用於近代文學研究之中，而且產生了至今猶在的深遠影響。

對近代文學研究影響至為深遠的胡適的《五十年來中國之文學》、陳子展的《中國近代文學之變遷》和《近三十年中國文學史》、周作人的《中國新文學的源流》、阿英的《晚清小說史》，無一不帶有明顯的新文學立場和新舊文學對立的鬥爭邏輯。在這種以新文學立場為主流的學術背景下，1932年內部排印、1933年正式出版、1934年、1935年連續再版、1936年增訂再版的錢

---

〔註75〕陳思和《「五四」文學：在先鋒性與大眾化之間》，《中華讀書報》2006年3月8日第4版。

〔註76〕田志凌、楊琳莉《把抒情還原到更悠遠的文學史裏去》，《南方都市報》2007年4月8日B28～29版。

基博的《現代中國文學史》是一個例外。這部文學史將「古文學」和「新文學」作為兩個部分進行論述，而且「古文學」的內容安排與篇幅處理還要比「新文學」厚重許多。但是同樣屬於例外的是，這部著作在後來並沒有像在當時那樣產生明顯的學術影響，甚至在許多年間已被遺忘。直到包括中國近代文學研究在內的許多學術領域都發生了天翻地覆的變化、逐漸走上了比較健康正常的軌道的半個世紀之後，1986 年 5 月嶽麓書社的「舊籍新刊」系列中重印此書之後，方帶動了多家出版社的模仿效法，竟相出版〔註 77〕。即便如此，由於這部文學史著作紮實質樸、淵雅深奧的特點，包括它採用的古文話語體系，對許多研究者而言仍然不能不說極有難度，遂不能不生曲高和寡之感。在這種情況下，它的影響力也就不能不受到極大的限制。

在對待傳統文學的態度方面，胡適仍然是有代表性的。他曾在《整理國故與打鬼》中說：「平心說來，我們這一輩人都是從古文裏滾出來的，一二十年的死工夫，或二三十年的死工夫，究竟還留下一點子鬼影，不容易完全脫胎換骨。……大概我們這一輩半途出身的作者不是做純粹國語的人。新文學的創造者應該出在我們的兒女的一輩裏。」〔註 78〕每生不能與傳統古文徹底決裂、完全斷絕之恨，並寄希望於後人。這可以看作新文化、新文學倡導者的一種具有普遍性的文化態度，並且對後來的許多知識分子包括一部分近代文學研究者產生了深刻的影響。又如，1931 年 7 月魯迅發表的演講《上海文藝之一瞥——八月十二日在社會科學研究會講》本來的目的是用於進行文藝鬥爭和左翼文學、革命文學宣傳，因此有這樣的文字就毫不足怪：「佳人才子的書盛行的好幾年，後一輩的才子的心思就漸漸改變了。……這時新的才子＋佳人小說便又流行起來，但佳人已是良家女子了，和才子相悅相戀，分拆不開，柳陰花下，像一對胡蝶，一雙鴛鴦一樣，但有時因為嚴親，或者因為薄命，也竟至於偶見悲劇的結局，不再都成神仙了，——這實在不能不說是一個大進步。到了近來是在製造兼可擦臉的牙粉的天虛我生先生所編的月刊雜誌《眉語》出現的時候，是這鴛鴦胡蝶式文學的極盛時期。……所以，我

---

〔註77〕據筆者之所見聞，近二十多年來，錢基博的《現代中國文學史》除嶽麓書社版外，後陸續有上海書店出版社本、河北教育出版社本、江蘇文藝出版社本、中國人民大學出版社本、東方出版社本、上海古籍出版社本、華中師範大學出版社本等。

〔註78〕原載《現代評論》第 119 期，見陳炳堃《最近三十年中國文學史》，上海：上海書店 1989 年影印本，第 256 頁。

說，現在上海所出的文藝雜誌都等於空虛，革命者的文藝固然被壓迫了，而壓迫者所辦的文藝雜誌上也沒有什麼文藝可見。然而，壓迫者當眞沒有文藝麼？有是有的，不過並非這些，而是通電，告示，新聞，民族主義的『文學』，法官的判詞等。」〔註79〕

但是，當一些近代文學或現代文學研究者不顧具體的文學與文化環境，不考察這些言論的眞正用意，簡單地將這樣的鬥爭文字運用於評價所謂「鴛鴦蝴蝶派」，不由分說甚至不講道理地對其進行抨擊批判、聲討撻伐，並將左翼文學家、革命文學家強加於他們的惡名作爲論據或結論的時候，就不能不說是稀奇可怪、毫無學術價值之論了。

同樣令人遺憾的是，幾十年來許多人對「鴛鴦蝴蝶派」的評價恰恰仍然停留在當年魯迅、錢玄同、茅盾等新文學倡導者和左翼文學戰士的思想鬥爭的水平上，並沒有回歸到必須具有的學術立場上來。這種情況，只是到了二十世紀八十年代中葉以後才逐漸發生了比較明顯的改變〔註80〕，但是由於魯迅、錢玄同、茅盾們的極大影響力，這種積重難返的非學術傾向當下仍時可見到。

在對待近代文學中的傳統文學樣式、正統思潮流派、傾向保守的作家作品的態度上，從新文學立場出發進行近代文學或現代文學研究的當代學者幾乎普遍性地缺乏體認和瞭解，當然由此產生的議論或進行的評價的可靠性與科學性就有進行認眞考量、仔細分析、重新評價的必要。早在提出「二十世紀中國文學」這一概念或設想的時候，黃子平、陳平原、錢理群就曾認爲：「從一八四〇年到一八九八年這半個世紀中，業已衰頹的古典中國文學沒有

---

〔註79〕 魯迅：《上海文藝之一瞥——八月十二日在社會科學研究會講》，後收入《二心集》，見《魯迅全集》第四卷，北京：人民文學出版社 2005 年版，第 299〜310 頁。按：本文最初發表於上海《文藝新聞》第 20 期和第 21 期，1931年 7 月 27 日和 8 月 3 日出版；其後作者曾略加修改。據《魯迅日記》，此次講演日期應是 1931 年 7 月 20 日，因此文章副標題所記 8 月 12 日有誤。

〔註80〕 關於鴛鴦蝴蝶派的研究著作，比較重要者有魏紹昌、吳承惠《鴛鴦蝴蝶派研究資料》（上海：上海文藝出版社，1984 年）、魏紹昌《我看鴛鴦蝴蝶派》（香港：中華書局（香港）有限公司，1990 年）、芮和師、范伯群、鄭學弢、徐斯年、袁滄洲編《鴛鴦蝴蝶派文學資料》（福州：福建人民出版社，1984 年）、范伯群《禮拜六的蝴蝶夢》（北京：人民文學出版社，1989 年）、范伯群主編《中國近現代通俗文學史》（南京：江蘇教育出版社，2000 年，2010 年新版），范伯群《中國現代通俗文學史》（北京：北京大學出版社，2007 年）等。

受到根本的觸動，也未注入多少新鮮的生氣。」〔註 81〕很明顯，這只能說是一種擬想式的主觀猜測，而不是一個具有學術價值的精確判斷；而且，此類大而化之的議論或判斷其實是很難證實同時也是很難證偽的。但無論如何，這種言論的新文學立場是非常清晰的。陳平原還說過更加大膽也更加徹底的話：「拿『近代文學史』來說，從一八四○年鴉片戰爭到一八九八年戊戌變法，半個多世紀裏頭，幾乎沒有什麼文學，或者說文學沒有什麼根本的變化。」〔註 82〕從近代文學研究者的一般知識和所認識的鴉片戰爭至戊戌變法時期的中國文學的情況來看，這樣的論斷不唯過於大膽，而且顯然不切實際。其實這也反映了一種從新文學立場考察、認識近代文學及其以前的古典文學的眼光和態度。

在二十世紀的中國政治史、思想史或文化史中經常性地佔據主流地位甚至盛行不衰的不斷革命邏輯、激進主義思潮、反傳統主義觀念，雖然不能不說對近代文學研究的推動是相當明顯的，但從學術史的意義上看，更值得注意的是這種觀念對近代文學研究造成的極大限制和明顯傷害，以至於加劇了已經日漸明顯的近代文學研究中的非學術化傾向。

將近代以來的中國思想史和文化史解釋爲一個持續反對傳統、日趨激進、不斷革命的過程，並逐漸形成了一種革命到底的邏輯、反傳統主義的觀念〔註 83〕。從近代中國歷史提供的多種可能性和發展路徑的角度來看，這樣的觀念是很成問題的。而將這種觀念有意無意地運用於作爲學術領域的近代文學研究之中，其負面影響甚至不良後果就更加明顯。最爲突出的是，這種觀念在提供了對內涵非常豐富的近代文學進行政治化、意識形態化解釋這一種可能性的同時，也必然甚至當然地遮蔽或否定了本來應當具有的多種解釋

〔註81〕 黃子平、陳平原、錢理群《論「二十世紀中國文學」》，《二十世紀中國文學三人談》，北京：人民文學出版社 1988 年版，第 5 頁。

〔註82〕 黃子平、陳平原、錢理群《關於「二十世紀中國文學」的對話》，《二十世紀中國文學三人談》，北京：人民文學出版社，1988 年 9 月，第 36 頁。按：後來陳平原顯然有意拓展了研究視野和學術範圍，比如對明清散文、小說的研究，這種拓展和調整似有加強古典修養、完善知識結構、豐富與彌補以往研究之不足的含義。

〔註83〕 關於這一問題，可參閱林毓生著、穆善培譯《中國意識的危機——「五四」時期激烈的反傳統主義》（貴陽：貴州人民出版社，1988 年）、林毓生《中國傳統的創造性轉化》（北京：生活・讀書・新知三聯書店，1988 年）、王元化《九十年代反思錄》（上海：上海古籍出版社，2000 年）、《九十年代日記》（杭州：浙江人民出版社，2001 年；上海：上海古籍出版社，2008 年）。

的可能性。而且，在相當長的歷史時期之內，將一些本該是近代文學的必備內容、主要內容摒除於研究範圍之外，或者對一些人物和現象採取抨擊批判或完全否定的態度。在反思近代文學研究中的新文學立場、推動近代文學研究更充分、更深層次地回歸學術本身的時候，這種影響及其後果實在是不可忽視的。比如，不同歷史時期關於龔自珍及其詩文、太平天國文學及文學觀念、表現太平天國起義的文學作品、關於曾國藩及其文人集團、宋詩派、同光體、關於鴛鴦蝴蝶派、譴責小說、關於改良派（或稱維新派）、革命派文學家的評價及其間表現出來的巨大差距和明顯分歧，都非常充分地反映了將近代文學歸附於近代政治史、思想史造成的明顯非學術化傾向，也反映了近代文學研究在被意識形態化過程中必然出現的種種問題。

　　毫無疑問，這種種非學術化情況的出現與長期存在對近代文學研究的影響和傷害是極其嚴重的，特別是當這種簡單進化的政治觀念和持續革命的激進邏輯與淵源有自的新文學立場陰差陽錯地結合起來的時候，造成的影響和危害就更加直接，更加強烈。這種明顯的非學術化狀況的嚴重性早該引起近代文學及相關領域研究者的足夠重視。

　　陳子展的近代文學研究雖然明顯地受到胡適的影響和啓發，但值得注意的是，他同時也對胡適的某些觀點進行了重新估價。陳子展曾指出：「胡適之在他的《五十年來之中國文學》裏面說：『這五十年的詞都中了夢窗（吳文英）派的毒，很少有價值的。』所以他不評論晚清以來的詞。我以爲近代詞人的詞固然多少中了夢窗派的毒，但他們這派詞人在近代文學史上實在有論列的必要。」〔註84〕這顯然是對胡適《五十年來中國之文學》的一個重要補充。其實，在該書完成之後的 1923 年，胡適在《日本譯〈中國五十年來之文學〉序》中，已經明確提出三個「應當補充之點」：其一就是詞，「這五十年間的詞，雖然沒有很高明的作品，然而王鵬運（臨桂人）、朱祖謀（湖州人）一班人提倡詞學，翻刻宋、元詞集，卻是很有功的」；其二是元人的散曲和戲曲，明清人的雜劇與傳奇；其三是向來受文士蔑視的小說〔註85〕。而陳子展在《最近三十年中國文學史》中表現出來的對於小說、詞曲、俗文學的重視，特別是專闢兩章討論《敦煌俗文學的發現和民間文藝的研究》，

〔註84〕陳子展《中國近代文學之變遷》，上海：上海書店 1982 年影印本，第 52 頁。按：「五十年來之中國文學」表述不確，當作「五十年來中國之文學」。
〔註85〕胡適《五十年來中國之文學》，《胡適古典文學研究論集》，上海：上海古籍出版社 1988 年版，第 168 頁。

不僅是對此前所著《中國近代文學之變遷》的有力補充，而且可以理解爲作者文學史觀念的拓展和進步。這種變化也有利於糾正否定傳統文學、排斥民間文學的傾向。

陳子展還指出：「中國廿世紀初期的新體小說不過如是。至於真正的新小說，則有待於文學革命以後一班新文學家的努力了！」〔註86〕他在評價黃遵憲詩歌時也指出：「可以說《人境廬詩》是那個慘痛時代政治社會的反映，也就可以說它足以代表那個時代的詩人最豐富最偉大的收穫。《人境廬詩》的價值在此。何必他求？」〔註87〕

關於近代的詩歌改革，他也認爲：「總之：中國新詩的問題，似已不在內容，而在形式。……不過目前似乎尚在嘗試的途中，沒有走上一條人人共由的大路。我們決不能因爲目前新詩的形式之未備，和技巧之拙劣，便否定它的前途而不努力。」〔註88〕雖然採取的仍然是新文學立場，但同時似乎也表現出認可傳統中的部分因素，並在此基礎上期待更有成就的創造的含義。

可以認爲，新文學立場籠罩之下的近代文學研究，的確帶來了複雜的學術史景觀，表現出繁複多變的結果。這種學術史歷程中蘊含的經驗和教訓也是如此分明、如此緊密地交織在一起。近代文學研究既因爲新文學立場而得以相當迅速、頗爲順利地確立，同時又因此而帶上了某種彷彿先天性的不足或遺憾，留下了值得認真反思和深入總結的學術史經驗。對這種經驗與教訓共生、優勢與局限並存的學術歷程的總結和認識，是推進近代文學持續發展並走向新水平的重要內容。

## 三、確立科學通達的近代文學研究立場

在中國文化面臨嚴峻考驗、經歷深刻變革的特殊文化背景之下，處於中西衝突、古今嬗變之際的中國近代文學，產生了複雜多變的種種新問題，蘊含著與中國古代文學、中國現代文學既有聯繫又不相同的諸多新現象。就一般的認識而言，近代文學的內容儲備和學術難度大大超出了許多人的估計或想像。另一方面，由於近代文學的研究史還不是很長（當然要比現代文學研究史長許多），特別是由於研究隊伍明顯不夠壯大，與古代文學、現代文學等

---

〔註86〕陳子展《中國近代文學之變遷》，上海：上海書店 1982 年影印本，第 99 頁。
〔註87〕陳炳堃《最近三十年中國文學史》，上海：上海書店 1989 年影印本，第 53 頁。
〔註88〕陳炳堃《最近三十年中國文學史》，上海：上海書店 1989 年影印本，第 265
　　　～266 頁。

相關學科相比甚至非常弱小，這種情形必然增加了近代文學研究的難度；當然也爲勇於開拓的研究者提供了廣闊的學術空間。在這種情況下，在認眞總結學術史經驗的基礎上，尋求並確立科學通達的近代文學研究立場，對推進近代文學研究的發展，就顯得特別重要。

提出從近代文學研究史和學科建設的角度對這種新文學立場進行自覺認識和清醒評價，主要目的並不在於對一種學術傾向或文化態度進行評價分析，而在於希圖從一個重要的學理角度入手，進行盡可能深入細緻的學術反思，改變以往曾一度盛行、當下仍屢見不鮮的單一狹隘的學術立場，建立多元互補的學術範式和研究格局。

近代文學研究中的新文學立場只是近代文學研究中數種學術路徑或學術方式之一；在筆者看來，這當然是一種居於主導地位的近代文學研究觀念，因此有必要從這一關鍵問題入手展開相關的思考與探索。實際上，那些有意識地進行近代文學研究的早期新文學家們，對於傳統文學的熟稔程度遠遠高於包括今天的許多研究者在內的後來者。從思想史的邏輯和新文學建設者的文化心態的角度來看，可以認爲，也可能恰恰是因爲如此，恰恰是由此出發建立新文學和進行思想鬥爭的需要，才使他們對傳統文學採取了如此堅決的態度和如此無情的立場。

但是，從文學與文化發展的連續性、相關性的角度來看，新舊文學之間或者說傳統文學與新文學之間，本無不可逾越的鴻溝，亦無不可融通的天然障礙。這一點，包括胡適、周作人、陳子展、吳文祺、阿英等在內的許多出於新文學立場的近代文學研究者早已意識到，只是他們沒有或者說不願意將二者自覺地貫通起來而已。後來的研究者作爲新舊文學的局外人，對新舊文學的態度則要平靜通達許多，因此也就更加接近文學史的本相，具有更深刻的啓示意義。陳思和就曾深刻地指出：「我們如果把新舊文學的分界暫時懸置起來就會發現，晚清文學的傳統作爲文學的某些因素並沒有消亡。」〔註89〕對近代文學研究而言，這一論斷至少有以下兩點是值得特別重視的：其一，新舊文學之間的界限並不是天然形成的一種必然，而且具有相互融通的基礎；其二，傳統是在變動中形成和傳承的，晚清文學的某些因素已經成爲一種傳統活在後來的文學之中，並有可能在新的變化發展中以新

---

〔註89〕陳思和《「五四」文學：在先鋒性與大眾化之間》，《中華讀書報》2006 年 3 月 8 日第 4 版。

的形式傳承下去。

　　從學理性與科學性的意義上看，文學史的價值和意義經常是在複雜多樣的聯繫比較中、在動態具體的歷史過程中、包括與其對立的方面、相關的方面建立起的多重關聯中逐步顯現的，也只有在這種漸趨真切的聯繫比較、動態發展中才有可能得出真正有學術價值的判斷，一切文學史研究蓋莫能外，近代文學研究自然不能不如此。

　　概括地說，作為古代文學的結束和現代文學的開端，近代文學一方面展現了古典形態的中國傳統文學的最後境況與命運，這是古代文學中未曾出現、現代文學也不及遭遇的情境；另一方面預示了中國新文學的萌生與成長，這也是古代文學未及遇見、現代文學未能遭逢的景象。也就是說，中國近代這一特殊的文學史階段中所具有的西方文學與文化因素是此前的古代文學所不具備的；而近代文學史所蘊含的強大的傳統文學與文化因素也是此後的現代文學所無法比擬的，從而形成了近代文學發展過程中「古今中西」各種因素非常獨特地相遇並存、也不可或缺地產生作用、發生影響的歷史場景。因此，在研究過程中建立起聯繫的、發展的文學史觀念，在中國文學史古今變遷、中外衝突的整體格局中認識近代文學的價值，就不僅是重要的，而且是必然的。

　　王德威曾明確指出：「我所謂『被壓抑的現代性』，可以指陳三個不同方向：（一）它代表一個文學傳統內生生不息的創造力。這一創造力在迎向 19 世紀以來西方的政經擴張主義及『現代話語』時，曾經顯現極具爭議性的反應，而且眾說紛紜，難以定於一尊。然而『五四』以來，我們卻將其歸納進腐朽不足觀的傳統之內。……（二）『被壓抑的現代性』指的是『五四』以來的文學及文學史寫作的自我檢查及壓抑現象。在歷史進程獨一無二的指標下，作家勤於篩選文學經驗中的雜質，視其為跟不上時代的糟粕。……（三）『被壓抑的現代性』亦泛指晚清、『五四』及 30 年代以來，種種不入（主）流的文藝實驗。」〔註90〕為了強調晚清文學的特殊意義，他還繼續闡述道：「我覺得這個時段太重要了。我曾經寫過一篇文章《沒有晚清，何來五四？》，在大陸引起了很多議論。後來北京大學出版社出版了全書，就是《被壓抑的現代性》。在序言裏我提到我的觀點，晚清複雜的文學面貌、晚清的活力，還有

―――――――――――――
〔註90〕王德威著、宋偉傑譯《被壓抑的現代性——晚清小說新論》，北京：北京大學
　　　　出版社 2005 年版，第 10～11 頁。

晚清文學上種種不可思議的實驗，都不是五四那一代所能企及的。……晚清其實有很多文學、思想、文化的資源，提供了五四一些最重要線索。……我認為五四重要，但是晚清一樣重要，你能從中看看出整個文學、文化史裏非常微妙、細膩、輾轉周折的改變。」〔註91〕相當明顯，這樣的看法不僅對長期以來的近代文學研究現狀包括新文學立場下的近代文學研究具有明顯的針砭作用，而且對更加準確充分地認識近代文學自身的學術價值、有效提升近代文學研究者的學術信心也大有助益。當然，這更是從中國文學史整體發展的角度恰當地認識近代文學的價值和意義的一個有說服力的角度。

具體說來，從新文學立場對近代文學研究產生的影響的角度來看，目前非常需要研究者在學術史意義上充分認識以往研究中取得的突出成就的同時，同樣深刻充分地認識仍然明顯存在的種種局限和明顯不足；特別是對近代文學這一學術領域的建設、近代文學研究的發展進步而言，對以往學術史歷程的經驗的總結和教訓的吸取同樣重要。

回顧幾十年的近代文學研究歷程，雖然已經取得了多方面的成就，在一些方面達到了空前的水平，有的成績甚至堪與相關學科或相關研究領域的成績相媲美；但是，假如懷有更多的期待、從更高的標準來考察，特別是與相關領域的研究水平和發展趨勢相比較，就不得不承認，真正學術意義上的近代文學的建設與發展還極不充分，還有太多的工作有待研究者去進行或完成。比如，近代文學重要文獻資料的系統整理和有計劃建設、近代不同時期的重要文學現象的研究、不同派別或不同思想傾向的作家作品的研究、文學家創作過程中地域性與超地域性因素之作用及相互關係的研究、文學觀念和文體觀念古今轉換之際不同文體形態的研究、一些在以往研究中被忽視或否定的研究對象的重新研究與評價，等等，都是目前近代文學研究中亟待彌補的薄弱環節。

應當特別指出的是，需要切實加強對近代文學史上以往關注明顯不夠、研究極不充分的傳統文學樣式、傳統文學派別與代表性文學家、重要文學史現象的關注，並在深入研究的基礎上給予恰當的評價，切實改變時下常見的某些研究中的人云亦云、陳陳相因、虛假空疏、浮躁功利的非學術化現象。在新文學立場之下，近代文學史上大量存在並代代相續的相對傳統或正統、

〔註91〕田志凌、楊琳莉《把抒情還原到更悠遠的文學史裏去》，《南方都市報》2007年4月8日 B28～29 版。

保守或守舊的思想觀念、文學樣式、人物事件、作家作品，經常處於被抨擊否定、或置之不理的位置；加之從事這些方面研究的難度通常較大，對研究者提出的要求自然較高，因此特別需要較長時間凝神靜氣的深入研究和持之以恒的學術積累。從近代文學研究建設與發展的角度來看，這種以新文學立場為主導和標準的情況的存在並長期延續，大不利於學術研究的進展和學術水平的提高，早已到了應該努力調整、迅速改變的時候。

從整個中國文學古今演變的角度來看，近代文學所處的特殊文化環境和具有的顯著特殊性，決定了研究者必須具有學術立場的深度自覺性、相對獨立性和盡量準確性，因而研究者知識結構的自我更新與不斷完善、學術立場的自覺調適與穩固確立，就顯得異常重要；與此同時，也從近代文學學術建設與發展的意義上對研究者提出了更高的學術要求和期待。

一些重要的觀念或範疇在近代文學這個既古老又年輕、既成熟又幼稚的學術領域中都是必然會遇到的，這也是一項相當嚴峻的學術考驗。比如：在新與舊之間，能否恰當地評價近代文學中的新變因素與保守因素各自的價值及其相互關係；在古與今之間，能否對近代文學中的古典性因素與現代性因素的價值及其相互關係作出適當的判斷；在中與外之間，在近代文學的守護中國傳統與取法外國文學主要是歐美、日本文學之間，如何對二者的意義及相互關係作出既有學術價值又有文化建設價值的評價；在道與藝之間，在近代文學的載道責任與藝術追求之間，如何對二者的利弊得失及相互關係作出既有理論價值又有實踐意義的分析；在文與白之間，如何認識在近代文學史上同樣興盛的文言文和白話文的價值及相互關係並得出具有文學發展與文化建設價值的認識；在雅與俗之間，如何準確評價在近代文學史上依然興盛的詩文等雅文學樣式與方興未艾的小說戲曲等俗文學樣式的價值及二者之間的關係，如此等等，都是近代文學研究中不能不面對的理論問題和實踐問題。

從學術建設與發展的意義上看，一個比較理想的局面是，在認真清理、深刻反思以往的學術史歷程、深入總結經驗教訓的基礎上，以相關學科或研究領域的經驗為參照，確立兼顧中外、融通古今的近代文學研究立場，從而在學術立場、學術基礎、研究範式、研究方法、研究格局的意義上推動近代文學研究的持續發展和紮實建設。相當明顯，這種理想對任何一個具體的研究者來說都是極其困難、難以企及的；但是具有這種清晰自覺的學術意識並朝著這個方向努力，對具體的研究工作的作用和影響也將是相當明顯的。另

一方面，這種帶有明顯的理想色彩的學術立場的追求與建設，對正在發展壯大的近代文學研究界來說，則是一件應當而且可以努力追求、認真實踐的學術事業。在這裡，「雖不能至，然心嚮往之」的古訓也可以在相對獨立自覺、盡量恰當合理的近代文學學術立場建構的意義上獲得新的解釋，並獲得愈來愈充分的踐行的可能性。

八十年前，錢基博在《現代中國文學史》中曾說過：「民國肇造，國體更新；而文學亦言革命，與之俱新。尚有老成人，湛深古學，亦既如荼如火，盡羅吾國三四千年變動不居之文學，以縮演諸民國之二十年間；而歐洲思潮又適以時澎湃東漸；入主出奴，聚訟盈庭，一闠之市，莫衷其是。權而為論，其弊有二：一曰執古，一曰鶩外。」〔註92〕明確指出文學革命運動中出現的兩種弊端：「執古」和「鶩外」。假如從這一角度考察幾十年來的近代文學研究歷程，則可以說，新文學立場之下的近代文學研究更多地帶有「鶩外」的色彩，卻對自己的民族文學傳統缺少應有的體認和肯定。從近代文學研究和學術建設的角度來看，不能不說，這是一個巨大的文學損失，也是一個巨大的文化損失。錢基博在討論評價了以胡適為代表的「白話文」之後還指出：「十數年來，始之非聖反古以為新，繼之歐化國語以為新，今則又學古以為新矣。人情喜新，亦復好古，十年非久，如是循環；知與不知，俱為此『時代洪流』疾卷以去，空餘戲狎懺悔之詞也。報載美國孟祿博士論：『中國在政治上，文化上，尚未尋著自己。』惟不知有己，故至今無以自立。」〔註93〕從中清晰可見當時種種觀念變革的文化背景之下的花樣翻新，也依稀可見竭力尋求出路、不斷追求創新、引領時代風潮的新文學、新文化倡導者們左衝右突、疲憊以極甚至傷痕累累的背影。

從中國近代文學和整個中國文學史研究的角度來看，特別是從二十世紀初以來中國文學史學科之草創與建立、其後發展壯大過程中所經歷的種種政治動盪與文化變遷，在文學史研究的理論觀念、研究範式、學術方法、技術習慣等方面取得的豐富經驗和留下的諸多可堪記取的教訓中，近代文學研究在新的學術背景下奮力尋求發展與突破的熱切企盼中，筆者由此想到的是，近代文學研究是否已經或者究竟如何才能「尋著自己」？近代文學研究是否已經可以說「有己」並且可以宣佈「自立」？或者，在日新的學術條件和文

---

〔註92〕錢基博《現代中國文學史》，長沙：嶽麓書社 1986 年版，第 8 頁。
〔註93〕錢基博《現代中國文學史》，長沙：嶽麓書社 1986 年版，第 506 頁。

化環境之下，近代文學研究究竟需要如何建設和發展才能眞正做到「有己」
並且足以「自立」？

# 近代文學的自覺和奠基
## ——阿英的近代文學研究及其學術史意義

　　二十世紀前中期近代文學研究的興起，除了文學史意識的日益加強、中國文學史研究自身完善發展的內在需求以外，還與兩個非常重要的外在因素的影響密切相關：一是新文學與新文化運動以及與之相應的學術思潮的興盛；一是日軍侵華戰爭的爆發及與之相關的抗日戰爭文學與文化運動的勃興。從學術史的角度來看，在這樣的文化背景下產生的一批著作已經成為近代文學研究興起的重要標誌，如胡適的《五十年來中國之文學》（1922）、陳子展的《中國近代文學之變遷》（1928）和《近三十年中國文學史》（1929）、周作人的《中國新文學的源流》（1931）、錢基博的《現代中國文學史》（1932）、吳文祺的《新文學概要》（1936）和《近百年來的中國文藝思潮史》（1940）、錢仲聯的《人境廬詩草箋注》（1936）、汪辟疆的《光宣詩壇點將錄》（1945）等，都堪稱代表。

　　在回顧近代文學研究幾十年學術歷程的時候，可以發現一個非常重要的事實，就是在近代文學研究草創起步的最艱難階段，阿英（錢杏邨，1900～1977）傾數十年之功為近代文學研究所做出的開創性努力，在多個方面取得的卓越成就，從而對近代文學研究作出了多方面貢獻，特別是他對近代文學的學術自覺和學科自立所作出的奠基性貢獻。郭延禮曾指出：「阿英是在近代文學拓荒期用力最勤、成果最多、貢獻最大的一位著名的中國近代文學研究專家，贏得了近代文學研究界極大的尊敬。」〔註1〕又指出：「阿英作為近代

---

〔註1〕　郭延禮《20世紀中國近代文學研究學術史》，南昌：江西高校出版社2004年

－111－

文學研究的開拓者，他從資料的鉤沉、校勘、編輯、書目的編寫到近代文學各種文體和門類的考證、描述和研究，涉獵內容豐富，研究成就突出。可以看出，阿英的近代文學研究對學科研究領域的開拓，對創作、翻譯文本和史料建設所具有的奠基意義，對近代文學特別是近代小說研究的許多方面都帶有填補空白的性質。其開創之功和對近代文學學科建設上的積極貢獻是值得大書特書的。」〔註2〕因此，在回顧近代文學研究歷程的時候，無論持有多麼審慎的立場，無論採用多麼嚴格的標準，都不應當忘記這個特別響亮的名字——阿英〔註3〕。

## 一、明晰的文學史觀念

由於外在文化環境、政治條件、學術風氣等的巨大變化，也由於自身文化思想、政治處境、學術見解的深刻變化，從起初到最後的幾十年間，阿英對於近代文學的認識也經歷了一個相當明顯的變化過程。這從阿英在不同階段使用不同概念術語的變化中就可以清楚地看到。從近代文學研究的興起和發展過程來看，這種變化是具有學術史意味的，也是具有學術史價值的。

二十世紀三十年代至四十年代，也就是抗日戰爭期間至中華人民共和國成立之前，這正是阿英最集中地從事近代文學研究的時期，也是阿英以近代文學研究自立並受到廣泛關注的關鍵階段。在這段時間裏，阿英比較常用的概念是「近百年文學」，如他編選的以近代歷次重要中外戰爭或政治事件為中心的文學作品選集，就是以「近百年國難文學大系」命名的，蓋由於當時戰

---

版，第 90 頁。

〔註2〕 郭延禮《20 世紀中國近代文學研究學術史》，南昌：江西高校出版社 2004 年版，第 104 頁。

〔註3〕 關於阿英近代文學研究的著作主要有：陳泳超撰《阿英與晚清通俗文藝研究》，陳平原主編《中國文學研究現代化進程二編》，北京：北京大學出版社 2002 年版，第 199～213 頁。郭延禮《20 世紀中國近代文學研究學術史》第二章《近代文學研究的拓展期》列有「阿英與中國近代文學研究」一部分，南昌：江西高校出版社，2004 年版，第 90～105 頁。裴效維主編《20 世紀中國文學研究‧近代文學研究》一書中多次述及阿英的近代文學研究，北京：北京出版社 2001 年版。論文主要有：麥若鵬《阿英在中國近代文學研究上的貢獻》，《安徽教育學院學報》1988 年，第 2 期；吳家榮《阿英與晚清小說研究》，《明清小說研究》1994 年，第 4 期；郭延禮《阿英與中國近代文學研究》，《東嶽論叢》2002 年，第 6 期；晉文婧《論阿英〈晚清小說史〉的文學史觀》，《安徽文學》（下半月）2008 年，第 10 期。本文的立論角度、學術用意與上述論著有異，觀點亦多有不同。

爭頻仍、時局動蕩的關係，此書只出版了兩種：一是《中法戰爭文學集》，爲
《近百年國難文學大系》之一；二是《中日戰爭文學集》，爲《近百年國難文
學大系》之二。二書均編成於 1937 年，1948 年方由北新書局出版。這一時期
阿英也曾使用「近代」概念，潮鋒出版社 1941 年出版的《近代外禍史》就是
其代表，儘管此書的內容不在於文學，當時「近代」這一概念也還不像後來
那樣流行。中華人民共和國成立後，阿英根據當時的政治文化環境和學術狀
況，將早已編選完畢的「近百年國難文學大系」改名爲「中國近代反侵略文
學集」，在 1957 年至 1962 年這一相對承平穩定的時期內陸續得以出版，爲近
代文學研究奠定了重要的文獻基礎。這一時期阿英對於「近代」這一概念的
關注和使用較此前明顯加強了。

　　阿英在《鴉片戰爭文學集》(《中國近代反侵略文學集》之一 ) 卷首《例
言》第一則中說：「中國近代反對帝國主義侵略的文學作品，大都散見當時報
紙書刊以及各家專集，甚至僅有傳鈔本，搜集不易。編者多年訪求，收穫不
少。選輯斯冊，蓋在使國人撫此往迹，知今日幸福得來匪易，以見吾先民之
愛國精神，藉供近代史及近代文學史研究者之參考。」在第四則即最後一則
中說：「本書爲中國近代反侵略文學選本最初試編之作，初稿成於一九三七
年。三七年後陸續搜集者，四九年已盡遭蔣匪幫焚劫。現雖經多方搜羅補充，
整理付印，終感個人力量有限，難期完美。又由於學力關係，校點舛誤之處，
亦所難免。希讀者從各方面予以幫助，俾得逐漸臻於完善。」〔註4〕他在《中
法戰爭文學集》(《中國近代反侵略文學集》之二 )《例言》中也說過類似的話：
「中國近代反對帝國主義侵略的文學作品，大都散見當時報紙書刊及各家專
集，搜集匪易。編者訪求多年，略有所得，選輯斯編，蓋在使國人撫此往迹，
知今日幸福得來不易，並以見吾先民之愛國精神。」第四則即最後一則說：「本
書爲中國近代反侵略文學選本最初試編之作，初稿成於一九三七年，現雖經
補充整理，終感個人力量有限，殊難望完整充實。希讀者能從各方面予以匡

<hr>

〔註4〕　阿英《鴉片戰爭文學集》卷首，北京：古籍出版社，1957 年 2 月第 1 版，第
　　　　1 頁。是書中華書局 1962 年 11 月第 2 次印刷本第一則改爲：「中國近代反對
　　　　帝國主義侵略的文學作品，大都散見於當時報刊及各家詩文集，甚至僅有傳
　　　　抄本，搜集匪易。編者多年訪求，選輯斯編，意在供國人撫此往迹，知今日
　　　　幸福得來不易，以見吾先民之愛國精神。」第四則改爲：「本書爲中國近代反
　　　　侵略文學總集最初試編之作，初稿成於一九三七年。現雖經補充整理，終感
　　　　個人力量有限，闕漏尚多。希讀者從各方面予以匡助，俾得逐漸臻於完善。」

助，俾得逐漸臻於完善。」〔註5〕類似的交代，在已經出版的《中國近代反侵略文學集》五種每種卷首《例言》中都可以看到，只是措辭字句略有不同而已。

阿英經常使用的另一個概念是「晚清」，甚至可以說這是阿英在近代文學研究中使用得最多、影響最爲廣泛的概念。1934 年至 1935 年間撰寫的《晚清小說史》，上海商務印書館 1937 年初版，後來又有多種版本。阿英在《晚清小說史》第一章《晚清小說的繁榮》開頭指出：「晚清小說，在中國小說史上，是一個最繁榮的時代。」〔註6〕已經明確使用了「晚清小說」的概念。多年之後，在 1963 年所作的《略談晚清小說》一文開頭又指出：「在中國小說史上，有兩個時期是最突出的。一是唐朝的傳奇小說，二是晚清小說。這兩個時期小說的特點，就是全面地反映了當時政治、經濟以及社會生活情況，和產生於當時政治、經濟制度疾劇變化基礎上的各種不同的思想。」〔註7〕可見阿英將「晚清小說」作爲一個相對獨立的文學史階段的意識已經非常明晰了。

阿英對「晚清」這一文學史時間概念的認識也充分表現在其他著作和編選的文學作品選集方面。經過二十多年積累而成的《晚清戲曲小說目》和《晚清文藝報刊述略》二書，都是以「晚清」爲時限的，在這兩本著作中，「晚清」同樣是以一個文學史階段的概念出現的。阿英更加充分地使用「晚清文學」這一概念，可以說是以同樣經過了多年搜求積累而成的《晚清文學叢鈔》爲標誌的。這部前所未有的晚清文學選集，在《晚清文學叢鈔》的名義之下，以文體爲綱，分爲十二卷，其中九卷已出版，即《小說戲曲研究卷》、《小說一卷》、《小說二卷》、《小說三卷》、《小說四卷》、《說唱文學卷》、《域外文學譯文卷》、《俄羅斯文學譯文卷》、《傳奇雜劇卷》；未能出版的三卷是《文學理論卷》、《詩詞卷》和《散文與雜文卷》。可以看到，阿英將「晚清文學」視爲一個相對獨立的文學發展階段，將「晚清文學」作爲一個具有文學史意義的概念的用意相當明顯，並爲之付出了切實的努力。

1961 年 10 月至 11 月，當辛亥革命五十週年之際，阿英連續在《人民日報》發表了六篇紀念性質的學術文章，統名之曰《辛亥革命文談》，依次爲：

---

〔註5〕 阿英《中法戰爭文學集》卷首，北京：中華書局 1957 年版，第 1 頁。
〔註6〕 阿英《晚清小說史》，北京：人民文學出版社，1980 年版，第 1 頁。
〔註7〕 阿英《小說三談》，《小說閒談四種》本，上海：上海古籍出版社 1985 年版，第 196 頁。

《宣傳革命的文選——辛亥革命文談之一》、《南社三部突出的詩集——辛亥革命文談之二》、《風行一時的白話報——辛亥革命文談之三》、《黃小配的小說——辛亥革命文談之四》、《傳記文學的發展——辛亥革命文談之五》、《覺醒的戲劇界——辛亥革命文談之六》。阿英指出：「辛亥革命期間的文學，是以怎樣激越澎湃的熱情，多彩的藝術形式，積極的在為革命服務。那步伐和革命的政治運動是一致的。擁護民族革命，建立民主政權，反對保皇黨，反對立憲派。擁護什麼，反對什麼，旗幟是很鮮明的。」〔註8〕又指出：「傳記文學在當時，幾乎成為絕大多數革命刊物不可缺少的部分。採用這樣文學形式來宣傳革命，也正適應了民族革命和愛國主義宣傳工作的需要。即使在某些篇章裏，思想認識上還存在著問題，如強調費貞娥、霍夫人，罵李自成為『賊』，等等，但整體的說來，這種文學形式能得到發展的機會，對革命發揮作用，不能不說是辛亥革命文藝陣線方面的一個突出成就。」〔註9〕還指出：「辛亥革命的狂飆，同樣給當時的戲劇運動帶來了新的生命。民族革命和愛國主義精神，交織成新的特徵。由於帝國主義侵略而開始覺醒的戲劇界，找到了革命的道路，向前邁進。」「戲劇運動的旗幟是鮮明的：『改革惡俗，開通民智，提倡民族主義，喚起國家思想』。強調的是：『以霓裳羽衣之曲，演玉樹銅駝之史。凡揚州十日之屠，嘉定萬家之慘，以及虜酋醜類之惱淫，烈士遺民之忠藎，皆繪聲寫影，傾筐倒篋而出之。華夷之辨既明，報復之謀斯起，其影響捷矣』。目的是要借『清歌妙舞，招還祖國之魂』。」〔註10〕可見阿英對「辛亥革命文學」的重視和基本評價。從學術歷程的角度來看，這也是阿英繼關注鴉片戰爭文學、中法戰爭文學、太平天國文學、甲午中日戰爭文學、庚子事變文學、反美華工禁約文學之後，對深刻地影響了近代文學發展變化的最後一次重大政治事件的關注，體現了一貫的學術思想和文化立場。在阿英的學術思想中，亦有將辛亥革命時期的文學作為晚清或近代文學

〔註8〕 阿英《宣傳革命的文選——辛亥革命文談之一》，原載《人民日報》1961 年 10 月 9 日：見《阿英文集》，香港：生活·讀書·新知三聯書店香港分店 1979 年版，第 764 頁。

〔註9〕 阿英《傳記文學的發展——辛亥革命文談之五》，原載《人民日報》1961 年 11 月 10 日：見《阿英文集》，香港：生活·讀書·新知三聯書店香港分店 1979 年版，第 775 頁。

〔註10〕阿英《覺醒的戲劇界——辛亥革命文談之六》，原載《人民日報》1961 年 11 月 22 日：見《阿英文集》，香港：生活·讀書·新知三聯書店香港分店 1979 年版，第 776 頁。

最後一個重要發展階段的用意。

可見，在幾十年的具有拓荒性、開創性的研究探索中，阿英形成了明晰的以歷次重大歷史事件爲標誌、以反侵略、反封建的愛國主義精神爲中心的「晚清文學」和「近代文學」的觀念，明確地將其視爲一個相對獨立的文學史階段；並以豐富的文獻史料爲基礎，對其間的諸多重要問題進行了深刻的闡發，使「晚清文學」和「近代文學」受到前所未有的關注，也獲得了前所未有的學術地位。儘管同時代或稍早的研究者也曾從不同的角度對近代文學予以關注，並進行過富有成效的研究，但是，從近代文學學科發展和近代文學研究史的角度來看，應當認爲，阿英是如此清晰明確地將「晚清文學」或「近代文學」作爲一個相對獨立的文學史階段進行研究、努力建立一種新的文學史觀念並取得顯著成效的第一人。而這種清晰的文學史意識的彰顯和如此明確的文學史概念的運用，則對後來的近代文學研究產生了極其深遠的影響；並使這一特殊的文學史階段進入了整個中國文學史的研究視野之中。

## 二、全面的學術史建構

作爲一位傑出的革命文學家、左翼學者，阿英先生一生的文學創作非常豐富，學術領域相當寬廣，革命活動歷盡艱險。但非常明顯，阿英一生最爲用心、最爲勤勉的學術研究集中於近代文學領域，其學術成就也最突出地表現在近代文學方面。在空前清晰的文學史觀念和高昂的學術熱情驅動下，阿英在數十年的學術生涯中，對近代文學的多個方面進行了開創性的研究，通過一個一個重要個案的考察，持續進行著建立近代文學史總體格局和基本線索的努力，爲近代文學研究的總體格局和具體展開奠定了既具有理論價值又具有實踐意義的學術基礎。

### 1、近代文學文獻學

阿英的近代文學研究首先是從文獻史料的發掘、彙集、整理，基本史實的考證、辨析、呈現開始的。這一方面與初創時期的近代文學研究領域的文獻狀況、總體水平有關，近代文學研究的基本建設和學術起點必然從這一方面開始；另一方面也與阿英對於學術研究的基本態度和總體認識相關，阿英一直將文獻工作置於學術研究中基礎的、首要的地位。這在阿英的其他學術領域如中國小說史、戲曲史、中國新文學史研究中也可以同樣清楚地看到，當然在近代文學研究中表現得最爲充分。

　　阿英在《晚清戲曲小說目》卷首《敘記》中說：「從一九三四年到一九四一年之間，我編寫了不少書錄，現存和還記得起的，有下列十數種」〔註11〕，其下列舉的著作有：《近代國難史籍錄》、《中英鴉片戰爭書錄》、《太平天國書錄》、《中法戰爭書錄》、《甲午中日戰爭書錄》、《庚子事變書錄》、《辛亥革命書徵》、《清末小說雜誌略》、《晚清小說目》、《晚清戲曲錄》、《晚清小報考》、《國難小說叢話》、《中國新文學大系·索引卷》、《淞滬抗戰戲劇目》、《紅樓夢書錄》、《翻譯小說史話》、《中譯蘇聯文學年表》。非常明顯，這些近代文學目錄學、文獻學工作，對於阿英一生的近代文學研究具有關鍵性的意義，不僅反映了阿英學術研究的顯著特點，而且奠定了此後其近代文學專題研究和文學史寫作的重要基礎。

　　自二十世紀三十年代起即開始積累，至上海文藝聯合出版社 1954 年 8 月出版、古典文學出版社 1957 年 9 月新 1 版的《晚清戲曲小說目》，就是阿英近代戲曲和小說文獻研究方面最重要的著作。此書不僅是阿英此前二十多年近代戲曲小說文獻的一個總結，而且奠定了他此後十年左右近代戲曲小說研究的基本方向。從整個近代文學研究的角度來看，此書也是一部具有開創性、奠基性價值的著作。此後多年直至目前的多種近代戲曲、小說文獻目錄著作，從觀念到方法，從內容到形式，都不同程度也受到此書的啓發和影響。

　　初寫於 1957 年並連載於《文藝報》、古典文學出版社 1958 年 3 月初版、中華書局 1959 年再版的《晚清文藝報刊述略》，也是一部非常重要的文獻目錄學著作。阿英在卷首《引言》中說：「從一八七二到一九一一，凡四十年，當時文學的流派，創作的成果，以及文學運動的路是怎樣結合了政治運動走了過來，提到文學為政治服務、為革命服務的高度，我想多少是能以看出概略的。」〔註12〕雖然這樣的文字明顯帶有那個時代的政治色彩和非學術傾向，但從此書的內容來看，仍然可以認識到阿英是從文獻學的角度研究晚清報刊與文學發展、傳播之關係的，為近代文藝報刊研究奠定基礎的學術目標仍然是第一位的。事實果然如此，從此書出版至今的半個多世紀裏，特別是在近年的近代文學研究中，文藝報刊及其他報刊與文學發展、文學傳播的關係研究已經成為一個非常活躍的領域。應當看到，這種研究領域和研究方法的開創者當首推阿英，儘管後來的研究在許多方面有所豐富、發展甚至超越。

---

〔註11〕阿英《晚清戲曲小說目》卷首，上海：上海文藝聯合出版社 1954 年版，第 1 頁。
〔註12〕阿英《晚清文藝報刊述略》，上海：古典文學出版社 1958 年版，第 3 頁。

在這樣的學術思想指導下，阿英在近代文學文獻的彙集、積累、整理、出版方面作出了無與倫比的努力和貢獻。1937 年，阿英已經基本完成了《近百年國難文學大系》的編輯工作，但由於日軍侵華、連年戰亂、時局動蕩的關係，直至 1948 年方由北新書局先後出版了《中法戰爭文學集》和《中日戰爭文學集》二種。中華人民共和國成立後，阿英將這套規模宏大的文學選集改名為《中國近代反侵略文學集》，先由古籍出版社出版了《鴉片戰爭文學集》一種，後改由中華書局將《鴉片戰爭文學集》、《中法戰爭文學集》、《甲午中日戰爭文學集》、《庚子事變文學集》和《反美華工禁約文學集》五種七冊全部出齊。

阿英在《鴉片戰爭文學集》卷首《例言》中說：「中國近代反對帝國主義侵略的文學作品，大都散見當時報紙書刊以及各家專集，甚至僅有傳鈔本，搜集不易。編者多年訪求，收穫不少。選輯斯冊，蓋在使國人撫此往迹，知今日幸福得來匪易，以見吾先民之愛國精神，藉供近代史及近代文學史研究者之參考。」又說：「本書為中國近代反侵略文學選本最初試編之作，初稿成於一九三七年。三七年後陸續搜集者，四九年已盡遭蔣匪幫焚劫。現雖經多方搜羅補充，整理付印，終感個人力量有限，難期完美。又由於學力關係，校點舛誤之處，亦所難免。希讀者從各方面予以幫助，俾得逐漸臻於完善。」〔註13〕他在《反美華工禁約文學集》卷首《例言》中說：「中國近代反對帝國主義侵略的文學作品，大都散見當時報刊及各家詩文集，甚至僅有傳抄本，搜集匪易。編者多年訪求，選輯斯編，意在供國人撫此往迹，知今日幸福得來不易，以見吾先民之愛國精神。」又說：「本書為中國近代反侵略文學總集最初試編之作，初稿成於一九三七年。現雖經補充整理，終感個人力量有限，闕漏尚多。希讀者從各方面予以匡助，俾得逐漸臻於完善。」〔註14〕此書其他各卷卷首《例言》中亦均有與此相似的說明。從中分明可見阿英編輯《中

〔註13〕阿英《鴉片戰爭文學集》卷首，北京：古籍出版社，1957 年 2 月第 1 版，第 1 頁。是書中華書局 1962 年 11 月第 2 次印刷本第一則改為：「中國近代反對帝國主義侵略的文學作品，大都散見於當時報刊及各家詩文集，甚至僅有傳抄本，搜集匪易。編者多年訪求，選輯斯編，意在供國人撫此往迹，知今日幸福得來不易，以見吾先民之愛國精神。」第四則改為：「本書為中國近代反侵略文學總集最初試編之作，初稿成於一九三七年。現雖經補充整理，終感個人力量有限，闕漏尚多。希讀者從各方面予以匡助，俾得逐漸臻於完善。」

〔註14〕阿英《反美華工禁約文學集》卷首，北京：中華書局，1962 年 11 月第 2 次印刷，第 1 頁。

國近代反侵略文學集》的文獻學意識和學術建設觀念。

在《晚清文學叢鈔・傳奇雜劇卷》正文之後，有《中國近代反侵略文學集》的預告和說明云：「中國近代反對帝國主義侵略的文學作品，大都散見於當時報紙書刊及各家專集，現在不容易看到。這個叢書就是要彌補此缺憾，搜集足以反映這時期各種體裁的文學作品，編成六集，供研究近代文學者的參考。」〔註15〕接著列出的六種書目，除上述五種外，最後一種是《中國近代反侵略文學集補編》，後標「即出」二字。惜由於政治運動的衝擊、學術環境的驟變等原因，已經預告了的此書的最後一卷終於沒能得到出版的機會，留下了永遠的遺憾。

繼《中國近代反侵略文學集》之後，阿英又著手編輯另一重要的近代文學文獻系列叢書《晚清文學叢鈔》，並由中華書局於 1960 年至 1962 年間先後出版了《小說戲曲研究卷》、《小說一卷》、《小說二卷》、《小說三卷》、《小說四卷》、《說唱文學卷》、《域外文學譯文卷》、《俄羅斯文學譯文卷》、《傳奇雜劇卷》。在《晚清文學從鈔・傳奇雜劇卷》卷末，有《晚清文學叢鈔》的預告云：「自從批判厚古薄今傾向以來，在文學上注意近代及現代研究者已日多。但由於資料不易搜集，理解論斷往往很難全面，比較完整的、有系統的資料之提供，是迫切的事。本叢書的輯編，企圖在這方面盡一點力量，供近代文學研究者的參考。取材方面與編者的『反侵略文學集』盡可能不重複。整套叢書初步定為十二卷，目錄如下」〔註16〕，接著列舉的書目中，除上述九種

〔註15〕阿英《晚清文學叢鈔・傳奇雜劇卷》卷末，北京：中華書局，1962 年 9 月。按《鴉片戰爭文學集》（北京：中華書局，1962 年 11 月第 2 次印刷本）、《庚子事變文學集》（北京：中華書局，1962 年 12 月第 2 次印刷本）、《反美華工禁約文學集》（北京：中華書局，1962 年 11 月第 2 次印刷本）、《晚清文學叢鈔・說唱文學卷》、《晚清文學叢鈔・域外文學翻譯卷》、《晚清文學叢鈔・俄羅斯文學譯文卷》、《晚清文學叢鈔・小說四卷》（北京：中華書局 1961 年 4 月第 1 版）之末均有此預告說明。《晚清文學叢鈔・小說戲曲研究卷》卷末亦有《晚清文學叢鈔》之預告說明，僅列出七種。

〔註16〕阿英《晚清文學叢鈔・傳奇雜劇卷》卷末，北京：中華書局，1962 年 9 月。按此語與《晚清文學叢鈔・傳奇雜劇卷》卷首《敘例》第五則極為相似，或即出自阿英之手。另，《鴉片戰爭文學集》（北京：中華書局，1962 年 11 月第 2 次印刷本）卷末亦有此預告。《晚清文學叢鈔・說唱文學卷》、《晚清文學叢鈔・域外文學翻譯卷》、《晚清文學叢鈔・俄羅斯文學譯文卷》、《晚清文學叢鈔・小說四卷》（北京：中華書局 1961 年 4 月第 1 版）之末均有此預告說明。《晚清文學叢鈔・小說戲曲研究卷》卷末亦有《晚清文學叢鈔》之預告說明，僅列出七種。

外，還有《文學理論卷》、《詩詞卷》、《散文與雜文卷》，後皆標「即出」二字〔註17〕。更加遺憾的是，此書預告中的三種也沒能夠編輯完成並出版。這是近代文學研究特別是文獻研究中難以彌補的學術遺憾，也是近代文學學術史上的重大損失。

儘管如此，仍然可以非常清楚地看到，阿英在近代文學文獻目錄、作品選集、史料清理等方面作出的不懈努力和卓越貢獻，奠定了近代文學文獻學的學術基礎，使近代文學作爲一個相對獨立的學術領域具有了空前充分的學術可能，也爲近代文學研究走向自覺和自立準備了充分的學術條件。從阿英本人的近代文學研究來看，可以認爲這是他成就最爲突出、貢獻最爲重大的一個方面。從學術史的角度來看，由於二十世紀六十年代中期以後長達十年之久的政治動亂和文化浩劫，使包括近代文學研究在內的一切人文學術研究處於癱瘓崩潰的狀態。這種無法預料、不可逆轉的可悲局面一方面使阿英的學術研究徹底中斷，使他已有的學術成果不能發揮應有的作用；另一方面，待到那個反文化的荒誕時代結束之後，近代文學研究的復興仍然是以阿英的學術貢獻爲起點的，仍然是在阿英奠定的文獻基礎上繼續推進的。

不僅如此，還應當看到，二十世紀八十年代以來的近代文學目錄、文獻、史料、史實等方面的研究與建設，包括《中國近代文學大系》、《中國近代小說大系》等大型叢書的編輯出版，許多方面仍然深受阿英學術思想和學術貢獻的影響，而且從目前一些方面的研究趨勢來看，這種影響還將持續下去。因此，說阿英是近代文學文獻學的探索者和奠基人，毫不爲過。

## 2、近代文學理論與批評學

近代文學理論與批評是近代文學研究整體結構中一個非常重要的部分。而在近代文學學科建立之初，關於近代文學理論與批評的研究和積累是非常薄弱的。從阿英的近代文學研究經歷中可以看到，除在一些文章中表達對近

---

〔註17〕陳泳超《阿英與晚清通俗文藝研究》中指出：「《晚清文學叢鈔》，1960～1962年間由中華書局出版，分『小說戲曲研究卷』、『小說卷』、『說唱文學卷』、『域外文學翻譯集』、『俄羅斯文學譯文集』、『傳奇雜劇卷』六類。其中對於『傳奇雜劇』、『說唱文學』的重視，體現了阿英的一貫作風，對於『研究』的重視，也體現了作者資料中滲透史的研究的意識，而其重頭戲『小說』四卷，所收作品既在當時有相當影響，又是從未出單行本卻早已絕版的，都是比較罕見的資料，其中就有李伯元的《中國現在記》等。」見陳平原主編《中國文學研究現代化進程二編》，北京：北京大學出版社2002年版，第203頁。其中所述書名有不確，所評亦有明顯不當之處。

代文學理論與批評的認識與看法之外，他主要是從文獻史料的角度關注近代文學理論與批評，並進行了具有開創意義的研究。這方面最有代表性的成果就是《晚清文學叢鈔・小說戲曲研究卷》的編輯出版。

　　阿英在此書卷首《敘例》第一則中云：「小說的繁榮和對小說的重視，以及小說在文學上地位的改變和提高，是晚清文學運動的突出成就之一。本冊輯鈔的，大都是有關這一方面的文論資料。由於對戲劇認識的改變，以及戲曲改良運動的良好開端，也同時把有關的材料進行了輯錄，合編成《小說戲曲研究卷》。」〔註 18〕第五則即最後一則云：「自批判厚古薄今傾向以來，在文學上注意近代及現代研究者已日多，但由於資料的不易搜集，理解論斷往往很難全面，比較完整的、有體系的資料之提供，是很迫切的事。本書的輯編，是企圖在力所能及的範圍內，在這方面盡一得之愚。」〔註 19〕在二十世紀五十年代末至六十年代初已經頗有些不正常的文化氛圍和學術環境下，阿英仍然努力堅持近代文學研究的學術意圖清晰可見。

　　《晚清文學叢鈔・小說戲曲研究卷》的編輯出版，一方面提供了相當豐富的近代小說戲曲理論批評研究的文獻資料，初步建立起近代小說戲曲理論研究的基本觀念，同時反映了阿英對於近代小說戲曲的特別關注，其學術興趣和研究專長再次得到了充分的展現；另一方面也表明除小說戲曲理論資料外，阿英尚無暇進行詩文等方面的理論批評文獻的搜集和整理，留下了在當時的政治條件和學術條件之下無法繼續拓展與發揮的遺憾。可以確定的是，阿英的《晚清文學叢鈔》編輯計劃中，已經有《文學理論卷》，並作了預告。倘若此書能夠編成並出版的話，阿英對近代文學理論與批評史料的整理彙集定然更加全面系統，對近代文學理論與批評研究體系的思考和建構也一定表現得更加完備充分。可惜這永遠只能是一種良好的願望和無法成為現實的推測了。

　　儘管如此，仍然可以清楚地看到，阿英編選的《晚清文學叢鈔・小說戲曲研究卷》是一部具有開創價值的近代文學理論批評著作，此書和舒蕪、陳邇冬、周紹良、王利器編選的《中國近代文論選》〔註 20〕一道，實際上成為

---

〔註 18〕阿英《小說四談》，《小說閒談四種》本，上海：上海古籍出版社 1985 年版，第 198 頁。

〔註 19〕阿英《晚清文學叢鈔・小說戲曲研究卷》卷首，北京：中華書局 1960 年版。後輯入《小說四談》，《小說閒談四種》本，上海：上海古籍出版社 1985 年版，第 199～200 頁。

〔註 20〕《中國近代文論選》（上下），人民文學出版社編輯部中國近代文論選編選小

近代文學理論與批評研究的奠基性著作，並對其後的多種近代文學理論批評著作產生了深刻的啓發和影響。如陳平原、夏曉虹編、北京大學出版社 1989 年 3 月初版的《二十世紀中國小說理論資料‧第一卷（1897～1916）》，作為又一部流傳廣泛的近代小說理論資料著作，從內容選擇到體例設計，都曾受到《晚清文學叢鈔‧小說戲曲研究卷》的影響；即便是郭紹虞主編、上海古籍出版社 1980 年 11 月初版的《中國歷代文論選》第四冊，作為新時期以來影響極為廣泛的高等學校文科教材，在選擇材料方面也曾受到《晚清文學叢鈔‧小說戲曲研究卷》和《中國近代文論選》的啓發。更晚出的徐中玉主編的《中國近代文學大系‧文學理論集》等也受到此書的影響。儘管後來諸書在文獻、內容、觀點、目標、體例等方面有不同程度的豐富與創新，但所受到的影響及其間的繼承發展關係依然是相當明顯的。

此外，阿英在其他文章中也曾表達過與近代文學理論批評相關的見解，從中也可以認識阿英文學理論觀念的某些側面。比如，他在 1932 年 5 月所作的《上海事變與鴛鴦蝴蝶派文藝》一文中就指出：「在上海事變期間，封建餘孽的鴛鴦蝴蝶派作家，在詩歌方面，固然呈現著強度的活躍，在小說的寫作方面，也是非常的努力。……一般的說來，在這些作品裏，是充分的反映了封建餘孽以及部分的小市民層對於這一偉大事變的認識，和在這一時期間的生活觀點的全部。」〔註 21〕可見，二十世紀三十年代初的阿英與魯迅《上海文藝之一瞥》、錢玄同《『黑幕』書》、茅盾《自然主義與中國現代小說》等文章中表達的見解一樣，對被左翼新文學家所稱的「鴛鴦蝴蝶派」予以無情的抨擊批判，反映了當時新文學觀念下、革命文學陣營中的一批文學家對「鴛鴦蝴蝶派」的基本態度和普遍看法。從學術史的角度來看，這樣的見解具有鮮明的思想性、政治性和革命性，具有文學思想史的價值；但是並不具備很大的理論價值和學術價值。這是今天的研究者需要清醒認識和仔細辨析的。

---

組編選，北京：人民文學出版社，1959 年 10 月第 1 版；簡夷之、陳邇冬、周紹良、王曉傳編選，北京：人民文學出版社，1962 年 9 月第 2 次印刷；舒蕪、陳邇冬、周紹良、王利器編選，北京：人民文學出版社，1981 年 1 月第 3 次印刷。按：從此書三次印刷、三種署名之異同變化中亦可見數十年間政治氣氛、學術環境演進變遷之一斑。

〔註 21〕阿英《阿英文集》，香港：生活‧讀書‧新知三聯書店香港分店 1979 年版，第 78 頁。此文原編入《現代中國文學論》，上海：合眾書店 1933 年版。

### 3、近代小說學

阿英的近代文學研究首先是從小說開始的。據記載,他 1934 年嘗作《李伯元評傳》,並由鄭振鐸交上海生活書店。儘管此書後來未能獲見,具體情況尚不得而知,但可以認爲這是阿英從事近代文學研究的最早記錄。

此後,近代小說一直是阿英近代文學研究的重點,甚至可以說是核心。阿英近代小說研究方面的重要著作有:《晚清小說目》,包括「創作之部」和「翻譯之部」兩部分,從二十世紀三十年代起陸續充實完善,至 1954 年輯爲《晚清戲曲小說目》,由上海文藝聯合出版社初版,古典文學出版社 1957 年 9 月又出版了新 1 版。這是第一部比較完備的晚清小說作品目錄,爲後來的近代小說研究奠定了非常重要的文獻基礎。《小說閒談》,1933 年至 1934 年間俗文學研究雜著集,良友圖書印刷公司 1936 年 6 月出版,古典文學出版社 1958 年 5 月重版,中華書局 1959 年 2 月新 1 版。《小說二談》,古典文學出版社 1958 年初版,中華書局 1959 年新 1 版。《小說三談》,阿英生前編定,吳泰昌、錢小雲輯集、整理,上海古籍出版社 1979 年 8 月初版。《小說四談》,吳泰昌、錢小雲輯集、整理,上海古籍出版社 1981 年 12 月初版。以上四種又合訂爲《小說閒談四種》,上海古籍出版社 1985 年 8 月出版。阿英的「小說閒談」系列內容相當廣泛,涉及戲曲、彈詞、說唱等俗文學領域,有的文章還屬於一般所說的古代文學或現代文學範圍,但可以肯定,近代小說是其內容的主體和中心,從一個重要角度反映了阿英對建構近代小說學所付出的艱苦努力和取得的過人成就。

《晚清小說史》堪稱阿英建設近代小說學的標誌性成就,也可以作爲近代小說學成立的標誌。此書寫作於 1934 年至 1935 年間,由商務印書館於 1937 年初版。至今已有多種版本,比較早的有:作家出版社 1955 年 8 月版,中華書局香港分局 1973 年 6 月版,人民文學出版社 1980 年 8 月新 1 版,等等。陳泳超曾指出:「阿英的《晚清小說史》開創了一個全新的研究領域,其宏富的取材、精審的考訂及全面的構架,都足以澤惠來者,其示範意義至今未絕,這些都已經成爲了該領域的常識。」〔註22〕此論可以作爲估價《晚清小說史》學術史價值的一個參考。

阿英在《晚清小說史》第一章《晚清小說的繁榮》的開頭就指出:「晚清

---

〔註22〕陳泳超《阿英與晚清通俗文藝研究》,陳平原主編《中國文學研究現代化進程二編》,北京:北京大學出版社 2002 年版,第 208 頁。

小說，在中國小說史上，是一個最繁榮的時代。」〔註 23〕不僅將「晚清小說」作為一個相對獨立而成熟的文學史概念來運用，而且對這一段以往並不受重視的小說史歷程予以充分的評價。該章的最後又總結指出：「魯迅謂其『雖命意在於匡世，似與諷刺小說同倫，而辭氣浮露，筆無藏鋒，甚且過甚其辭，以合時人嗜好。』雖極中肯，然亦非全面論斷。晚清小說誠有此種缺點，然亦自有其發展。如受西洋小說及新聞雜誌體例影響而產生新的形式，受科學影響而產生新的描寫，強調社會生活以反對才子佳人傾向，有意識的用小說作武器，反清、反官、反一切社會惡現象，有意無意的為革命起了或多或少的作用，無一不導中國小說走向新的道路，獲得更進一步的發展。這些，同樣是不應忽略的。」〔註 24〕阿英在引用了魯迅《中國小說史略》第二十八篇《清末之譴責小說》中對「譴責小說」的基本評價之後，深有識見地從發展變化的角度看待清末小說的面貌，特別指出西方小說、報紙期刊對於小說形式的啟發和影響，科學觀念對於小說創新描寫的激發，深刻反映社會生活的創作趨勢。凡此都是引導中國小說走向創新道路、獲得新發展的動力因素。非常明顯，阿英對近代小說的總體評價較魯迅全面深刻、通達中肯，不僅補充完善、深化發展了魯迅的有關見解，而且更具有科學性和學術價值。

在 1963 年所作的《略談晚清小說》一文開頭，阿英又指出：「在中國小說史上，有兩個時期是最突出的。一是唐朝的傳奇小說，二是晚清小說。這兩個時期小說的特點，就是全面地反映了當時政治、經濟以及社會生活情況，和產生於當時政治、經濟制度疾劇變化基礎上的各種不同的思想。」〔註 25〕文章的結尾指出：「晚清小說是小說史上一大發展，無論從哪一方面看，為社會所重視，收得政治的藝術的效果亦頗巨大，上承《聊齋》、《儒林外史》，經外國文學熔化，發展為五四文學張本。」〔註 26〕這裡表現的小說史意識和學術觀點，與他在《晚清小說史》所表達的基本一致，又有所發展。這裡阿英更注意將「晚清小說」置於整個中國小說的發展歷程中去認識，既表明小說

---

〔註 23〕阿英《晚清小說史》，北京：人民文學出版社，1980 年版，第 1 頁。
〔註 24〕阿英《晚清小說史》，北京：人民文學出版社 1980 年版，第 7 頁。
〔註 25〕阿英《小說三談》，《小說閒談四種》本，上海：上海古籍出版社 1985 年版，第 196 頁。
〔註 26〕阿英《小說三談》，《小說閒談四種》本，上海：上海古籍出版社 1985 年版，第 196～200 頁。又見《阿英文集》，香港：生活・讀書・新知三聯書店香港分店 1979 年版，第 846～849 頁。

史整體意識的加強,也反映了對於「晚清小說」的著意強調,具有值得紀念的啓發意義。

在包括魯迅等人在內的一批研究者有意識地建設之下,近代小說研究逐漸受到關注並得到長足發展。特別是經過阿英更加全面的開拓與建設,近代小說學方得以成立。在近代文學諸文體或各領域的研究與建設中,近代小說研究可以視爲是最早發展成熟、最早取得獨立地位的一個領域。其間阿英的貢獻是首屈一指的。

在阿英之後直至目前的近代小說研究中,仍然不難看到阿英小說史觀念、學術思想、文獻史料、學術觀點的影響和啓發。中華人民共和國成立後相當一段時間裏近代小說研究的相對熱鬧,新時期以來近代文學研究復興過程中首先從小說領域尋求突破,對於譴責小說特別是對李伯元、吳趼人、劉鶚和曾樸四大小說家及其創作的重視,對於鴛鴦蝴蝶派的刻薄挖苦、尖銳批判和基本否定,如此等等,可以說無一不與阿英(當然還有魯迅等)開創的學術路徑、奠定的學術基礎密切相關。在新時期以來出版的多種近代小說史研究著作包括陳平原《中國小說敘事模式的轉變》中,也可以看到阿英思想觀念、學術觀點影響和啓發的痕迹。

### 4、近代戲曲學

除近代小說研究外,阿英用心最多、用功最勤的領域就當推近代戲曲研究了。相對於近代小說來說,近代戲曲研究的學術條件更顯滯後,困難更多,難度更大。恰恰因爲如此,在幾十年的學術生涯中,阿英著意於近代戲曲的研究,在這一領域作出了開創性的貢獻,並對後來的研究產生了至今猶在的深遠影響。

首先值得關注的是《晚清戲曲錄》。此著包括「傳奇」、「雜劇」、「地方戲」和「話劇」四部分,從二十世紀三十年代起即陸續積累、充實和完善,輯爲《晚清戲曲小說目》,由上海文藝聯合出版社於 1954 年 8 月初版,古典文學出版 1957 年 9 月又出版了新 1 版。這是第一部晚清戲曲作品目錄,首次如此全面地揭示了近代戲劇的種類格局和劇目情況,呈現了許多以往不爲人們所知的戲劇文獻,爲後來的近代戲劇研究奠定了最重要的文獻基礎。可以說,此書出版後直至目前,幾乎所有的近代戲劇研究著作都不同程度地受到其影響和啓發,特別是關於近代戲曲文獻研究的著作,往往是以阿英的學術終點爲新的起點繼續向前推進或發展完善的。如周妙中的《江南訪曲錄要》

（1963）、梁淑安、姚柯夫的《中國近代傳奇雜劇經眼錄》（1996）以及二十世紀八十年代以來出版的多種涉及近代文學、近代戲劇內容的工具書，如《中國大百科全書·戲曲曲藝》（1983）、《中國大百科全書·中國文學》（1986）、《中國文學大辭典》（1991）、《中國近代文學大辭典》（1995）、《中國文學家大辭典·近代卷》（1997）、《中國曲學大辭典》（1997），等等，莫不如此。

　　阿英為近代戲曲研究作出的另一項重大貢獻是《晚清文學叢鈔·傳奇雜劇卷》的編選和出版。後來的事實證明，此書作為得以完成並出版的《晚清文學叢鈔》的最後一種，具有終結此套叢書的意味。由於當時國家政治局勢、學術氣氛、文化環境的急劇變化並每況愈下，計劃中甚至已經預告出版的另外幾種永遠喪失了面世的機會。這當然非阿英所願，也非他所能預料和掌控，在學術史上留下了頗為悲愴和無奈的一筆。從另一角度看，也恰恰因為如此，意外地增添了此書學術史價值和出版史價值的內涵。

　　阿英在《晚清文學叢鈔·傳奇雜劇卷》卷首《敘例》中說：「清廷腐朽，列強侵略，各國甚致提倡『瓜分』，日本也公然叫囂『吞併』，動魄驚心，幾有朝不保暮之勢。於是愛國之士，奔走號呼，鼓吹革命，提倡民主，反對侵略，即在戲曲領域內，亦形成了宏大潮流，終於促進了辛亥革命的成功。本書所選，即以此類富有愛國主義和民族主義之傳奇、雜劇為主，籍以見當時反清、反帝運動在文學上之巨大成就。」又說：「晚清時期，以反對民族壓迫、宣傳革命為內容的戲曲作品是當時戲曲運動中的主要組成部份。」〔註 27〕還指出：「不過，晚清的傳奇、雜劇，雖有如許光輝成就，很大部分卻是存在著缺點的。由於當時革命的種族性質，就反映了對少數民族的歧視精神。由於缺乏人民的立場，許多反帝的作品，同時也反對了起義的人民。有的包含著濃厚的封建意識，有的甚至歪曲了事實的真相。寫作技術方面，有的不符合戲曲規律，有的難以適應舞臺演出。」〔註 28〕將此書的編選目的、選錄標準和對近代傳奇雜劇的高度評價、清醒認識都表達得非常明確。

---

〔註27〕阿英《晚清文學從鈔·傳奇雜劇卷》卷首，北京：中華書局 1962 年版，第 1 頁。後以《〈晚清文學叢鈔〉〈傳奇雜劇卷〉序例》為題收入《阿英文集》，香港：生活·讀書·新知三聯書店香港分店 1979 年版，第 812 頁。後者字句標點有所調整：「甚致」作「甚至」，「本書所選，即」作「本書所選即」，「籍以」作「藉以」，「部份」作「部分」。

〔註28〕阿英《晚清文學從鈔·傳奇雜劇卷》卷首，北京：中華書局 1962 年版，第 2 ～3 頁。後以《〈晚清文學叢鈔〉〈傳奇雜劇卷〉序例》為題收入《阿英文集》，香港：生活·讀書·新知三聯書店香港分店 1979 年版，第 814 頁。

《晚清文學叢鈔‧傳奇雜劇卷》收錄晚清傳奇雜劇劇本三十一種，其中多種是阿英親所發現和收藏，或採自當時不爲人所重、後來流傳不廣的報刊，其文獻價值顯而易見。這是晚清傳奇雜劇作品的一次最重要的彙集，一些重要的近代戲曲作品由於此書而流傳開來，並逐漸爲人們所知曉。從此書出版到現在的半個世紀中，它已經成爲後來許多研究者最重要的資料來源，對近代戲曲研究產生了其他著作無法企及的深遠影響。

此書出版多年之後，方有兩種新的近代戲曲作品選集出現：一是《中國古典文學名著分類集成‧戲曲卷五》（1994），此書後半部分所選錄者均係近代傳奇雜劇作品，共二十五種，主其事者爲多年從事近代傳奇雜劇研究的梁淑安先生；二是張庚、黃菊盛主編的《中國近代文學大系‧戲劇集》（1995～1996），此書分爲兩卷，第一卷收錄近代傳奇雜劇十七種，另收錄京劇十五種；第二卷則收錄各種地方戲曲和早期話劇。這兩種作品集一則因爲較爲晚出，而且前者係與其他卷統一定價、配套發售，極不便流傳；二則因爲收錄作品不及阿英《晚清文學叢鈔‧傳奇雜劇卷》豐富，似乎尚未發生顯著的影響。從這兩種有代表性的近代戲曲作品選集的選目、體例、編校情況來看，也顯然曾受到阿英《晚清戲曲錄》和《晚清文學叢鈔‧傳奇雜劇卷》的影響。

可見，在非常荒蕪滯後的近代戲曲研究領域，阿英以獨特的學術眼光和學科意識，對有關重要問題進行了開創性的研究。從基本文獻到代表作品，從戲曲劇種到形式演變，比較全面地呈現出近代戲曲的總體面貌和基本趨勢，初步建立起近代戲曲學的學術格局，爲後來的相關研究奠定了堅實的學術基礎。

### 5、近代俗文學

除近代小說、戲曲研究外，阿英對彈詞、雜曲、時調、大鼓、拍板歌等說唱文學形式也給予特別的關注和研究，對近代俗文學研究進行了有意識而且卓有成效的開拓與探索，成爲其近代文學研究中又一個值得重視的學術領域，也從一個重要方面體現了其學術思想。

阿英曾編校李伯元的《庚子國變彈詞》，並爲之作序，交由良友印刷公司於 1935 年 8 月出版。這種從彈詞創作角度研究李伯元的努力，與阿英最早從小說創作方面關注李伯元並撰寫《李伯元評傳》的學術意圖有明顯的相關性和連續性。與此同時，阿英還將 1935 年所寫有關彈詞研究的十餘篇文章結集爲《彈詞小說評考》一書，由中華書局於 1937 年 2 月初版，集中反映了阿英

在彈詞研究方面的成績和關注說唱文學的學術眼光。此後，他又將 1940 年所作的俗文學論著輯爲《中國俗文學研究》，1944 年交中華書局，後轉中國聯合出版公司，終於在 1944 年 10 月印成。由於意外遭受水浸的緣故，此書流傳甚少，殊爲可惜。但仍然可以從此書的編輯與出版過程中看到阿英對俗文學的重視並進行系統研究的努力，反映了阿英學術思想的一個重要方面。

時隔多年之後，阿英繼續在近代俗文學研究方面進行著不懈的努力，並取得了新的成績。其中最顯著的標誌就是《晚清文學叢鈔·說唱文學卷》的編選並由中華書局於 1960 年 5 月初版。阿英在此書的《敘例》中說：「在晚清，帝國主義者瓜分中國的侵略暴行，國內封建統治階級的壓迫和剝削，激起了人民群眾的愛國情緒和反抗火焰。民主的力量不斷增長，愛國主義的啓蒙運動迅速地發展，白話報一類的刊物一時風起雲湧，愛國、時事成爲舞臺、說唱臺上演唱的普遍主題。現在我們重讀這些作品，也還能想見當時的作者們如何熱情地關心國事，激切地喚醒民眾。」又說：「這使我們認識到，晚清說唱文學之所以得到這樣大的發展，主要的因素不是別的，而是民主主義與愛國主義進一步發展的結果。聯繫到當時文學運動的其他方面，我們更能明顯地看出一個基本問題，就是當時的新文學運動，是在政治運動的推動之下興起的，也就是說，它是『爲政治服務』的。章太炎的《逐滿歌》、陳天華的《猛回頭》和秋瑾的《精衛石》這一類帶有革命傾向性的作品，可以說是這個文學運動的最高發展。」還說：「基於這樣的特點，本書所選的說唱文學，基本上就是愛國、民主、科學啓蒙運動的主題範圍之內，並盡可能按照當時政治運動的各個階段，選出有代表性的作品。雖然其間有些作品的思想觀點上還有不少問題，如狹隘的民族主義和保皇立憲派的主張，以及藝術性不強，結構不夠完整，或僅僅存留片斷，不宜於舞臺上演唱等缺點，但由於這些作品比較眞實地反映了時代，還是予以選錄了。至於和當時政治、社會運動無關的說唱文學，本書均未加選錄。」〔註 29〕從阿英對近代說唱文學興盛原因的分析中，可見其一貫堅持的社會學批評方法在俗文學研究中堅決而熟練的運用；從阿英對近代說唱文學核心主題的概括和提煉中，可見他對近代俗文學時代色彩、政治內涵、精神氣質的弘揚；而從阿英對近代說唱文學與當時方興未艾的新文學的宣傳與讚美中，則可見他以學術積極用世、服務於當時

---

〔註 29〕阿英《晚清文學叢鈔·說唱文學卷》卷首，北京：中華書局 1960 年版，第 1 ～2 頁。

政治的思想傾向。

當然，阿英也相當清醒地認識到近代說唱文學在思想上、形式上的缺陷與不足，提出了應當進行明辨的問題。可見在當時並不廣闊的學術空間裏、在非常有限的學術條件下，仍然盡可能保持學術立場的努力。至於其中說到的說唱文學「爲政治服務」等等，則是當時意識形態和主流話語的直接反映；在今天看來，也可以認爲是包括阿英在內的那個時代的絕大多數研究者難以逃脫甚至無法避免的普遍性局限。

阿英對近代俗文學的重視與探索，一方面是他自己學術興趣自然發展、日益豐富和不斷完善的結果，另一方面也與五四運動以來在新文學家陣營和部分學者中興起的俗文學研究熱潮有著密切的關係，反映了個人學術興趣、學術專長與時代文化思潮、學術風氣相激發、相應和的密切關係。從近代文學研究學術史歷程來看，則可以認爲這是阿英在開拓近代文學研究領域、建立近代俗文學研究範式的可貴實踐。

與近代文學的其他研究領域相比，多年來直至當下的近代俗文學研究狀況並不能令人滿意，更難以找到可以沾沾自喜的理由，其中的原因當然是複雜的多方面的，此不具論。儘管如此，阿英在近代俗文學方面的開拓性探索和建立近代俗文學研究基礎的努力，不僅是值得紀念、值得尊重的，而且是應當繼承發揚的。或者說，近代俗文學研究的歷史和現狀越是如此這般，就越是反映出阿英的大力倡導和身體力行之難能可貴。

### 6、近代翻譯文學

與古代文學相比，近代文學發生的一個具有本質性特徵的重大變化就是近代意義上的世界性文學觀念的萌生、形成和建立，與此相應的就是西歐、北歐、北美、日本、印度、俄羅斯等國家和地區文學作品的大量翻譯介紹，並形成了聲勢極大、影響深遠的借鑒學習外國文學的熱潮。而一大批傑出文學翻譯家和數量眾多的翻譯文學作品的出現，就是這種文學與文化學術思潮的直接反映。

阿英當然不會對如此重大的文學史變遷及其帶來的影響視而不見，恰恰相反，表現出極大的學術熱情和過人的學術眼光。他對於近代翻譯文學的關注首先是從小說開始的，這在《晚清小說目》中已有著突出的反映。此著分爲「創作之部」和「翻譯之部」兩部分，顯然是將翻譯小說置於與創作小說同等重要的地位，也反映了近代小說史的一個重要事實。這種創作小說與翻

譯小說二分天下的局面，也可以視爲中國小說發展史上的一種新景觀。

除《俄羅斯和蘇聯文學在中國》、《易卜生的作品在中國》、《關於歌德作品初期的中譯》、《關於〈巴黎茶花女遺事〉》、《赫爾岑在中國》等一些專論性質的文章外，阿英對近代翻譯文學的重視和研究成果集中反映在《晚清文學叢鈔》的總體設計和內容安排上。是書原計劃分爲十二卷，只出版了九卷，其中屬於翻譯文學範圍的就佔了兩卷，即中華書局 1961 年 9 月初版的《域外文學譯文卷》和 1961 年 10 月初版的《俄羅斯文學譯文卷》。

阿英在《晚清文學叢鈔・域外文學譯文卷》卷首的《敍例》中云：「本書是晚清域外文學譯文的選本。內容收各國詩歌譯文一卷，希臘、英、法、德、美、印度及挪威小說、戲劇譯文十一種。內林紓譯本六種。除俄羅斯文學譯文已另編專冊外，這些作品都是當時有廣大影響的名著、名譯或早期譯本。」〔註 30〕通過選編標準的交代，反映了阿英對於世界各國文學的中文翻譯的廣泛關注，體現出一定的世界文學眼光和民族文學意識。這種觀念對於世界文學走向中國和中國文學走向世界都具有積極的意義。

阿英又在《晚清文學叢鈔・俄羅斯文學譯文卷》卷首《敍例》中云：「俄羅斯文學和蘇聯文學，對中國的民主革命、社會主義革命，以及新的文藝的建設，從一九〇〇年以來，一直是起著鼓舞作用的。在五十年前，我們就已經開始有了許多俄羅斯的宣傳民主與革命的文學名著，就已經有了鼓舞中國革命的托爾斯泰給孫中山先生的書箚，我們就已經認識了偉大的無產階級文學奠基人高爾基。各國的文學名著，雖在中國都有很好的影響，但從來是不曾像俄羅斯文學、蘇聯文學那樣深刻的。本書的編輯目的，就是要介紹在前一階段裏，有那些優秀的俄羅斯文學作品，怎樣的翻譯到了中國來。」〔註 31〕將《俄羅斯文學譯文卷》從《域外文學譯文卷》中獨立出來自成一卷，這種處理方式本身即是值得注意的。既反映了近代俄羅斯文學翻譯在外國文學翻譯中佔有特別突出的地位這一中外文學交流史、翻譯史事實，又說明在當時中蘇兩國之間兄弟般的友誼關係尚在維繫之際，阿英以學術研究的方式對於當時國家採取的這一重大政治選擇和外交政策的積極反映。這當然也可以視爲阿英一以貫之的政治意識、學術思想、治學風格在新的政治局勢之下的一

---

〔註 30〕阿英《晚清文學叢鈔・域外文學譯文卷》卷首，北京：中華書局 1961 年版，第 1 頁。

〔註 31〕阿英《晚清文學叢鈔・俄羅斯文學譯文卷》卷首，北京：中華書局 1961 年版，第 1 頁。

種體現。

　　阿英對於外國文學翻譯的關注和研究，雖然尚未及更加全面充分地展開，但仍然是近代翻譯文學研究領域的重要成就，從中體現出來的學術眼光和學術意識，可以視爲建立近代翻譯文學研究體系的積極努力，同樣具有導夫先路的學術史意義。

### 7、近代文學史學

　　二十世紀初葉以來，在日本等國家學術思潮和著述習慣的影響下，文學史撰著與編寫日漸興旺發達，並逐漸成爲中國文學研究中的一大顯學。阿英的近代文學研究在這樣的學術背景下生成並展開，必然受到啓發和影響。因此，在大量的文獻搜集、史實考證和廣泛的個案研究、專題論述的基礎上，阿英實際上進行過相當深入的文學史思考並開始進行近代文學史的寫作實踐。

　　據阿英自述，他曾撰寫過一部《近百年國難文學史》。此書從 1934 年開始寫作，至 1938 年寫定。內容範圍爲自 1840 年鴉片戰爭至 1937 年「八・一三」事變前後，全書已基本完成，唯最後二章尚未定稿，凡四十萬言，擬印插圖本。但是由於抗日戰爭爆發等原因，未能出版，惜原稿已佚〔註 32〕。從目前已知的情況來看，可以肯定，這是阿英用心最多的重要著作之一，也是阿英撰寫一部比較完整的近代文學史的可貴嘗試。假如這部著作能夠獲得出版並流傳至今，那一定是近代文學學術史上的一部標誌性著作。但是歷史現實往往比人的想像要殘酷得多，這樣一部本應傳世之作卻未能流傳下來，留下了近代文學研究史上永遠無法彌補的重大遺憾。至今思之，仍不能不令人有徒喚奈何之歎！

　　另有《近代文談》一書，爲阿英生前所編定，收錄了 1965 年前後發表於《人民日報》、《光明日報》等報刊上的有關近代歷史、文化隨筆、札記文章 30 餘篇，尚未刊印〔註 33〕。

　　從所見材料來看，阿英在近代文學史寫作中最爲重要的著作當推《晚清小說史》，這也是阿英多種學術著作中影響最爲廣泛的一種。此書寫作於 1934

---

〔註 32〕　《阿英著作目錄》，《阿英文集》，香港：生活・讀書・新知三聯書店香港分店 1979 年版，第 904 頁。

〔註 33〕　《阿英著作目錄》，《阿英文集》，香港：生活・讀書・新知三聯書店香港分店 1979 年版，第 912 頁。《阿英全集》已由安徽教育出版社於 2003 年 7 月出版，筆者未能查閱，故尚未知曉《近代文談》是否已收其中。

年至 1935 年間，由商務印書館於 1937 年初版。中華人民共和國成立後，此書又有多種版本，主要者如：作家出版社 1955 年 8 月版，中華書局香港分局 1973 年 6 月版，人民文學出版社 1980 年 8 月新 1 版。此書雖在於描述、評價晚清小說的發展演變歷程，但仍然可以從中看出阿英文學史觀念的某些重要側面，特別是對於近代文學基本歷程、總體成就的認識與估價。如對於近代中國社會基本性質、基本矛盾與主要任務的認識，對近代文學核心精神內涵的理解把握，對近代文學發展演變過程中新與舊、雅與俗、文與白等相關範疇關係的認識，特別是對激進與保守、屈服與反抗、革命與維新、統治與被統治等矛盾的認識，都在許多方面傳達了當時的官方主流觀念，反映了當時的意識形態狀況和輿論導向，並對後來許多時候的近代文學研究觀念產生了重要影響。

阿英雖然沒能留下一部近代文學史，只有《晚清小說史》可以比較集中地反映他的文學史觀念，但從目前所知曉的情況就應當認為，他曾經進行過近代文學史的寫作實踐並取得了重要的成果。在這一過程中，阿英切實地進行過關於近代文學史學的理論思考和撰寫實踐，留下了有借鑒價值的學術經驗。

阿英關於近代文學史撰寫的思考和實踐，與同一時期的多位文學史家特別是以胡適、陳子展、周作人、魯迅、吳文祺等為代表的一批具有新文學、新文化背景的研究者的近代文學史寫作一道，共同為建構比較成熟的近代文學史學進行了大膽的嘗試和積極的探索，積累了可貴的經驗，也為後來的眾多研究者提供了難得的學術資源和發展空間。

根據上述情況可以認為，阿英實際上已經具有全面系統地研究近代文學的計劃，有意建構從理論觀念到創作實踐、從重要作家到典範作品、從文類變遷到文體形態、從文學史的外部研究到內部研究構成的空前龐大周詳的文學史研究體系，並為之付出了艱苦的努力，也取得了超越同儕的成就。然而令人遺憾和歎息的是，由於政治局勢、社會環境、學術條件、個人經歷等多種因素的制約和影響，生逢亂世的阿英，並沒有完全實現已經設立的學術目標，留下了永遠的學術空白。阿英已經計劃全面進行的近代文學文類學與文體學研究、更加全面充分的近代文學史料學、文獻學研究尚待展開，特別近代詩詞學、散文學的建構未能得到充分的體現，有的甚至還沒有真正實施。即便是上文所述的諸方面，也有的方面未能得到充分的展現，如近代文學理

論與批評學、近代俗文學就是如此。這是阿英個人的不幸和損失，更是近代文學研究史上的極大不幸和重大損失。

## 三、深遠的學術史意義

在阿英從事近代文學研究之前、同時或稍後，雖然已經出現過多位比較專門地從事近代文學研究的學者，有的以新文學發生與建立爲基本的學術立場，有的從傳統文學的延續與變革的角度出發，分別爲近代文學學科的建立和發展作出了重要貢獻。但是，還沒有任何一位研究者像阿英這樣，對近代文學研究懷有如此深摯的學術熱情，進行過如此長時期的執著努力，取得了如此偉大的學術成就，並產生了如此深遠的歷史影響。

阿英的近代文學研究一方面是他個人學術志趣、學術追求的集中展現，反映了他本人的學術經歷和學術思想；一方面也是他所處時代的政治局勢、學術文化思潮影響下的產物，也反映了某些重要的時代風氣和學術狀況。因而使阿英的近代文學研究顯示出非常突出的學術個性，也獲得了特別典範的學術史意義。

在近代文學研究史上，是阿英首先建立了具有學科意義的「近代文學」或「晚清文學」概念，並表現出如此明確清晰的「近代文學」或「晚清文學」的文學史意識。在此基礎上，阿英還在幾十年的學術生涯中，進行過建立獨立成熟的近代文學重要分支學科的學術努力，使比較全面規範的近代文學研究氣象和學術格局得以形成。這應當視爲近代文學研究歷程中一個標誌性的學術事件，表明近代文學學科的一種深度自覺，並從此走向了有意識地建設與發展的道路，從而對近代文學學科的建立與發展產生了巨大的推動和根本性的影響。應當看到，這種學科意義上的近代文學的深度自覺、文學史意義上的近代文學的尋求自立，在今天的中國文學研究格局中，不僅仍未過時，而且更加必要。這既是阿英的先見之明，又是後來者應當努力的方向。

阿英從文獻史料的發掘、搜集、整理出發，以豐富的文獻史料運用爲基礎，以大量的個案研究爲起點進行多種文體的專題研究、進而走向對近代文學進行綜合研究的學術方法，且不說阿英在那麼動盪的歷史背景下、那麼特殊的政治環境中、那麼艱難的學術條件下爲之付出了多少讓人尊敬、令人震撼的努力，經歷過多少他人難以想像、無法承受的艱辛困苦。僅從學科建構和學術發展的角度來看，就應當承認，這是近代文學研究、近代文學學科建立過程中的一條必由之路，也反映了人文學術研究過程中的一個必然規律。

這不僅對草創期的近代文學研究必不可少、至爲關鍵,而且,即使是對後來乃至今天的近代文學研究的建設與發展來說,也具有借鑑汲取的啓發意義,值得研究者深長思之並努力踐行。

在阿英一生的近代文學研究中,始終貫穿著一條以愛國主義、民族主義、反對侵略、反對封建主義的思想主線,形成了以宣傳科學、民主、啓蒙精神、推動社會改革與進步爲核心價值的評價標準。在以文學史研究爲中心的基礎上,注重文學演變與其他文化領域之間演變發展的關係,注意不同文化領域之間的聯繫,從而獲得了相當廣闊的學術角度與眼光,特別是將近代文學研究與當時的國家局勢、民族命運密切聯繫,表現出在國家危急、民族危難之際,學術思想與愛國情懷相聯繫、相統一的意志,鮮明地表現出以社會歷史批評爲首要方法的研究特色。陳泳超也曾說過:「這種以社會性、時代感作爲主要標準來評判文學作品的態度,即通常所說的社會反映論,在身爲左翼作家兼理論家的阿英身上,是一以貫之的。」﹝註34﹞從學術史的角度來看,這種特別鮮明的時代色彩和相當單一的批評尺度一方面有力地突出了近代文學本來就蘊含著的思想特點、核心內涵和時代精神,這種精神思想的光芒從一個非常重要的角度照亮了近代文學的發展歷程,而且激發著時人的愛國熱情、革命精神和進取意志;但另一方面,也必然忽視甚至隱蔽了近代文學史上同樣明顯地存在而且不無其價值的某些重要內容,從而造成文學史研究與敘述的某些缺失。這種有得有失、亦得亦失的局面和結果,應當視爲個人難以逃脫、無法超越的宿命,也應當視爲近代文學研究歷程中的一種值得深思的學術史經驗。

在著重強調近代文學的思想性、重點突出近代文學的時代色彩的基礎上,阿英還能夠採取相當全面、比較通達的研究立場和學術眼光,從而使他的近代文學研究獲得了相當強的包容性,也強化了其學術色彩和學術史價值。這主要表現在阿英有意識地將近代文學理論批評與多種文體的文學創作實踐相聯繫、相融通,從而獲得了比較全面的近代文學整體意識,也使他的近代文學研究變得氣象闊大、從容自如。與此同時,阿英還表現出清晰的文類與文體意識,注重從不同文類的相互關係中、從不同文體的形態演變中考察文學史問題,特別是在近代文學史上表現得異常突出、變化特別劇烈的古

---

﹝註34﹞陳泳超《阿英與晚清通俗文藝研究》,陳平原主編《中國文學研究現代化進程二編》,北京:北京大學出版社2002年版,第206頁。

與今、雅與俗、中與西、正與變、文與白等既相對立又相聯繫的諸種因素的考察評價中，仍能採取明晰的評判標準，保持清醒的學術意識。這就使阿英的近代文學研究在突出時代精神、思想主題，肯定變革、注重創新的同時，仍能比較好地保持文學研究的特色，從而獲得比較長久的學術史意義。不僅如此，阿英這種兼顧文學理論批評與創作實踐、從文類觀念與文體形態出發切近全面的文學史研究的方法，無疑更切合中國近代文學發展歷程的實際，也更切合自古以來中國人思維方法、著述方式、知識譜系建構、學術傳統傳承的實際，因而也就更具有明顯的文學史、學術史價值。相當明顯，這種學術路徑和研究方法，在今天的近代文學研究中仍具有重要的啟發意義和借鑒價值。

像中國古代至現代的許多文學家同時也是學問家一樣，阿英既是一位傑出學者，又是一位重要的左翼文學家。這種雙重身份、雙重素養，或者準確地說是作家情懷與學者素養的統一、學術研究與文學創作的結合，使阿英在近代文學研究中能夠做到理論與實踐、理性與感性、思辨與體悟的融通，形成了既重視文獻史料又注重情感體驗、既注重理論思辨又關注內心感受的思考和寫作方式。這種素養和習慣也使阿英的近代文學研究獲得了更加廣闊、更加真實的思考空間，成為他近代文學研究風格的重要體現方式之一。兼學者與作家於一身的傑出人物在中國古代可謂代不乏人，到阿英生活的時代，這種傳統尚能夠傳承延續。因此那個時代仍然產生了許多人文學者甚至自然科學學者同時也是傑出的文學家，近代文學研究領域也有多位這樣的人物。阿英當然是其中的代表性人物之一；而且就近代文學研究投入的精力、取得的成就、做出的貢獻、產生的影響而論，阿英的同時代人物中，恐難有出其右者。像阿英一樣的那些兼學者與文學家於一身、具有全面的人文素養和學術能力的人物，在今天看來已經相當遙遠甚至非常渺茫了。在這樣的背景之下，阿英和他的同時代人的地位和貢獻就愈發深刻地彰顯出來，並以他們的消失昭示著學術史、文化史的經驗與教訓。

阿英雖然在近代文學研究方面傾注了一生的心血，是近代文學研究史上無庸置疑的大家，但他的學術興趣遠不止於近代文學，所涉足並有所成就的學術領域至少還有古代小說、古代戲曲、明清詩文、小品文、現代散文、現代文學史料、近現代報刊、木刻版畫等方面。也就是說，阿英的近代文學研究表現出自然地由近代向前追溯、向後延伸的特點，能夠在研究過程中很自

如地做到既突出近代這一重點，又關注與之密切相關、血脈相連的古代文學和現代文學，甚至文學以外的美術、新聞出版等領域，具備了融通古今、兼顧中外的學術視野。這不僅顯示了阿英相當廣闊的學術視野和深厚的學術功力，而且爲他的近代文學研究提供了更加眞實可靠的學術空間。假如說關注社會環境、國家局勢和民族命運爲阿英的近代文學研究提供了廣闊的橫向空間的話，就可以說，對古代文學、現代文學及其他相關領域的關注則使阿英的近代文學研究獲得了廣闊的縱向空間。這種縱橫交錯、內外依託的研究視野和學術意識，是阿英那一代學者取得如此巨大的學術成就的重要保障，也爲後來直至今日的近代文學研究留下了寶貴的經驗。對於新一代近代文學研究者來說，這種知識結構、學術視野和學術能力所蘊含的啓發意義尤爲深刻。

當然，阿英是在具體的時間和空間中、在特定的政治局勢與文化學術環境下成長起來並從事學術研究和文學創作及其他革命活動、進步文化事業的。這種外在社會環境對阿英的學術活動也產生了極其深刻的影響，使他的近代文學研究留下了鮮明的時代政治色彩。這裡主要不是指阿英的近代文學研究在文獻史料、史實考證方面仍然存在的某些不足或不夠完善之處，因爲在當時的政治局勢、社會環境和學術條件下，阿英已經最大限度地在這些方面作出了艱苦的努力並取得了巨大的成就。假如以今天的學術條件和學術可能去要求阿英的研究，就是脫離具體環境而去苛責前人了。這裡也不是指阿英計劃進行或已經開始進行的某些學術研究工作由於種種意外而未能繼續下去或完成，從而造成了無法挽回的損失，留下了不可彌補的遺憾。歷史和時代的陰差陽錯、鬼使神差所造成的一切後果，不能由被時代裹挾而不能自救的受害者承擔。

筆者這裡所指主要是阿英從堅定而徹底的新文學與新文化立場出發進行近代文學研究、特別是進行小說史寫作、作家作品分析與評價所帶來的學術局限。由於政治局勢、時代思潮和階級意識的深刻影響甚至直接干預，造成阿英在思想方法、認識角度、學術觀點等方面的局限性，或過於簡單化、意識形態化，或準確性、科學性受到影響，從而留下了需要明辨的某些方面，也留下了值得記取的學術史教訓。如對於太平天國文學的評價、對改良派文學的評價、對義和團運動的評價、對鴛鴦蝴蝶派的評價、對革命派文學的評價，等等，在今天看來，都不同程度地存在著需要認眞分析、仔細明辨之處。實際上，這不僅是阿英一人留下的經驗，而且是近代文學研究起步時期許多

研究者特別是屬於新文學、新文化運動陣營、左翼文學運動陣營的研究者留下的共同經驗〔註 35〕，很值得後來包括今天的研究者從學術史和學理性的角度進行認眞深刻的反思，總結並吸取其中的經驗和教訓。

　　縱使如此，這些局限性非但不影響作爲傑出近代文學研究家的阿英的學術史地位，反而使這位具有標誌性意義的近代文學研究家的開創性貢獻變得更加眞實可信，更具有特定時代政治環境、學術條件下的學術史意義。總而言之，在雖不很長久卻歷經艱難坎坷的近代文學學術史上，阿英是近代文學走向學術自覺的最重要標誌，是作爲獨立研究領域和人文學科意義上的近代文學研究的奠基人。在極其特殊的政治文化背景下起步的近代文學研究，正是由於有了阿英及其學術成就，而開啓了一個自覺建設和尋求自立的新時代。

---

〔註35〕關於這一問題，筆者曾撰《近代文學研究中的新文學立場及其影響之省思》一文，「中國近代文學學會第十五屆年會暨江西近代文學研討會」論文（江西贛州，2010），發表於《文學遺產》2013 年，第 4 期，本文不展開討論。

# 錢鍾書的黃遵憲論及其方法論意義

　　黃遵憲作爲近代詩壇大家，作爲中國古典詩歌古今轉換、迅速變革之際特色鮮明、成就卓著的詩人，自是錢鍾書始終保持關注興趣的人物之一。錢鍾書在《談藝錄》、《管錐編》和《七綴集》中多次論及黃遵憲其人其詩，就相當充分地說明了這一點。錢鍾書對人境廬主人及其詩歌的評論，以其特有的思接千載、橫覽中外的理論視野，細如毫髮、洞悉深微的藝術眼光，多發前人未發之覆，留下了足令來者再三思之、深入探討的文字。

　　然而，錢鍾書對黃遵憲的評論迄今尚未引起學界的應有重視，這種狀況不僅阻礙黃遵憲研究及黃遵憲研究學術史的進展，而且於中國近代詩歌乃至整個中國近代文學研究有害而無益。筆者不揣譾陋，將錢鍾書論黃遵憲的主要觀點介紹評述如次，從研究方法與學術史角度對此進行一番考察反思，以期利於黃遵憲研究及相關研究領域的學術進展。筆者深知對錢鍾書的學術思想尚缺少完整深入的把握，也就難以道出錢氏論人境廬的精髓與微妙之處，權拋引玉之磚，時賢方家倘能由此多加研討錢鍾書的有關論述，匡正筆者之不逮，則善莫大焉。

　　錢鍾書論黃遵憲的文字，以《談藝錄》（補訂本）》表現得最爲集中充分（凡八處），《管錐編》、《七綴集》二書中亦有多處論及（前書十五處，後書二處）。約略言之，這些論述涉及黃遵憲詩歌創作的多個重要問題，也指出了時人黃遵憲研究中的某些疏失或可商討之處，並由評價黃遵憲其人其詩涉及文學批評、文學史研究的一些具有普遍意義的理論觀念的、方法論的重要問題。茲請一一述之。

## 一、入手取徑與詩壇風氣

考察與探究詩人創作的入手取徑之處，探求其人其詩與一定的文學傳統、詩學淵源、時代風氣、詩壇習尚等種種內外因素的關係，所謂「考鏡源流」、「知人論世」，是中國詩評的一種傳統方法。

黃遵憲晚年對自己的詩作期許甚高，嘗說：「吾之五古詩，自謂淩跨千古；若七古詩，不過比白香山、吳梅村略高一籌，猶未出杜、韓範圍。」〔註1〕錢鍾書論黃遵憲詩的取徑則說：「《人境廬詩》奇才大句，自為作手。五古議論縱橫，近隨園、甌北；歌行鋪比翻騰處似舒鐵雲；七絕則龔定盦。取徑實不甚高；儌氣尚存，每成俗豔。尹師魯論王勝之文曰：『贍而不流』；公度其不免於流者乎。大膽為文處，亦無以過其鄉宋芷灣。」〔註2〕錢鍾書指出人境廬諸體詩與清代袁枚、趙翼、舒位、龔自珍、宋湘諸家詩之密切關係，極堪注意。他曾特別指出黃遵憲對龔自珍的效法說：「黃公度之《歲暮懷人詩》、《續懷人詩》均師承定庵，只與漁洋題目相同；其《己亥雜詩》則與定盦不但題目相同，筆力風格亦幾青出於藍，陳抱潛當如前賢畏後生矣。」〔註3〕黃遵憲的某些作品大膽以地方風情入詩、通俗曉暢的語言特色，遠紹中國古典詩歌的通俗化傳統，與客家民間文學亦有深刻關聯，而客家先輩詩人宋湘則是人境廬詩這一方面特色的直接淵源。黃遵憲的詩歌創作從《紅杏山房詩鈔》中獲得大量靈感，是顯而易見的事實。黃遵憲在詩作中屢次道及宋湘，欽敬喜愛之情溢於言表〔註4〕，即是人境廬詩與紅杏山房詩之間密切關係的一種直接證明。

另一方面，錢鍾書還指出黃遵憲詩歌創作與以文為詩的「宋詩派」之間的密切關係：「文章之革故鼎新，道無它，曰以不文為文，以文為詩而已。向所謂不入文之事物，今則取為文料；向所謂不雅之字句，今則組織而斐然成章。謂為詩文境域之擴充，可也；謂為不入詩文名物之侵入，亦可也。……今之師宿，解道黃公度，以為其詩能推陳出新；《人境廬詩草・自序》不云乎：『用古文伸縮離合之法以入詩。』寧非昌黎至巢經巢以文為詩之意耶。」

〔註1〕 北京圖書館善本組整理《黃遵憲致梁啓超書》，《中國哲學》第八輯，北京：生活・讀書・新知三聯書店1982年版，第372頁。
〔註2〕 錢鍾書《談藝錄（補訂本）》，北京：中華書局1984年版，第23頁。
〔註3〕 錢鍾書《談藝錄（補訂本）》，北京：中華書局1984版，第465頁。
〔註4〕 可參閱黃遵憲《過豐湖書院有懷宋子灣先生》、《豐湖棹歌》等詩，見《人境廬集外詩輯》，北京：中華書局1960年版，第20頁。

〔註5〕黃遵憲在表達自己詩歌見解的時候曾說過：「嘗於胸中設一詩境：一曰，復古人比興之體；一曰，以單行之神，運排偶之體；一曰，取《離騷》樂府之神理而不襲其貌；一曰，用古文家伸縮離合之法以入詩。」〔註6〕錢鍾書認爲，多年來人們研究黃遵憲詩，多從其「推陳出新」的角度立論，強調其「新派詩」的創新價值，而黃遵憲在詩集自序中卻清楚地表明兼收並蓄、轉益多師，當然包括學習借鑒自中唐韓愈、宋代蘇軾、黃庭堅諸大家以後直至晚清鄭珍詩歌創作中多有表現的「以文爲詩」的創作方法。

錢鍾書所論，清晰而客觀地說明了黃遵憲與「宋詩派」的密切關係，眞實地描述出晚清詩壇複雜紛繁的內部狀況。這無疑更接近文學史的實際，實爲新人耳目之學術卓見。長期以來，中國近代文學研究中乃至整個中國文學史研究中相當盛行、直至目前仍頗爲常見的做法是，將以黃遵憲爲代表的「新派詩」詩人與晚清時期人數眾多、詩名極盛、影響深遠的「以文爲詩」的「宋詩派」與「同光體」簡單化、絕對化地對立起來，經常想當然地把二者的關係描繪得矛盾重重、格格不入，甚至勢不兩立。錢鍾書這段論說，對這種不顧豐富具體的文學史事實、當然也就不可能具有科學價值的文學史觀念是一個極好的教益。

更爲重要的是，錢鍾書將向來爲文學史家所詬病的「以不文爲文，以文爲詩」的創作方法看作「文章之革故鼎新」之「道」，即詩歌發展、文體變革中一種帶有規律性、根本性的現象，文學發展過程中的一種不可避免、不期然而然的歷史趨勢；也就是說，他把這種現象和趨勢提高到理論性、規律性、普遍性的高度來認識闡發，將對文學史事實的考察大大地深化了，使之獲得了理論價值和普遍意義。這一觀點，對黃遵憲詩歌研究與近代詩歌研究，乃至對重新探討長久以來的唐詩與宋詩之爭、思考整個中國詩歌史和文學史，都具有重要的學術價值和方法論意義。

至於「取徑實不甚高；傖氣尚存，每成俗豔」、「不免於流」諸語，則是錢鍾書從自己的詩學思想與品藻尺度出發，對人境廬詩存在的不足的分析評論。其中尤可注意者，是錢鍾書拈出「俗豔」二字品評人境廬詩的一種風格特點。關於這一點，錢鍾書又進一步指出：「余於晚清詩家，推江弢叔與公度如使君與操。弢叔或失之剽野，公度或失之甜俗，皆無妨二人之爲霸才健

---

〔註5〕錢鍾書《談藝錄（補訂本）》，北京：中華書局1984年版，第29～30頁。
〔註6〕黃遵憲《自序》，錢仲聯《人境廬詩草箋注》卷首，上海：上海古籍出版社1981年版，第3頁。

筆。」〔註7〕此處之「甜俗」與上文的「俗豔」，所指當無大異。筆者以爲，
錢鍾書下此斷語的依據主要是黃遵憲早年（光緒二年，即 1876 年中舉之前）
的大部分作品，以及後來的少量作品；也就是說，黃遵憲詩之「俗豔」或曰
「甜俗」風格最集中地表現在早期作品中，儘管他後來也不無同類之作。這
一點，正如錢鍾書所說，觀《人境廬集外詩輯》中的大部分作品，對這一點
當會有眞切具體的認識。

　　對此，筆者還想補充的是，人境廬詩的「俗豔」、「甜俗」風格，至黃遵
憲出使日本時期再一次得到相當充分的表現。梁啓超其實已經多少意識到這
一點，嘗指出：「《人境廬集》中，性情之作，紀事之作，說理之作，沉博絕
麗，體殆備矣；惟綺語絕少概見，吾以爲公度守佛家第七戒也。頃見其《都
踴歌》一篇，不禁撫掌大笑曰：『此老亦狡獪乃爾！』」〔註8〕還有，倘若一讀
《黃遵憲與日本友人筆談遺稿》中保存的人境廬集外佚詩，對錢鍾書的這一
論斷定會有更加深刻的理解〔註9〕。還有必要指出，錢鍾書在此拈出「俗豔」、
「甜俗」以描摹黃遵憲某些詩作的風格特色，但並不是說全部人境廬詩均是
如此；而且，他將黃遵憲和江湜在晚清詩壇的地位比作魏、蜀、吳三足鼎立
時「天下英雄，唯使君與操」的劉備和曹操，稱此二人爲「霸才健筆」，稱人
境廬詩「奇才大句」，也就是將二人稱爲當時詩壇之「天下英雄」。非常明顯，
這些都是很高的評價。錢鍾書對於其他詩人似還從未如此。另一方面，「俗豔」
或「甜俗」之說並非全部人境廬詩風格的完整概括，上引梁啓超所論，實際
上已涉及黃遵憲詩歌風格的豐富性、多樣化、變化過程的問題。因此，全面
考察黃遵憲的創作歷程、風格變遷和留存至今的一千一百四十多首人境廬詩
歌，可以認識到事實確是如此。

　　關於人境廬詩的風格特色和美感風貌，以汪辟疆所論最稱精當：「中歲以
後，肆力爲詩，探源樂府，旁採民謠，無難顯之情，含不盡之意。又以習於
歐西文學，以長篇敘事，見重藝林，時時傚之，敘壯烈則繪影模聲，言燕昵
則極妍盡態。其運陳入新，不囿於古，不泥於今，故當時有詩體革新之目。
曾重伯、梁卓如尤推重之，雖譽違其實，固一時巨手也。」〔註10〕

〔註7〕　錢鍾書《談藝錄（補訂本）》，北京：中華書局 1984 年版，第 347 頁。
〔註8〕　梁啓超著，舒蕪點校《飲冰室詩話》，北京：人民文學出版社 1959 年版，第
　　　　34 頁。
〔註9〕　參考鄭子瑜、實藤惠秀編校《黃遵憲與日本友人筆談遺稿》，東京：早稻田大
　　　　學東洋文學研究會 1968 年版。
〔註10〕　汪辟疆《近代詩派與地域》，《汪辟疆文集》，上海：上海古籍出版社 1988 年版，

　　錢鍾書曾指出：「一個藝術家總在某些社會條件下創作，也總在某種文藝風氣裏創作。這個風氣影響到他對題材、體裁、風格的去取，給予他以機會，同時也限制了他的範圍。就是抗拒或背棄這個風氣的人也受到它負面的支配，因爲他不得不另出手眼來逃避或矯正他所厭惡的風氣。」〔註11〕

　　因此錢鍾書在《談藝錄》「補訂」部分中論及黃遵憲時，就在早年論說人境廬詩取徑入手的基礎上，進一步考察黃遵憲與當時詩壇風氣的關係，重點考察他對時代風氣的影響和時代風氣給予他的影響，指出：「乾嘉以後，隨園、甌北、仲則、船山、傾伽、鐵雲之體，匯合成風；流利輕巧，不矜格調，用書卷而勿事僻澀，寫性靈而無忌纖佻。如公度鄉獻《楚庭耆舊遺詩》中篇什，多屬此體。公度所刪少作，輯入《人境廬集外詩》者，正是此體。江弢叔力矯之，同光體作者力矯之，王壬秋、鄧彌之亦力矯之；均抗志希古，欲回波斷流。公度獨不絕俗違時而竟超群出類，斯尤難能罕覯矣。其《自序》有曰：『其煉格也，自曹、鮑、陶、謝、李、杜、韓、蘇訖於晚近小家』，豈非明示愛古人而不薄近人哉。道廣用宏，與弢叔之昌言：『不喜有明至今五百年之作』（符兆綸《卓峰堂詩鈔》弁首弢叔序，參觀謝章鋌《賭棋山莊文集》卷二《與梁禮堂書》），區以別矣。」〔註12〕他還指出：「觀《人境廬輯外詩》，則知公度入手取徑。後來學養大進，而習氣猶餘，熟處難忘，倘得滄浪其人，或當據以析骨肉而還父母乎。」〔註13〕

　　錢鍾書指出，清代乾隆、嘉慶以後，袁枚、趙翼、黃景仁、張問陶、郭麐、舒位諸家詩大行其道，匯合成風，造成了一種頗有影響的詩壇風氣，包括黃遵憲在內的嶺南詩人多受其濡染。晚年黃遵憲編定詩集時刪去、今存於《人境廬集外詩輯》中的早年作品，就是最好的證明。由此可見黃遵憲的詩歌創作與乾嘉以降詩壇風氣的密切關係。但是黃遵憲的獨特之處在於，他臻致「不絕俗違時而竟超群出類」的境界，既與占主導地位的時代風氣、詩壇習尚取向相同，又能在此氛圍之中出類拔萃、卓然獨步。另一方面，當時也存在一些力圖矯正這種詩風的詩派，如以宋詩爲旨趣的江湜等人，以及其後

　　　　第 315～316 頁。按：關於黃遵憲對西方文學、文化的接受和理解問題，筆者
　　　　所見與汪氏此論略有不同，詳見下文「對西學之接受及與西學之關係」部分。
〔註11〕錢鍾書《中國詩與中國畫》，《七綴集》，上海：上海古籍出版社 1985 年版，
　　　　第 1 頁。
〔註12〕錢鍾書《談藝錄（補訂本）》，北京：中華書局 1984 年版，第 347 頁。
〔註13〕錢鍾書《談藝錄（補訂本）》，北京：中華書局 1984 年版，第 348 頁。

的爲數眾多的同光體詩家，以王闓運、鄧輔綸爲代表的漢魏六朝詩派等。這些詩歌流派與黃遵憲的詩歌創作之間實際上也存在著密切的關聯，絕非如某些論者以爲的那樣，或者絕對對立，或者毫不相關。《人境廬詩草自序》是體現黃遵憲詩歌理論主張最集中、最重要的文字，在錢鍾書所引上文之後，黃遵憲還寫道：「不名一格，不專一體，要不失乎爲我之詩。誠如是，未必遽躋古人，其亦足以自立矣。」〔註14〕錢鍾書指出，黃遵憲此論乃是「明示愛古人而不薄近人」，「道廣用宏」；也就是說，於古往今來的眾多詩家，不存盲目的崇古卑今與門戶宗派之見，而具有「轉益多師」的胸襟器識，這是人境廬詩得以「超群出類」的關鍵所在。尤其是黃遵憲對於「晚近小家」的重視，與江湜鄙薄明代以後之詩的觀念判然有別，二人思考問題的方法和角度竟是如此的大相逕庭。

前輩和當代研究者如陳衍、錢仲聯等亦嘗從詩歌做法、入手取徑角度考察人境廬詩，也都頗有體會。但是錢鍾書所論多有堪稱獨到、發人所未發之新見。最重要者有：其一，將人境廬詩置於當時的詩壇風氣之中，結合當時不同詩歌流派之間的複雜關係，細緻深入地考察黃遵憲對前代重要詩家的繼承和發展，揭示他與當時各派重要詩人的深刻關聯；其二，指出黃遵憲早年詩歌風格、創作經歷對他一生詩歌創作的重要作用，強調考察《人境廬集外詩輯》對於研究全部人境廬詩的重要價值；其三，在對人境廬詩的獨到之處、特殊價值給予充分肯定的基礎上，也從詩歌理論與創作的高度深刻地指出其取徑、風格方面的某些局限或不足，對人境廬詩浮滑淺俗的一面提出了針砭。可見，如此深切獨到、具有深刻啓發性的見識並不是一般的文學史家和詩歌評論者所能具有的，足當引起黃遵憲研究者和近代文學研究者的重視。

## 二、詩歌創作與「詩界革命」

在今見黃遵憲的所有著作中，並找不到他正式號召「詩界革命」、表示直接參加「詩界革命」運動的文字，但繼梁啓超、胡適等人之後，幾乎所有的研究者都把黃遵憲看作是「詩界革命」的代表詩人甚至是一面旗幟。這種觀念和認識一直影響到目前的一些研究，甚至成爲一種明顯佔據主流地位、被相當普遍地接受的觀點〔註15〕。

〔註14〕錢仲聯《人境廬詩草箋注》卷首，上海：上海古籍出版社 1981 年版，第 3 頁。
〔註15〕按：梁啓超《飲冰室詩話》（1902～1907）中有關黃遵憲的大量文字可以視爲

在這樣的學術史背景下，錢鍾書在深入研究與縝密思考的基礎上，對黃遵憲與「詩界革命」的眞實關係這一重要問題提出的觀點和判斷，也就同樣值得特別關注並用心體會。錢鍾書說：「近人論詩界維新，必推黃公度。」〔註16〕又說：「蓋若輩之言詩界維新，僅指驅使西故，亦猶參軍蠻語作詩，仍是用佛典梵語之結習而已。」〔註17〕他還指出：「梁任公以夏穗卿、蔣觀雲與公度並稱『詩界三傑』，余所睹夏蔣二人詩，似尚不成章。邱滄海雖與公度唱酬，亦未許比肩爭出手。」〔註18〕

錢鍾書所說推重黃遵憲的「論詩界維新」者，當肇端於梁啓超與胡適，二人分別在所著《飲冰室詩話》和《五十年來中國之文學》中，集中闡發了這種見解。特別是梁啓超對「詩界革命」的張揚和對黃遵憲的高度讚譽，影響尤爲深遠，某些觀點至今仍常被引用。錢鍾書評論梁啓超倡導最力的「詩界革命」〔註19〕時，與時人主要關注其以西學爲武器的「創新」的考察角度異趣，而更加關注這一運動與中國詩歌傳統的關聯，指出他們的所謂「革命」，只不過是在字面上驅使一些西方典故，與中國古典詩歌創作中使用「參軍蠻語」、「佛典梵語」的舊習慣並無二致。這實際上涉及到黃遵憲、梁啓超等人對西學的理解接受程度問題，下文還要述及。梁啓超在《飲冰室詩話》中總結道，「詩界革命」的主旨就是「獨闢新界而淵含古聲」〔註20〕，「鎔鑄新理想以入舊風格」〔註21〕，「以舊風格含新意境」〔註22〕，或者「以新理想入古風格」〔註23〕。同時，他也意識到，「當時所謂新詩者，頗喜撏扯新名詞以自

這種觀點的淵藪。其後，胡適《五十年來中國之文學》（1922）、陳子展《中國近代文學之變遷》（1928）和《近三十年中國文學史》（1929）、鄭子瑜《黃遵憲是五四新文化運動的先驅》（1989）等均可爲代表；至於幾十年來的各種中國近代文學史著作對這一觀念的自然承襲和有意闡發則甚多甚廣，難以枚舉。

〔註16〕錢鍾書《談藝錄（補訂本）》，北京：中華書局1984年版，第23頁。
〔註17〕錢鍾書《談藝錄（補訂本）》，北京：中華書局1984年版，第24頁。
〔註18〕錢鍾書《談藝錄（補訂本）》，北京：中華書局1984年版，第347頁。
〔註19〕按：錢氏不云「詩界革命」，而稱「詩界維新」，其有意抑或無意乎？今已頗難知其詳矣。
〔註20〕梁啓超著，舒蕪校點《飲冰室詩話》，北京：人民文學出版社1959年版，第1頁。
〔註21〕梁啓超著，舒蕪校點《飲冰室詩話》，北京：人民文學出版社1959年版，第2頁。
〔註22〕梁啓超著，舒蕪校點《飲冰室詩話》，北京：人民文學出版社1959年版，第51頁。
〔註23〕梁啓超著，舒蕪校點《飲冰室詩話》，北京：人民文學出版社1959年版，第

表異」，「至今思之，誠可發笑」，「此類之詩，當時沾沾自喜，然必非詩之佳者，無俟言也。」〔註24〕可見，錢鍾書所論，與梁啓超的意見並不矛盾，而且表現得更加通達，並表現出獨特的學術眼光和思想深度。應當承認，無論就近代「詩界革命」主張的理論內涵來說，還是就「新派詩」的創作實績來說，這種觀點都更加接近文學史的真相，也就更具有學術價值。

梁啓超曾在《飲冰室詩話》中推許黃遵憲、夏曾佑和蔣智由爲「近世詩界三傑」或稱「近代詩家三傑」〔註25〕，主要是就三人詩歌均具有「理想之深邃閎遠」的共同特點而言的〔註26〕。並且，必須看到，這種判斷與梁啓超當時的思想狀況、認識水平、文學觀念、詩歌修養等因素密切相關。錢鍾書從詩歌創作成就高下的角度出發評騭三人，認爲夏、蔣二人的詩作「似尙不成章」，未足以與人境廬詩相提並論。這一點，與梁啓超所見大有異同，確有深究之必要。沿著這樣的思路，從詩歌創作的思想成就和與藝術成就的角度來看，不能不說，夏曾佑、蔣智由二人的詩，與黃遵憲相比，的確相距甚遠，與人境廬詩並不在一個水平上，因此錢鍾書用「似尙不成章」評價之，也就不能說是過苛之論。

與夏曾佑、蔣智由等人同時的丘逢甲，也深得梁啓超推許，稱之曰「天下健者」，「詩界革命一鉅子」〔註27〕丘逢甲對自己的詩也頗爲自負，甚至過於自信，嘗對黃遵憲說：「二十世紀中，必有刻黃、丘合稿者。」「十年之後，與公代興。」〔註28〕自謂其詩足以與人境廬詩媲美並傳之後世。年輕時一向充滿浪漫激情卻不能不失之簡單粗豪的柳亞子則從宣傳民族獨立、民主革命的需要出發，甚至認爲丘逢甲詩高於黃遵憲詩，所作《論詩絕句六首》之五云：「時流競說黃公度，英氣終輸倉海君。戰血臺澎心未死，寒笳殘角海東雲。」

107 頁。

〔註24〕梁啓超著，舒蕪校點《飲冰室詩話》，北京：人民文學出版社 1959 年版，第 49～50 頁。

〔註25〕分別見梁啓超著，舒蕪校點《飲冰室詩話》，北京：人民文學出版社 1959 年版，第 21 頁，第 30 頁。

〔註26〕參看梁啓超著，舒蕪校點《飲冰室詩話》，北京：人民文學出版社 1959 年版，第 21 頁，第 30 頁。

〔註27〕梁啓超著，舒蕪校點《飲冰室詩話》，北京：人民文學出版社 1959 年版，第 30 頁。

〔註28〕黃遵憲《與梁任公書》，見錢仲聯主編《清詩紀事》第十八冊《光緒宣統朝卷》，南京：江蘇古籍出版社 1989 年版，第 13327 頁。

〔註29〕錢鍾書持論與以上說法顯然不同，認為丘、黃晚年鄉居時期雖多有唱和之作，這些作品至今仍留存於二人詩集之中；但就總體詩歌成就而言，嶺雲海日樓詩尚不能及人境廬詩，丘逢甲斷難以與黃遵憲「比肩爭出手」。這一段文字，將人境廬詩與「詩界革命」運動中的重要詩人夏曾佑、蔣智由、丘逢甲之詩相比較，從而突出了黃遵憲在此派詩家中其他人不能比擬、無法取代的重要地位。

可見，錢鍾書此論與時人之論雖多有異同，卻不乏真知灼見，不能不令人信服。它啓發和促使研究者以新的學術眼光，重新審視思考向來倍受關注並被高度肯定的「詩界革命」的理論主張、發生過程以及該派詩人創作成就的有關問題，對於完整準確地把握中國近代詩歌的創作狀況與文學史的發展歷程，均具有深刻的啓發和指導意義。而且，這種學術觀念和思想方法，對長期以來以至時下仍然大行其道、屢見不鮮的以肯定、擡高甚至吹捧研究對象為主的思考方式和學術風氣，也是很好的教益。

時人談黃遵憲與「詩界革命」，少不得引黃遵憲「我手寫我口」〔註30〕這樣的詩句為證。這一做法由來已久，蓋由胡適發之。他曾說過：「他（引者按：指黃遵憲）對於詩界革命的動機，似乎起得很早。他二十多歲時作的詩之中，有《雜感》五篇，其二云：（引者按：即「我手寫我口」一首，詩略）這種話很可以算是詩界革命的一種宣言。末六句竟是主張用俗話作詩了。」〔註31〕學術界對此亦有不同看法，錢仲聯就曾經指出：「公度《雜感》詩云：『我手寫吾口，古豈能拘牽。即今流俗語，吾若登簡編。五千年後人，驚為古斕斑。』此公度二十餘歲時所作，非定論也。今人每喜揭此數語，以厚誣公度。公度詩正以使事用典擅長。《錫蘭島臥佛》詩，煌煌數千言，經史釋典，瀾翻筆底。近體感時之作，無一首不使事精當。」〔註32〕提出了黃遵憲詩歌創作中「我手寫我口」與「使事用典擅長」的關係問題，值得具體考察並深入探究。

錢鍾書則從另一角度對這一問題進行了分析，指出：「學人每過信黃公度《雜感》第二首『我手寫吾口』一時快意大言，不省手指有巧拙習不習之

---

〔註29〕柳亞子《磨劍室詩詞集》，上海：上海人民出版社1985年版，第216頁。
〔註30〕按：多種著作或文章將此句詩寫成「我手寫吾口」，實無版本根據，誤；當作「我手寫我口」。
〔註31〕胡適《五十年來中國之文學》，《胡適古典文學研究論集》，上海：上海古籍出版社1988年版，第116頁。
〔註32〕錢仲聯《夢苕庵詩話》，濟南：齊魯書社1986年版，第8頁。

殊，口齒有敏鈍調不調之別，非信手寫便能詞達，信口說便能意宣也。且所謂「我」，亦正難與非「我」判分。」〔註33〕錢鍾書認爲，後世學人對黃遵憲這種「快意大言」不宜過於相信，原因有二：其一，手有巧拙，口有敏鈍，手寫達意，口說意宣，並非易事；下筆就錯，開口即非，詞不達意，言不盡心，諸如此類的情形其實極爲常見。因此在寫作或說話時，要眞正做到得心應手，心口如一，左右逢源，即實現「我手寫我口」的目標，實在是一種難以企及、異常高妙的藝術境界。這實際上已經涉及文學藝術創作過程中「心」與「手」、「口」之間，亦即藝術思維與語言表達之間微妙而複雜的關係問題。而且，只要有創作活動發生，這一矛盾就不會消失，也無法奢望完滿地解決。從文學創作的歷史經驗和文學發展演變的角度來看，這一問題的提出具有重大的理論意義。其二，從哲學本體論角度和文學創作過程複雜性的角度來說，「我」與「非我」，即自我與外物，主體與客體，在藝術思維與文學創作過程中本來就密切相聯，膠著難分，交互作用，難以在二者之間劃出明確的界線，徹底地區分文學創作、藝術創造活動中的「我」與「非我」，實際上是不可能的。因此要恰當地把握「我」與「非我」、「物」與「我」的聯繫與區別，並在具體的文學創作過程中恰如其分地運用，同樣是一個具有哲學本體論意義的重大問題。

可見，錢鍾書此一番有關「我手寫我口」的論述，將一個具體的文學創作問題提高到全新的具有文學史內在經驗和哲學本體論思辨的理論高度，賦予其空前深刻的理論內涵和廣泛的思考空間，不能不承認價值重大，發人深省。

## 三、文化心態與西學接受

黃遵憲青年時期即以關心時務、思想通達見稱，甚至受到晚清重臣李鴻章的期許，稱之爲「霸才」〔註34〕。擔任外交官十幾年的海外經歷，進一步擴大了視野，使他成爲晚清政壇一個識見超群、穩健務實的著名政治人物，也成爲晚清詩壇一個較多地瞭解世界、較深刻地認識中國的傑出詩人。這一點，歷來爲研究者所稱道，黃遵憲本人對此也不無自得之意，晚年鄉居時寫

---

〔註33〕錢鍾書《談藝錄（補訂本）》，北京：中華書局 1984 年版，第 206 頁。
〔註34〕黃遵憲《李肅毅侯挽詩四首》之四尾聯及自注云：「人哭感恩我知己，廿年已慨霸才難。（光緒丙子，余初謁公。公語鄭玉軒星使，許以霸才。）」見《人境廬詩草》卷十一，上海：商務印書館民國二十年版，第 4 頁。

下的「百年過半洲遊四，留得家園五十春」〔註35〕的詩句，就是這種心態的充分表達。

錢鍾書以其對中西古今文化的精湛瞭解，對近代以來中外文化交流的深入研究，就黃遵憲對西方文化的接受及心態、他的某些「新派詩」創作與西方文化學術的關係問題，進行了迴異於流俗的考索，得出了時人未見的全新結論。錢鍾書說：「差能說西洋制度名物，掎摭聲光電化諸學，以為點綴，而於西人風雅之妙，性理之微，實少解會。故其詩有新事物，而無新理致。譬如《番客篇》，不過胡稚威《海賈詩》。《以蓮菊桃雜供一瓶作歌》，不過《淮南子‧俶真訓》所謂：『槐榆與橘柚，合而為兄弟；有苗與三危，通而為一家』；查初白《菊瓶插梅》詩所謂：『高士累朝多合傳，佳人絕代少同時』；公度生於海通之世，不曰『有苗三危通一家』，而曰『黃白黑種同一國』耳。凡新學而稍知存古，與夫舊學而強欲趨時者，皆好公度。」〔註36〕在另一處，錢鍾書又獨出心裁地分析道：「黃遵憲提倡洋務和西學，然而他作詩時也忍不住利用傳統說法；他在由日本赴美國的海船上，作了一首絕句：『拍拍群鷗逐我飛，不曾相識各天涯；欲憑鳥語時通訊，又恐華言汝未知』。試把宋徽宗有名的《燕山亭》詞對照一下：『憑寄離恨重重，這雙燕、何曾會人言語！』黃遵憲不寫『人言汝未知』，而寫『華言汝未知』，言外之意是鷗鳥和洋人有共同語言。」〔註37〕

錢鍾書指出，黃遵憲在詩歌中所使用的西方「制度名物」、「聲光電化」等一新時人耳目的名詞術語和制度、事物、器物、技術，不過是詩歌創作上的一種表面點綴；此類以西方文化的某些表面因素為面目的新詩，在本質上與西學並無深刻的關聯，倒是與中國古已有之的詩歌做法和文化觀念相近，或者說是這一古老傳統在近代中西交通之際的新發展。從對西方文化的態度這一角度考察，應當認為，黃遵憲實際上只是在很外在、很淺顯的層面上對西學有所瞭解和接受；但對西方學術文化的深層內容、精髓真諦「實少解會」。因此，黃遵憲的某些使用西方名詞術語、運用近代外國新事物的詩歌，就形成了貌新而實舊、似西而實中的面目，在當時的文化背景和詩壇風氣之下，

〔註35〕黃遵憲《己亥雜詩》第一首，錢仲聯《人境廬詩草箋注》卷九，上海：上海古籍出版社1981年版，第800頁。
〔註36〕錢鍾書《談藝錄（補訂本）》，北京：中華書局1984年版，第23～24頁。
〔註37〕錢鍾書《漢譯第一首英語詩〈人生頌〉及有關二三事》，《七綴集》，上海：上海古籍出版社1985年版，第122頁。

容易獲得廣泛的包容性和可接受性，能夠最大限度地適應當時各派人物的胃口，從而引起盡可能多的人們的共鳴。加上人境廬詩歌其他方面的成就，遂使得「新學而稍知存古，與夫舊學而強欲趨時者，皆好公度」。正是由於處在中西古今的交匯點上，才使黃遵憲及其詩歌在當時和後來發生了如此深廣的影響。這不僅揭示了黃遵憲詩歌創作取得成功、當時及身後詩名甚隆的奧秘，而且指出了文化變遷之際與文化交流過程中在許多人那裡都有可能出現的一種帶有規律性的現象。

特別值得注意的是，錢鍾書並未象之前與之後的很多論者那樣，僅根據詩歌字面上出現的一二西方新名詞、筆端的少數近代新事物，就簡單地認定黃遵憲把握並且認同了西方文化，並對這種不新不舊、亦新亦舊的詩歌創作現象的意義和價值進行充分的闡發，而是通過對具體詩歌作品的解讀分析，深入到黃遵憲的詩歌創作、知識結構與文化心態之中，從更深的文化態度、文化心理層面上探討他與西學的真實關係，可謂慧眼獨具，真切徹底，當然也就更具有說服力。

錢鍾書分析黃遵憲對西方文化的態度和接受西學時的文化心態，切中肯綮，深切獨到，這可與錢鍾書在另一處的論斷相發明。他曾引述其他研究者注意不多的黃遵憲的言論說：「黃遵憲和日本人談話時說：『形而上、孔孟之論至矣，形而下、歐米之學盡矣』；又在著作裏寫道：『吾不可得而變者，凡關於倫常綱紀者是也。吾可以得而變者，凡可以務財、訓農、通商、惠工者皆是也。』」〔註38〕黃遵憲這兩段話，前者見於日本人岡千仞所著的《觀光紀遊》，後收入《小方壺齋輿地叢鈔》第五帙。據記載，黃遵憲在日本時經常對日本友人這樣說，可見並非一時興到之語；後者見黃遵憲《日本國志·工藝志序》，原文作：「吾不可得而變革者，君臣也，父子也，夫婦也，凡關於倫常綱紀者是也。吾可得而變革者，輪舟也，鐵道也，電信也，凡可以務財、訓農、通商、惠工者皆是也。」〔註39〕在這樣一種文化價值觀的驅動下，黃遵憲寫出「有新事物而無新理致」的詩篇，就不僅毫不足怪，而且幾乎可以說是一種必然了。

---

〔註38〕錢鍾書《漢譯第一首英語詩〈人生頌〉及有關二三事》，《七綴集》，上海：上海古籍出版社 1985 年版，第 121 頁。

〔註39〕黃遵憲《日本國志》卷四十《工藝志》，光緒十六年（1890）羊城富文齋刊本，第 2 頁。

　　不僅如此，錢鍾書還舉出黃遵憲錯誤地理解西方名詞的一個例子為證，以見黃氏對西學所知程度甚淺，甚至時出謬誤：「黃公度光緒二十八年《與嚴又陵書》論翻譯，有曰：『假「佛時仔肩」之「佛」而為「佛」，假視天如父、七日復蘇之義為「耶穌」，此假借之法也』；蓋謂『耶穌』即『爺蘇』，識趣無以過於不通『洋務』之學究焉。」〔註40〕這種對「耶穌」一詞完全錯誤甚至幾近荒誕的解釋，只能證明黃遵憲在這方面的見識與那些完全不通西學並拒絕瞭解新知的陳腐學究相比，並無任何的高明之處。錢鍾書還指出：「黃遵憲與嚴復書，釋『耶穌』之名為譯音而又寓意，偶重閱王闓運《湘綺樓詩集》，見卷九《獨行謠三十章贈示鄧輔綸》已有其說。『竟符金桂讖，共唱耶穌妖』，下句自注云：『「耶穌」非夷言，乃隱語也。「耶」即「父」也，「穌」、死而復生也，謂天父能生人也。』王望『穌』之文而生義小異於黃耳。」〔註41〕黃遵憲與王闓運在政治上、文學上均屬不同派別，而且各自有一定的代表性和影響力，但是二人對「耶穌」二字的理解竟是如此這般地不約而同、大同而小異，這種現象也頗可深長思之。可見，錢鍾書此論的確抓住了黃遵憲對西方文化學術態度的關鍵，並由此指向近代海通之際，發生於許多相類或不相類的人物思想與行為習慣中的多種相關現象，從而使對黃遵憲一人文化態度、西學觀念的討論獲得了更加廣闊的思想史、文化史意義。

　　筆者還想補充的是，與當時頗為盛行的西學中源論有關，黃遵憲從走出國門直至終老故里，始終認為中學乃是西學的淵源，一直相信「凡彼之精微，皆不能出吾書。第我引其端，彼竟其委，正可師其長技。」〔註42〕以至於西方的文明、民主觀念，以「生存競爭、優勝劣敗」為核心的生物進化論學說，地球為宇宙中之一圓球的學說，類人猿為人類祖先的學說，均早已大備於中國古籍之中〔註43〕。這些一再出現的言論均表明黃遵憲直到晚年的時候，對西學的理解程度和接觸西學時複雜微妙的文化心態，與中年時期相比，也沒

〔註40〕錢鍾書《管錐編》第四冊，北京：中華書局1986年版，第1461～1462頁。
〔註41〕錢鍾書《管錐編》第五冊，北京：中華書局1986年版，第114頁。
〔註42〕黃遵憲《日本雜事詩》卷一第五十四首自注，錢仲聯《人境廬詩草箋注》附錄，上海：上海古籍出版社1981年版，第1113頁。
〔註43〕北京圖書館善本組整理《黃遵憲致梁啓超書》，《中國哲學》第八輯，北京：生活・讀書・新知三聯書店1982年版，第395～396頁。關於黃遵憲與西學中源論的關係，可參看左鵬軍《黃遵憲的中西文化觀與文化心態》，載《炎黃文化研究》第三輯，鄭州：大象出版社2006年版；又見《黃遵憲與嶺南近代文學叢論》，廣州：中山大學出版社2007年版，此不贅。

有明顯的進步或改變。

特別重要的是，在討論黃遵憲與西方文化學術之關係、對西學的接受與態度時，錢鍾書還將黃氏與近代中國另外兩位引進西學甚力的學者、又同是著名詩人的嚴復、王國維進行了相當充分的比較，從而對黃遵憲及其詩歌、乃至西學東漸過程中的某些重大問題了作了進一步的探討。

錢鍾書說：「嚴幾道號西學巨子，而《愈懋堂詩》詞律謹飭，安於故步；惟卷上《復太夷繼作論時文》一五古起語云：『吾聞過絟門，相戒勿言索』，喻新句貼。余嘗拈以質人，胥歎其運古入妙，必出子史，莫知其直譯西諺 Il ne faut pas parler de corde dans la maison d'un pendu 也。點化鎔鑄，眞風爐日炭之手，非『喀司德』、『巴立門』、『玫瑰戰』、『薔薇兵』之類，恨全集只此一例。其他偶欲就舊解出新意者，如卷下《日來意興都盡、涉想所至、率然書之》三律之『大地山河忽見前，古平今說是渾圓。逼仄難逃人滿患，炎涼只爲歲差偏』；『世間皆氣古常云，汽電今看共策勳。誰信百年窮物理，反成浩劫到人群。』直是韻語格致教科書，羌無微情深理。幾道本乏深湛之思，治西學亦求卑之無甚高論者，如斯賓塞、穆勒、赫胥黎輩；所譯之書，理不勝詞，斯乃識趣所囿也。老輩惟王靜安，少作時時流露西學義諦，庶幾水中之鹽味，而非眼裏之金屑。其《觀堂丙午以前詩》一小冊，甚有詩情作意，惜筆弱詞靡，不免王仲宣『文秀質羸』之譏。古詩不足觀；七律多二字標題，比興以寄天人之玄感，申悲智之勝義，是治西洋哲學人本色語。佳者可入《飲冰室詩話》，而理窟過之。」〔註44〕他又說：「余稱王靜庵以西方義理入詩，公度無是，非謂靜庵優於公度，三峽水固不與九溪十八澗爭幽茜清泠也。」〔註45〕

無論從哪一角度來說，嚴復對於西學的體察和瞭解都要比黃遵憲深切許多，對後世影響之深遠亦非黃氏所可比。雖則如此，錢鍾書還是指出嚴復「本乏深湛之思，治西學亦求卑之無甚高論者」的嚴重局限。就詩歌來說，嚴復的大多數作品還是限於傳統的思想，運用舊有的形式，而看不出西學影響的明顯痕迹或故作新奇的時代色彩。至於那些以西方新事物入詩的篇章，除一首「直譯」西諺者堪稱佳作外，其他作品只不過是當時西方的某些科學知識和新鮮事物的韻語記錄，僅限於表面的新奇穎異，並無深摯之情與精微之理寓於其中，錢鍾書稱之曰「韻語格致教科書，羌無微情深理」。也就是說，這

〔註44〕錢鍾書《談藝錄（補訂本）》，北京：中華書局1984年版，第24頁。
〔註45〕錢鍾書《談藝錄（補訂本）》，北京：中華書局1984年版，第347～348頁。

類作品，較之黃遵憲、夏曾佑、蔣智由、譚嗣同等的「新派詩」，並不見得高明多少。

在黃遵憲同時或稍後，只有王國維把握了西方哲學的奧義眞諦，並能夠在詩歌創作中做到運新入陳、新見迭出；將西方的新思想、新觀念用中國古典詩歌的舊形式表現出來，能夠做到自然高妙，不露痕迹，臻致化境；猶如鹽入水中，得其味而不見其迹；非如金屑入眼，見其彩卻不能相容。這是錢鍾書對王國維詩歌創作與西學關係非常深切的體悟，也是非常充分的肯定。另一方面，錢鍾書又恰到好處地補充指出，他這樣說並不是認爲靜庵詩一定優於人境廬詩，非並僅以此一點爲標準評騭二人之高下；而是說王、黃二家之詩，各有姿態，各具風貌，各擅勝場，因而也就各有獨特的價值和地位，不必存非此即彼、揚此抑彼之見。由此一例，即可見錢鍾書人生態度中的機警靈動與睿智高明，學術思想中的圓融通達與辯證周詳。

## 四、關於《日本雜事詩》

《日本雜事詩》篇幅雖然不長，但對研究黃遵憲的詩歌成就和政治學術思想極爲重要。黃遵憲對之也相當滿意，甚至不無自得之情，嘗有詩云：「海外偏留文字緣，新詩脫口每爭傳。草完明治維新史，吟到中華以外天。」〔註46〕不僅自光緒五年（1879）同文館聚珍本（即初版本）、光緒二十四年（1898）長沙富文堂本（即定本）出版以來版本眾多，而且歷來評論者對《日本雜事詩》也像對《日本國志》一樣，給予高度讚譽。這也一直是黃遵憲詩歌與思想研究中的一個頗受重視的研究領域。

錢鍾書對《日本雜事詩》的評價也同樣值得注意。他說：「《日本雜事詩》端賴自注，櫝勝於珠。假吾國典實，述東瀛風土，事誠匪易，詩故難工。如第五十九首詠女學生云：『捧書長跪藉紅氍，吟罷拈針弄繡襦。歸向爺娘索花果，偷閒鉤出地球圖。』按宋芷灣《紅杏山房詩草》卷三《憶少年》第二首云：『世間何物是文章，提筆直書五六行。偷見先生嘻一笑，娘前索果索衣裳。』公度似隱師其意，扯湊完篇，整者碎而利者鈍矣。」〔註47〕

錢鍾書認爲，《日本雜事詩》借中國傳統的典章事物、舊有的藝術形式來表現日本的風土人情，反映日本近代的新風尙，二者之間存在著如此巨大的

〔註46〕黃遵憲《奉命爲美國三富蘭西士果總領事留別日本諸君子》，《人境廬詩草》卷四，上海：商務印書館民國二十年版，第1頁。
〔註47〕錢鍾書《談藝錄（補訂本）》，北京：中華書局1984年版，第348頁。

文化差異，本來就難以結合得天衣無縫；這種努力雖不無意義和趣味，但誠非易事，詩難以作得工穩，也就是意料之中的事情，甚至是一種難以逃脫的必然。因此就造成了這樣的情形：詩歌本身並不如對詩歌進行說明解釋的自注來得重要，詩也就反不如注寫得精彩，竟至出現了「櫝勝於珠」這種既相當有趣又不能不令作者覺得尷尬的文學現象。錢鍾書還舉出黃遵憲的前輩同鄉詩人宋湘的《憶少年》一詩，與《日本雜事詩》中的一首進行比較，指出黃遵憲此詩明顯地受到宋湘詩的影響，但是從詩歌的結構、形象、意趣等方面看，黃詩都明顯不及宋詩，給人以完全不同的藝術感受。

談到黃遵憲詩，周作人曾發表過如下意見：「我又覺得舊詩是沒有新生命的。他是已經長成了的東西，自有他的姿色與性情，雖然不能盡一切的美，但其自己的美可以說是大抵完成了。……若是託詞於舊皮袋盛新蒲桃酒，想用舊格調去寫新思想，那總是徒勞。」〔註48〕作為中國現代白話新詩的早期重要人物、後來發展成為傑出學者的周作人，對中國近代的詩歌改革特別是以西方新學理入中國舊詩、用舊格調承載新思想的做法提出了相對保守的意見，這的確值得深思。周作人還指出：「黃君對於文字語言很有新意見，對於文化政治各事亦大抵皆然，此甚可佩服，《雜事詩》一編，當作詩看是第二著，我覺得最重要的還是看作者的思想，其次是日本事物的紀錄。這末一點從前也早有人注意到，如《小方壺齋輿地叢鈔》中曾鈔錄詩注為《日本雜事》一卷，又王之春著《談瀛錄》卷三四即《東洋瑣記》，幾乎全是鈔襲詩注的。」〔註49〕不僅證明了黃氏《日本雜事詩》在當時產生的重要影響，而且特別指出黃氏思想見識的出類拔萃之處。周作人評價黃遵憲的重點所在和對其歷史貢獻的肯定也可以從中清楚地看出〔註50〕。

周作人評論《日本雜事詩》的角度與錢鍾書大不相同，二人在其他方面也不可以相提並論；但從上引二人論述《日本雜事詩》的文字中，卻可以發現思想方法、考察角度、文化觀念等方面的相通之處，也有不無相近的觀點與認識。應當說，二人從不同的方面對黃遵憲及其《日本雜事詩》進行了具有兼具學術性和啓發性的評論。從黃遵憲研究史與中國現代學術史的角度來

〔註48〕周作人《人境廬詩草》，《秉燭談》，長沙：嶽麓書社1989年版，第43頁。
〔註49〕周作人《日本雜事詩》，《風雨談》，長沙：嶽麓書社1987年版，第104～105頁。
〔註50〕按：關於周作人對黃遵憲的評論，可參看左鵬軍《周作人論黃遵憲》，載《中國近代文學評林》第5輯，廣州：廣東高等教育出版社1993年版；又見《黃遵憲與嶺南近代文學叢論》，廣州：中山大學出版社2007年版，此不贅。

看，錢鍾書和周作人關於《日本雜事詩》的言論及其異同所蘊含的文化學術意義，也頗可玩味。

## 五、人境廬詩及其整理研究

如同中國文學研究的其他領域一樣，對黃遵憲晚年親自編定的詩集《人境廬詩草》的注釋與研究、對人境廬集外佚詩及相關文獻的搜求與編輯，不僅是黃遵憲研究領域必不可少、極其重要的學術任務，而且是該領域深入研究、持續發展的必要基礎與前提。黃遵憲及其研究還是比較幸運的，《人境廬詩草》除了有宣統三年(1911)日本初刊本及商務印書館中華民國二十年（1931）重刊本外，還有高崇信、尤炳圻校點、中華民國二十二年（1933）北平文化學社再版本等多種版本。特別是錢仲聯《人境廬詩草箋注》四種版本的先後出版，為黃遵憲研究奠定了非常堅實的文獻基礎。其後又有《人境廬集外詩輯》（中華書局 1960 年版）的編輯出版。這些著作自然也是錢鍾書關注和研究的對象。

錢鍾書曾別具手眼地指出：「《張裕》（出《三國志》或《啓顏錄》）饒鬚，劉先主嘲之曰：『諸毛繞涿居。』按此穢褻語；……要不外乎下體者是。詩人貪使故實而不究詁訓，每貽話把笑柄。如林壽圖《黃鵠山人詩鈔》卷一《曹懷樸先生縣齋燕飲》：『使君半醉撚髭鬚，惜少繞涿諸毛居』；無知漫與，語病而成惡謔矣。黃遵憲《人境廬詩草》卷四《逐客篇》：『招邀盡室至，前腳踵後腳，抵掌齊入秦，諸毛紛繞涿』，乃作族姓地名用，無可譏彈；卷五《春夜招鄉人飲》：『子年未四十，鬖鬖鬚在頰，諸毛紛繞涿，東塗復西抹』，則與林詩同謬。」〔註51〕這裡，錢鍾書運用訓詁學的方法，推原典故的本意及其所蘊含的感情色彩，明確指出黃遵憲（還有林壽圖）詩歌中的一處用典錯誤。這種論斷，絕非一般的研究者所能作出，因此也就更顯出錢鍾書讀書之細緻、用心之專注。

錢鍾書說：「錢君仲聯箋注《人境廬詩》，精博可追馮氏父子之注玉溪、東坡，自撰《夢苕庵詩話》，亦摘取余評公度『俗豔』一語，微示取瑟而歌之意。」〔註52〕錢仲聯《人境廬詩草箋注》共有四種版本：一為商務印書館 1936年 11 月本，二為古典文學出版社 1957 年 9 月本，三為上海古籍出版社 1981

---

〔註51〕錢鍾書《管錐編》第二冊，北京：中華書局 1986 年版，第 736 頁。
〔註52〕錢鍾書《談藝錄（補訂本）》，北京：中華書局 1984 年版，第 347 頁。

年6月本，四爲中國青年出版社2000年7月本。這四種版本各有異同，也各自留有明顯的時代痕迹；總的看來可以認爲是逐漸完善，後出轉精。錢鍾書不曾見到最後一種版本的出版，他此處稱道者當爲第三種本子，即上海古籍出版社1981年6月本，並認爲此書之精深博恰可追比清代馮浩的《玉溪生詩評注》、《樊南文集詳注》和馮浩之子應榴的《蘇文忠公詩合注》，對錢仲聯箋注人境廬詩予以極高的評價。

同時，錢鍾書也提及自己所評黃遵憲詩「俗豔」一語嘗引起錢仲聯的不同意見。查檢齊魯書社1986年3月出版的《夢苕庵詩話》，筆者未見錢仲聯對「俗豔」一說發表評論的文字，有可能是版本不同或經過修改之故。但是從另一段文字中依然可見錢仲聯對黃遵憲詩的總體評價：「人境廬詩，論者毀譽參半，如梁任公、胡適之輩，則推之爲大家。如胡步曾及吾友徐澄宇，以爲疵累百出，謬戾乖張。予以爲論公度詩，當著眼大處，不當於小節處作吹毛之求。其天骨開張，大氣包舉者，眞能於古人外獨關町畦。撫時感事之作，悲壯激越，傳之他年，足當詩史。至論功力之深淺，則晚清做宋人一派，盡有勝之者。公度之長處，固不在此也。」又說：「今日淺學妄人，無不知稱黃公度詩，無不喜談詩體革命。不知公度詩全從萬卷中醞釀而來，無公度之才之學，決不許談詩體革命。」〔註53〕這裡實際上涉及錢仲聯對黃遵憲的總體評價、對「詩界革命」的基本看法等關鍵問題，更重要的是涉及在幾十年的學術經歷中，隨著時代的變遷、政治的風雨，錢仲聯詩歌理論、文學觀念、學術思想在自覺與不自覺之間的發展變化等問題，可以引發更加深遠的思考。

錢鍾書亦嘗指出錢仲聯所撰《人境廬詩草箋注》的一處疏漏：「《全齊文》卷二二顧歡《夷夏論》：『夫蹲夷之儀，婁羅之辯，各出彼俗，自相聆解，猶蟲讙鳥呫，何足述效？』……『婁羅』有數義，黃朝英《緗素雜記》卷八、郎瑛《七修類稿》卷二三、黃生《義府》卷下皆考釋之，而以沈濤《瑟榭叢談》卷下最爲扼要，所謂一『幹事』、二『語難解』、三『綠林徒』。顧歡文中『婁羅』，正如沈所引《北史‧王昕傳》語，均『難解』之意。黃遵憲《人境廬詩草》卷一《香港感懷》第三首（引者按：據上海古籍出版社1981年版《人境廬詩草箋注》當爲第四首）：『盜喜逋逃藪，兵誇曳落河；官尊大呼藥，客聚眾婁羅』；時人《箋注》引顧歡此論，非也，第四首（引者按：據上海古籍出版社1981年版《人境廬詩草箋注》當爲第五首）：『夷言學鳥音』，或可引

---

〔註53〕錢仲聯《夢苕庵詩話》，濟南：齊魯書社1986年版，第161～162頁。

顧歡語爲注耳。『客』、『眾』而曰『婆羅』，得指幹事善賈之商客，然此句與第一句『盜』呼應，則指綠林豪客爲宜。蓋第四句承第一句，猶第三句言總督之承第二句言兵，修詞所謂『丫叉法』，詳見《毛詩》卷論《關雎・序》、《全上古文》論樂毅《上書報燕王》。『官尊大呼藥』句黃氏自注：『官之尊者，亦號「總督」』；箋注者未著片言，蓋不知《周書・盧辯傳》、《北史・盧同傳》載北周官制有『大呼藥』、『小呼藥』、『州呼藥』等職，黃氏取其名之詭異也。」〔註54〕錢鍾書所論，有著充分的文獻根據，可以作爲準確理解黃遵憲詩歌的有益參考。

北京大學中文系近代詩研究小組所編《人境廬集外詩輯》一書，以周作人早年發現並購買收藏、後歸北京大學圖書館的四卷抄本《人境廬詩草》爲最重要的基礎，並參之以其他材料編輯而成，將當時所掌握的《人境廬詩草》、《日本雜事詩》以外黃遵憲的全部詩歌搜集到一起，對於完整地保存文獻資料、全面深入地研究黃遵憲及其詩歌創作具有獨特的價值。

錢鍾書以其淵博的學識、獨特的眼光，有力地指出此書存在的疏失，說：「輯者不甚解事。如《春陰》七律四首，乃腰斬爲七絕八首；《新嫁娘詩》五十一首自是香奩擬想之詞，『閨豔秦聲』之屬，乃認作自述，至據公度生子之年編次。此類皆令人駭笑，亟待訂正。」〔註55〕《人境廬集外詩輯》在所錄《春陰》後加說明曰：「此詩凡八首，由黃遵庚先生鈔寄，今據錄。題下原注『丁卯』（公元一八七六年）。」〔註56〕錢鍾書指出的此書將《春陰》七律四首誤斷爲七絕八首這一併不高明的錯誤，實際上並不應該發生；既已出現，則應當盡快得到更正。爲明眞相，現將此詩以七律四首的形式錄出如下〔註57〕：其一：「一帶園林盡未眞，輕雲如夢雨如塵。空庭簾卷猶疑暝，遠樹花迷不見春。積潤微生虛白室，浪遊□誤踏青人。今年花柳都無色，似聽梁間語燕瞋。」其二：「一春光景總成陰，省識天公醞釀心。燕子不來庭悄悄，鳥兒徐爇晝沉沉。漫天紅雨飛無迹，隔水朱樓望轉深。還是去衣還是酒，今番寒事費沉吟。」其三：「乞來不是好風光，悔向東皇奏綠章。輕暖輕寒無定著，成晴成雨費評量。半是柳絮吹無影，一樹梨花靜有香。怪底雞

〔註54〕錢鍾書《管錐編》第四冊，北京：中華書局1986年版，第1329～1330頁。
〔註55〕錢鍾書《談藝錄》補訂本）》，北京：中華書局1984年版，第348頁。
〔註56〕北京大學中文系近代詩研究小組編《人境廬集外詩輯》，北京：中華書局1960年版，第7頁。
〔註57〕按：詩前序號爲筆者所加；詩中「□」處爲原詩所缺之字。

鳴驚午夢，起來翻道曉風涼。」其四：「近連小苑遠前灣，總是重陰曲曲環。畫境要參濃淡格，雲容都在有無間。對花□□人何處？中酒情懷境大閒。爲倩笛聲吹喚起，一彎新月上前山。」令人難堪的是，時過多年之後，特別是錢鍾書已經明確指出這種「令人駭笑，亟待訂正」的錯誤之後，與《人境廬集外詩輯》同樣的錯誤仍然一再出現在重要的黃遵憲著作集中〔註58〕。

　　《新嫁娘詩》七絕五十一首爲黃遵憲的早期作品，具體寫作時間已難確考，多年來的黃遵憲研究中亦極少有人注意及之。《人境廬集外詩輯》將其編次於《長子履端生》之後，並在詩後加說明云：「詩中有『報產麟兒』之句，疑當作於『長子履端生』一詩的同時，故編次於此。」〔註59〕錢鍾書則認爲，此詩並非如集外詩的編者所說是作者婚姻生活的「自述」，乃是「香奩擬想之詞，閨豔秦聲之屬」，是這位年輕詩人基於想像而生發出來的藝術創造。也就是說，錢鍾書寧願將此類之作眞正作爲「詩」來讀，而不主張將詩中所寫內容與詩人的經歷對號入座，更無興趣從中猜測鈎稽作者的什麼生平佚事與婚戀秘史〔註60〕。這種對於詩歌內容、風格與詩人生活經歷、個性氣質之複雜關係的思考和判斷，也具有超出黃遵憲一人一詩的理解與評價的更加廣闊的啓發意義。

## 六、結　語

　　由上文所述可見，錢鍾書對黃遵憲其人其詩的論述，涉及黃遵憲研究的許多重要問題，有不少發人之所未發的新見，不少觀點遠較前賢或時人深刻，也比後來的許多研究者高明，顯示出洞明入微的器識和通達遼遠的眼光，使人不能不心悅誠服並深受教益和啓發。

　　錢鍾書雖不以專門研究「黃學」而名家，但他對黃遵憲研究的最大貢獻是，使人境廬詩的研究回歸到「詩」的文本本身，回歸到清中葉至晚清時期

〔註58〕 如吳振清等編校、天津人民出版社 2003 年出版的《黃遵憲集》第 294～295 頁、陳錚編、中華書局 2005 年出版的《黃遵憲全集》上冊第 189 頁，均仍將《春陰》七律四首誤爲七絕八首，亦即錢鍾書所謂「令人駭笑，亟待訂正」者。

〔註59〕 北京大學中文系近代詩研究小組編《人境廬集外詩輯》，北京：中華書局 1960 年版，第 12 頁。

〔註60〕 按：關於錢鍾書對《人境廬集外詩輯》的批評，多年後，當年主持編校該書的吳小如嘗作《就〈人境廬集外詩輯〉答錢鍾書先生》一文，以當事人身份披露了當時的有關情況，可資參考。見吳小如《書廊信步》，瀋陽：遼寧教育出版社 1995 年版，第 245～247 頁。

的詩壇風氣之中，回歸到真實的文學史過程之中，從而對由來已久、至今仍然盛行的無法進入文體內部的詩歌研究、文學研究，對那些盛行已久的簡單化、程序化、概念化的僵硬生澀的文學批評方法以及庸俗社會學的文學批評傾向，均構成了一種有力的反駁，因而具有重要的文學史和文學批評史意義。

　　錢鍾書論黃遵憲的文字，還涉及到文學研究與文學批評中某些重要的理論方法問題。錢鍾書論說人境廬詩運用的思想方法，如關注具體的時代風氣與文學家創作之間的複雜關係，明辨同一文學流派內部的差異性，考察不同文學流派之間的深刻關聯，以及通覽中外古今的聯繫比較的思想方法，融通文學與哲學、史學、語言學及其他學科、走向自如圓融的綜合研究的努力，等等，都為後來的研究者樹立了可資借鑒的典範。這種關於文學研究方法論的示範與啟發是最深刻的，也是最為珍貴的。這對黃遵憲研究者、對中國近代文學研究者、乃至對所有的文學批評、文學史研究者來說，都是可貴的啟迪和深刻的教益。

　　因此，就中國文學史與文學批評史、中國近現代學術史研究來說，從錢鍾書有關黃遵憲詩歌的言論中得出的具體結論固然值得重視，而他的思想方法與文學史觀則具有更為普遍、更為長久的學術價值。僅就黃遵憲研究而言，也完全可以認為，在黃遵憲研究學術史上，錢鍾書是一位個性非常鮮明、貢獻十分突出的大家，理當佔有極為重要的學術史地位。